第二父母

黄北平 —— 著
刘秀品 —— 整理

新星出版社 NEW STAR PRESS

【序言】

师恩何以浩荡

谭维明

读了长篇纪实文学《第二父母》，心头为之一震。

歌颂老师的文章我读过不少，大多没留下什么印象，这本却能将我牢牢抓住，一口气读下去。作者通过扎实的叙述，将一个容易写俗的感恩主题阐述得极其动人。这不是那种司空见惯的师生情，而是展示出非常独特的精神传承关系：无数品格超拔的老师，用他们的言行滋养了一个个生命；父母生育了我们的肉身，而老师给予我们灵魂。

从小学、中学到大学，作者刻画了数十位教师的群像。故事中的人物，有血有肉，性格鲜明，可亲可敬。黄北平不但是一个懂得感恩的性情中人，也是一个记忆力超强的有心人。凡是给他传过道、授过业、解过惑的，他都一一表达了发自内心深处的敬意。通过他的深情讲述，我们看到了老师这个教书育人群体的精神风貌。由于跨度数十年，读完此书，我们也触摸到中国当代教育的历史脉搏。还不仅仅是教育，还有人心与社会的嬗变，从某种意义上说，也可视为一部中国当代史。

自德先生、赛先生跨进国门，"知识改变命运"的口号就在中国大地叫响。实事求是地说，我是靠读书、靠掌握知识改变了命运，从南充一座深山走进大都市，一步步成为教育事业的建设者。黄北平也是同样从大巴山夹缝中走上了医学道路。我们自然要感谢改变自己命运的知识，但更要感谢传授知识的人，因为他们不仅传授给我们知识,还教给我们更重要的东西——精神品格。他们并不是在培养知识的拥有者,而是在培育具有伟大抱负和善心的正直之士,培育那些能承担人类理想的勇士。

在我任教期间,黄北平是一个勤奋好学的学生,在我离开南江到成都工作之后,与大学时代的他有了密切接触,也曾给予过他力所能及的帮助。可以说,我是看着他从一个上进的学子成长为一位优秀的牙科医生的。黄北平是一个对世界充满好奇的人,他爱好甚多,尤其热爱文学,在竭力为患者服务的同时,创作了好几部具有真情实感的好作品,也赢得了读者的喜爱。个人的历史是自己用辛勤的汗水书写的,我祝愿我的学生黄北平有更丰硕的收获。

我愿意作为一个读者,再次向各位推荐这部真挚、深情的作品。

(作者系四川省政协常委、四川省政协科教文卫委员会副主任委员。)

目录

上篇　堰塘湾的水井

由北京变来的名字 /3

我的启蒙老师 /8

镶铁皮皮大金牙的语文老师 /16

"闹鬼"引出偷粪贼 /30

硬汉赵校长 /38

弹粉笔灰的手 /62

一辆轰隆隆向前开的坦克 /90

中篇　下两中学的汽灯

敢作敢为的杨老师 /113

一颗柔软的心 /123

聋子"李总务" /137

"曲线上学" /143

一匹赛出来的良马 /148

校园中的李子 /155

他燃烧着自己的生命 /161

正直的杨校长 /176

严师的面孔 /188

物理天才的人生高度 /197

忧天下者得高寿 /208

人生的关键时刻 /216

下篇 华西坝的钟声

星光辉映的校园 /225

入学第一课 /229

雄得起的"口七九" /235

恼人的微积分 /240

我的漆匠生涯 /245

五粮液的芳香 /250

吴教授的魔法 /254

闲不住的小易老师 /259

"小爬虫"的愧疚 /263

黄教授的预言 /269

嵌进心灵的嵌体 /275

左右开弓 /282

陈教授的"师训" /287

大师们的那些绰号 /293

一次狼狈不堪的排队经历 /303

我的研究生梦 /308

永远的"口七九" /312

【跋】具此心者还有谁人？/ 陈绍陟 /323

上篇
堰塘湾的水井

自1969年至1974年，我在仁和小学读书。

万丈高楼平地起。小学是一个人接受教育的黄金阶段，教育家关鸿羽这样说："养成教育是管一辈子的教育，是教给少年儿童终身受益的东西……孩子年龄小的时候就像一包熔化了的铁水，它可以浇铸成各种各样的形状。但等孩子长大了，就像冷却了的铁水变成一块铁砣子，再改变就困难了。"儿时的记忆已被时光的砂轮打磨得差不多了，只有那些最重要的事情才会在大脑皮层留下浅浅的印痕。荒唐岁月，小学老师是怎么对我们这一包一包的"铁水"进行"浇铸"的呢？如果尊敬的读者多少有那么一点兴趣，就请跟随着我儿时的脚步，穿越时空隧道，听听我启蒙路上遇到的故事，感受一颗童稚心灵的成长历程。

今日的仁和小学

由北京变来的名字

1968年,我七岁,该上学了。

爸爸领我到仁和小学去报名。

"老黄,你把娃儿领回去吧,今年我们学校不招新生。"没想到,当头泼来一盆冷水。

"为什么呀?我这娃儿已满了七周岁,该发蒙了,耽误不得啦。"父亲很着急。

"老黄,对不住呐。我们调查发现,1960年和1961年两年全公社出生才十来个娃娃,都招不够一个班。没办法,你得等到明年。加上1962年出生的几个娃娃,收一个班虽然勉强,但明年一定招生。到明年,你再带着娃儿来报名上学吧。"学校领导诚恳地向爸爸解释道。

"是这样啊,那只好等明年了。大娃子,走,回去帮着放牛。"无奈,爸爸又把我领回了家。

第一次报名读书,就吃了一个闭门羹。

我确实是不该在这个时间段来到人世间的。

1961年8月,我降生在仁和公社一村二组一农民家庭,小地名叫黄家塝。那时候,疯狂的"大跃进"运动尚未结束,其后果便是空前的大饥饿。当时,首要任务是把命活下来。那几年,埋进坟墓的人多,被迎到这个世界的人少,饥饿成了最好的节育措施。在那个最不适宜人生存的时期,我却阴差阳错出生了。

由于缺乏营养,我出生时仅有两斤九两。在今天的科技条件下,将一个如此轻的新生婴儿养活或许算不上奇迹,但在当时的条件下,肯定是个奇迹。

为了给娘补充营养,让我有奶吃,父亲只好上山打鸟。

大炼钢铁把森林毁了,山上见不到斑鸠野鸡,连麻雀都很少见。打不着天上飞的野物,父亲就抓地上跑的老鼠,老鼠肉成了娘月子里的营养品。灾荒年月,老鼠也很稀少,捕到的个个骨瘦如柴。没什么油水,母子严重营养不良。奶催不出来,爸爸一咬牙,将一头三十多斤重的小猪一刀宰了,炖着给娘吃,这才有了一点奶水。奶水不够吃,稍大一点,就喂我米浆。

从曾祖黄代爵到爷爷黄明光再到父亲黄国让,我家三代都是男丁单传,我上边又是两个姐姐,好不容易有了我这个儿子,父母把我的命看得格外金贵。没有婴儿床,怕我睡觉有闪失,爸爸专门做了一个提篮,铺上棉褥子,把我放在提篮里睡觉。怕蚊子咬了我,就到公社卫生院找了块医用纱布,做了顶小蚊帐,将提篮罩住。白天姐姐和奶奶守着我,隔一会儿掀开蚊帐看看;晚上爸爸和娘守着我,爸爸守上半夜,娘守下半夜……

我至今无法想象,爸爸和娘是怎么养活我的。

祖上也算诗书传家,曾祖一辈出过举人,钦赐过州官。祖父是个教书匠,曾担任川陕革命根据地仁和乡第一任苏维埃政府主席。我父亲四岁时,祖父被张国焘冤杀,父亲是靠奶奶迈动那双尖尖小脚艰难拉扯成人的。虽然父亲从小聪敏过人,是块读书的料,可奶奶拿不出钱供他上学。父亲只读了三年半私塾,就回家帮奶奶耕田耙地。母亲杨菊英更是一天学都没上过,连自己的名字都不会写。或许正是父母没有机会读书,吃没文化的亏太多,对后人读书就特别上心。父母那时常用这样的话教育我们:"人不读书身不贵。只要你们好好读书,读到哪里,我们当父母的,哪怕讨口要饭,也要把你们供到哪里。"

没报上名,我在家多放了一年牛,多割了一年牛草。

1969年秋,整八岁时,爸爸又将我领进学校。

父亲虽然只上过三年半私塾,但仰慕有文化的人,对老师更是崇敬有加。他要求我们要像他当年那样尊敬老师,见了老师的面,一定要鞠躬敬礼。报名那天,父亲把我领到一个矮个子男人面前,对我说:"大娃子,快行礼,他是聂老师,以后要听聂老师的话。"

聂老师人瘦瘦的,左脸上留有一道人字形伤疤,很是抢眼。

我赶忙弯腰向聂老师行了一个鞠躬礼。

"大娃子,你的大名叫什么呀?"聂老师问。

"聂老师,他还没有取大名,小名叫大娃子,他的辈分是华字辈,我现在有三个儿子,打算用仁义礼给他们取名,老大叫黄仁华,老二叫黄义华,老三叫黄礼华。聂老师您觉得如何?"父亲说。

聂老师深思起来。

南江山区里,孩子上学前一般都没有大名,只有小名。父母觉得儿女的小名取得越贱,鬼怪才越不会招惹,越没灾没病,越容易养活,因而争相把小名取得贱贱的。男孩子的小名以猪儿、牛儿、马儿居多。狗是农村最好的安保动物,也是人类最忠诚的朋友,以狗儿取小名最为常见,比如"花狗子""黑狗子""麻狗子""灰狗子""孬狗子"……一家有几个男孩就有几个狗子,一个院子里有一群男孩就有一群狗子。如果不是以狗命名,便以排序命名,第一个叫"大娃子",第二个叫"二娃子",以此类推。这"娃子"从生下地就开始叫,一直叫到上学。而女孩子呢,则多叫菊呀花呀梅呀莲呀,弄得一个院子里有好多株菊、好多朵花、好多瓣梅、好多枝莲。南江人也爱把女孩叫"女子",

什么"贵女子""金女子""左女子"等等。南江人还爱以排序给女儿命名，第一个叫"大女子"，第二个叫"二女子"，以此类推。这样一来，弄得一个班有好几个"狗"，好几个"大娃子""二娃子"，好几株菊好多朵花好多瓣梅好多枝莲，好几个"大女子""二女子"……还有些家长，给孩子取名追求叫得响亮，不考虑是否经得住推敲，比如有个姓王的家长，给大儿子取名王国、二儿子取名王当、三儿子取名王佳，一点名，就很容易听成"亡党""亡国""亡家"。

名字虽然只是一个符号，与人一生的荣辱贵贱没多大关系，但家长对儿女的大名仍然特别看重，认为老师有文化，见多识广，取的名字肯定响亮、吉利。每次开学，老师的一项重要任务，便是要给全班没取大名的学生取名字；即使已经给孩子取了大名的，家长也希望老师能给换一个更好的名字。

在给学生取名前，老师要知道学生姓氏的字派、辈分，取的名字不能僭越犯上；其次，根据生庚八字、纳音五行，命里缺什么，名字里就得补什么。除此之外，还得考虑取的名字是否好记好听、易认易写、紧跟时代，在学校里是否有重名。开学报名的第一周，老师的主要工作就是对学生的情况逐一进行了解，再为同学改名取名。

"黄仁华这个名字好是好，但学校里已有一个了，名字最好不取重。"聂老师想了一会儿，摸着我的头，看着父亲说。

"那就麻烦聂老师帮忙改一个吧。"父亲恳求道。

"大娃子，你长大后想去哪呢？"

"北京！"我脱口而出。

"北京是我们伟大祖国的首都，是毛主席居住的地方。那里有天安门，有万里长城，还有北京大学、清华大学。你好好读书，将来考大学考进北京去。"

"那我就叫黄北京!"

"不行。个人的名字怎么能取北京二字呢?北京这个名字太响亮,太大了,用在任何人身上都不合适,我看就取'北平'吧。北平就是北京,解放以后才改成北京的。取北平与取北京意思一样。"聂老师一锤定音,我就由"大娃子"和准备取的"黄仁华"变成了"黄北平"。

我这辈子虽然没有考进北京的大学读书,没有到北京生活过,但我用"黄北平"的名字报名上学,办身份证,领结婚证,为创办的牙科医院命名,这个名字已伴随我四十多年,还将伴随我这一生。"北平"成了我的名片,成了我生命和事业的象征。

"聂老师,孩子交给你了,他要不好好学习,你该骂的骂,该打的打,就当你的孩子一样管。"父亲向聂老师提出请求。

"老黄,你把黄北平送到我们学校,千万放心,我们一定会把他教好。"聂老师对父亲挥挥手,把我领进了教室。

我的启蒙老师

仁和小学是我的启蒙学校，位于四川省南江县仁和公社仁和场口仁和寨下、堰塘湾上方，离我家黄家塝有五里地。

堰塘湾背靠仁和寨，两边青山环绕，中间卧着一个小山包，像一只燕子趴在窝里，也叫"燕儿窝"。在燕儿屁股下面有一个泉眼，清清冽冽，冬暖夏凉，仁和场上几百口人和仁和小学师生，全都用泉眼流出的水。风水先生说，这里地形好，适宜建学校，可对面的铜铃山高大险恶，把出路挡住了，燕儿翅膀小，飞不过去，因此，这所学校出不了大人物。

校址上本来是座关帝庙，是为祭祀三国名将关羽而修建的，几乎乡乡都建有关帝庙。孔子是文圣人，关羽乃武圣人。新中国成立后的相当长一段时间，农村小学大都设在庙里。对于利用庙堂开办学校的现象，曾有顺口溜这样调侃道："前面学生上课，后面泥神稳坐。提倡解放思想，封建迷信未破。"

标准的关帝庙有三进院落，仁和公社的关帝庙受地势限制，只有两进。仿宫殿式建筑风格，庙门匾牌上写着诸葛亮评关公的四个字"绝伦逸群"。全庙建有照壁、山门、钟楼、旗杆、药王殿、灶君殿、财神殿、老君殿，装饰画有"二龙戏珠""五福捧寿""喜鹊闹梅""加官晋爵""马上封猴（侯）""鲤鱼跳龙门"。庙中立有"关公夜读兵书"的雕像——关羽端坐在椅子上，左手捋长髯，右手捧书，在灯下细读，周仓持那柄青龙偃月刀侍立一旁。庙内有几株逾百年的老树，环境清幽。

我上学时,关帝庙已被破坏殆尽。山门照壁没有了,威风凛凛的镇庙大神没有了,精妙绝伦的装饰壁画没有了,连那几株百年老树都被塞进炼铁高炉。只有大青石砌成的大戏台完整无缺,昔日上演关老爷过五关斩六将战绩的地方,如今做了校长或官员训话的讲台。

聂中光老师是班主任,也是语文课老师。

在我的印象里,他不苟言笑。可能是营养不良的原因吧,瘦瘦的脸一直蜡黄蜡黄的。

1969年,学校虽然恢复上课了,但却没有课本。老课本被扫进了历史垃圾堆,新编课本又没有足够的纸张印刷,山区小学只从县革委文教组领回一套教材。于是,聂老师就用复写纸给我们复写课本——将复写纸垫在白纸之间,一次最多可复写四页。就这样,全班二十来个学生,人人都有了语文课本。

语文第一课是"毛主席万岁",第二课是"中国共产党万岁",第三课是"中华人民共和国万岁",第四课是"无产阶级专政万岁",第五课是"战无不胜的毛泽东思想万岁"。一个"万岁"就是一篇课文,五个"万岁"就是五篇课文。

第六课的题目记不得了,内容是:"天上星,亮晶晶,我在大桥望北京,望到北京天安门,毛主席是我们的大救星。"那是广播里经常播送的一首歌的歌词。对于七八岁的发蒙娃娃,这个课本让学生不易掌握生字。"万岁"啦"救星"啦,又不好用实物教学,听半天不知其所以然。不如解放初的语文课本编得好,以前第一课就一个字"人",第二课三个字"两个人",第三课又是一个字"手",第四课是三个字"两只手",第五课增加到五个字"左手和右手"……"手"长在每个人身上,"左手和右手"就长在自己身体的左边和右边,看得见,摸得着,儿童能轻易看到这些无时无刻不在的实物，而且这些字的笔画少，既适合儿童记忆，又便于儿童书写。我那时还不知道，世上有一套非常好看的识字课本，叫《澄衷蒙学堂字课图说》，有字有图，开篇第一个字是"天"，那是茅盾、胡适他们用过的发蒙读物。

聂老师照本宣科地教，我们跟着鹦鹉学舌地念，囫囵吞枣地学。

聂老师当语文老师绝对合格。他的板书虽算不上精美，但横平竖直，勾捺点撇，写得用心而到位。他改作业相当认真，从不让学生替自己改作业。成绩好的，他亲自改，成绩差的也亲自改，全班学生的作业本上，都有他留下的红色字迹。

上学离不开黑板。我们的黑板是在土墙上造出来的，工人用石灰加瓦灰加黄泥加墨汁刮平而成。有一次上课，坐在后排的郭江龙头时而偏左时而偏右，聂老师便走到他身旁，问他哪儿不舒服，他说黑板上有几处看不清楚。聂老师发现那是由于教室窗户太小，光线分布不均匀，形成反光所致。为解决反光问题，每过一段时间，聂老师就用稠米汤将黑板粉刷一次。这样，黑板从小学一年级一直陪伴我读完初中。到了高中，我们才用上木质黑板。在木质黑板表面漆上生漆后，再用砂纸打磨，使其减少反光。

老师在黑板上咪咪喳喳，笔走龙蛇，粉笔与黑板摩擦，粉笔灰纷纷飘落，像白色的梨花落在地上。粉笔灰中含有二氧化硅，长期吸入，易得哮喘和肺炎。老师天天与粉笔灰打交道，对身体很不利。

粉笔灰对人体的危害，我是很多年后才知道的。当时只是看到，一进入冬季，聂老师就穿一件长长厚厚的黑布棉大衣。黑布最易粘粉笔灰，每堂课结束，聂老师夹着教案走出教室后，一个习惯性动作就是拍打大衣上的粉笔灰。殊不知，粘在黑布上的粉笔灰是不容易拍干净的，而他的手上本来也粘着粉笔灰，大衣上粘的粉笔灰没掉下多少，反而把手上的粉笔灰拍到了大衣上。所以，聂老师那件黑大衣上始终粘着粉笔灰，黑大衣黑中蒙白，显得邋遢不堪。但不知怎的，我反而觉得这样的聂老师更加令人敬佩，聂老师身着黑大衣的形象定格在我心里。

聂老师很喜欢我。我希望他能长久地当我们的班主任，教我们的语文。可第一学期结束时，他把期末考试的语文卷子发给大家后，竟与我们作了道别："同学们，我家在达县一个小山村，领导考虑到我父母多病、家庭困难，把我调回达县当老师去了。学校会安排别的老师来给你们当班主任，也会派别的老师来教语文课。我希望同学们要听新来老师的话，好好学习，天天向上，成为国家的有用之材。"

聂老师调走时我才八岁多，懵懵懂懂的，只知道聂老师再也不会教我们了。

自从聂老师调离仁和小学后，我们再也没有联系。在我的心目中，达县在很远很远的地方，因为曾听聂老师讲过，他回家探亲要走好几天。

1984年，我从四川医学院口腔系毕业，分配到达县地区人民医院口腔科工作。1985年的一天，一患者找我做假牙，试戴中，我一边打磨假牙，一边与其闲聊，他说他在地区文教局工作，是个科长。我突然想起聂中光这位启蒙老师。

"我的启蒙老师从南江调回达县教书，你能不能帮我打听一下他的具体工作单位？"我问他。

"他叫什么名字？是哪一年调回达县的？"

"他叫聂中光，1969年底调回达县的。"

"这事简单，包在我身上。你把牙齿给我做好，我回去到档案室把达县教师的花名册一翻就可以查到。"科长拍拍胸脯。

我听了这话，非常高兴，更加认真地把他的假牙进行了调改、打磨、抛光，他戴上后觉得非常舒服，高高兴兴地走了。

唉，谁知我碰到了一位"水水客"，一走就杳如黄鹤。

1992年，在酒桌上我认识了地区教育局一个人，又想起了聂老师，并向他说了那科长"水"我的事。

"莫怪别人水你，是你太弱智了嘛！你要找他办事，就不应该一下子把他的假牙修得舒舒服服的，应该给他留点尾巴，等他把你的事情办好之后，你再给他把那点尾巴去掉。"人家先给我上了一课。

"你老兄说得也是。要是我给他做假牙时留点尾巴，他戴着不舒服，肯定会来找我。可惜，老师从来都教育我们，做任何事情都要踏踏实实，一次能给病人做好的，绝不能让病人跑两趟。你说我弱智，是变相批评我的大学老师弱智，是他们只教了我们如何把活儿做得尽善尽美，没有教我们留尾巴。"我回答道。

"教育系统关系比较复杂，达县境内既有达县文教局管辖的普通学校，也有国防军工系统和矿务局系统管理的子弟校，彼此井水不犯河水。这样吧，如果我在达县文教局查不到聂中光，我就找朋友查达县境内的子弟学校。哪怕筛子筛，筐子筐，也要帮你找到聂老师的下落。"

"相信你不是水水客，来，咱们连干三杯。"

朋友与我连干三杯。第二天他就传回消息："聂中光老师调回达县后没有在达县教育系统教书，到了达县渡市乡白蜡坪煤矿子弟校。"

白蜡坪煤矿离达城六十多公里，在铁山西边。当时交通落后，到白蜡坪煤矿相当不好走。不过，知道了他的下落，我心里踏实下来。

1993年秋天，有朋友要开车到渡市去办事，我立即搭他的

聂中光老师

便车去看望聂老师。到渡市要翻越一千多米高的铁山,弯急路窄,两边都是几十米高的陡岩,"三道拐""九道弯"令驾驶员心惊胆战,我们艰难行走了四个小时,才到达渡市街道。

我边走边打听,奔向白蜡坪煤矿子弟小学。门卫告诉我,老师回老家挞谷子了,可能要三五天才能回来。见我一脸失望,他就将聂老师大女儿的住处和姓名告诉了我。

我立即赶回渡市街上,找到聂老师大女儿家。

"小兄弟,你先休息一下,我马上给你烧点开水。"聂老师的大女儿得知我是她爸爸的学生,跑一百多里路专程来看她爸爸,特别激动。她端了条凳子请我坐下,要给我烧开水。

不久,聂老师的大女儿把烧好的"开水"端到了我跟前:一大碗醪糟,中间还窝着四个荷包蛋。原来,达县的烧开水就是醪糟煮鸡蛋。我端着碗傻了眼,午饭后虽然走了十来公里路,吃两个鸡蛋还可以,吃四个就有点超出胃的承受能力了。我执意要挑出两个鸡蛋,聂大姐坚决不干,"你不吃就是不给我和我爸爸面子。"盛情难却,我只好强撑着把一大碗醪糟鸡蛋塞进肚子。

临走,我给聂老师留下一张短笺,告知我的工作地点,请他方便时来达城见面。

"请大姐转告聂老师,我盼望早点见到他。这个东西请大姐交给聂老师。"出门前,我将二百元钱夹在短笺中交给她,借以表达一下我对聂老师的敬意。那时,我每月的工资还不到三百元。

"信我负责转交,钱不能留。"她将钱从短笺中抽出,递给我。

"这是我孝敬聂老师的,这点心意,大姐没有权力替聂老师拒绝。"我将钱硬塞回大姐手里。

回单位后,我一直等着聂老师的消息。

"大娃子,你还认得我吗?"第三天中午,正准备换衣下班,一位老人突然来到科室,对着我喊。我一看,正是聂老师。

"聂老师,聂老师,我怎么会不认得您呢?您是我的发蒙老师,我的大名都是您取的啊。"我一把将他的手紧紧地握住。

我们彼此仔细打量着。时间过得真快,我们分别已经二十四年,当年那个不到九岁的孩童已经变成三十三岁的壮年人,可聂老师却一眼就认出了我,并喊出了我的小名。

我的变化肯定大,聂老师的变化也不小,他满脸沟壑,背微驼,个子似乎比当年更矮了。不过,他鹤发童颜,精神矍铄,眼不花,耳不聋。当过老师的人嗓门都练得好,他说话还像当年站在讲台给我们上语文课一样,声音洪亮。

聂老师背了一个背篼,里面的麻袋鼓鼓囊囊,手里还提着一只大红公鸡。

"聂老师,我这里啥都不缺,您用不着背这么多东西哟。"

"都是土特产。这新米是田里产的,鸡是自己家喂的。"聂老师回应。

"只有学生孝敬老师的,哪有老师给学生送东西的?这么大老远的背这些东西来多不容易!"我心里惴惴不安。

"反正是坐汽车,顺便就带来了。"聂老师笑着说。一笑,他脸上的那道人字形疤痕更加明显了。

听聂老师说话,看着聂老师那褶皱起伏的脸,我的眼睛模糊起来。俗话说,"只有娘肚子里有儿,没有儿肚子里有娘",老师也有慈母的胸怀啊,他们的肚子里永远装着自己的学生。

我们从此来往不断。

镶铁皮皮大金牙的语文老师

聂中光老师调走后,杨桃接替班主任。杨老师也教我们语文。

大老爷们却取了一个女性化的名字,这往往给他带来麻烦。有一次,他参加业务培训,组织者以为他是个女人,就把他分到了女教师宿舍。

杨老师最明显的特征,是嘴里镶着一颗大金牙。

说起来也是心酸。他读师塾时,冬天寒冷,几个学生玩斗鸡游戏取暖。他自恃身体强壮,斗得勇斗得准,经常获胜。有一天,他与一个同学较量,殊不知那个同学比他更善斗,只将他膝盖磕了一下,膝盖便发酸,被斗得单腿后跳了好几步。当他稳住阵脚,准备拿膝头狠狠攻击对方时,对方闪开了,他扑了个空,那条"金鸡独立"的腿支撑不住全身重量,一头扑在地上。很不幸,他的嘴恰巧磕到了石头上,一颗上门牙活生生就这样磕断了,自此,小小年纪就成了一个豁牙巴。

山里人不在乎牙口,哪怕掉几颗大牙,只要别人看不见,都不会管。杨老师被磕断的是上门牙,一张口就是一个黑洞,太显眼,说话跑风漏气,将来找女朋友都会大受影响,父母只得把他领到县上去看牙医。

全县只有一个姓梁的老头能安装假牙,诨名"梁牙齿"。梁牙齿只会做金牙和铜锌合金的假牙。金子有良好的延展性能,耐酸耐碱耐高温,在口腔中永不变色,然而用真金做假牙不但考验牙医的手艺，还考验患者家庭的经济实力。一般家庭只能镶用铜锌合金片敲打成类似牙齿形状的假牙，镶嵌在缺牙间隙。那种铜锌合金被人戏称为"铁皮皮"，花不了几个钱，戴在嘴里不美观，也不舒服。不少人以为那种铜锌合金是真正的金子，就把铜锌合金牙称作"大金牙"。

这样一颗假牙，却给杨老师带来了无穷的烦恼和灾难。

一颗惹祸的假牙

杨老师出身下中农，本属团结对象，但他运气不好。1948年，旧政权风雨飘摇，元潭乡六保保长没人愿意当，乡政府见杨桃识文断字，就让他当了保长。两年后，南江县解放，新政府调查他的情况，发现他在任保长期间，一没拉丁，二没派款，还做了一些好事，就没为难他。通过民主选举，他还当上了六村村长，成了新生政权的基层干部。

1952年，农村发展教育，教师缺乏，就让他在仁和小学当了教师。一个只读了几年私塾的人，当教书匠实在吃力，政府便把他送到大竹师范速成教师进修班培训了一年。

文化大革命运动一开始，他当过"伪保长"的事就被造反派翻了出来。

"你这个伪保长，埋藏得很深啊，竟混进了革命教师队伍，不斗争你斗争谁！"

"我不是国民党的保长！我是共产党的保长！"杨老师不服，在斗争会上为自己抗辩。情急之中把给共产党当过村长说成了给共产党当过保长。

"胡说八道！共产党哪来的保长？你老实坦白交代，当没当过国民党的保长？"造反派声色俱厉地追问。

"当……当过。我也给共产党当过村长！"

"桥归桥，路归路，你是伪保长就是伪保长！再抵赖都没有用！解放后绝大多数伪保长都被清理，有的戴上了历史反革命的帽儿，有些恶霸伪保长还被关被杀，你杨桃这个伪保长却没有受到任何牵连，还当上了人民教师，这还得了！查！"

查查查！竟把杨老师查成了一颗埋藏在教师队伍中的定时炸弹，给他戴上了"漏网历史反革命分子"的政治高帽。

杨老师的罪证有两条，一是收听敌台，二是大金牙中藏有收发报机。

杨老师有一台晶体管收音机，除了用来收听新闻广播外，还用它对表，因为他的手表走时不准，有时一天快慢相差一个小时。他不时对着"现在是北京时间八点整"的报时声拨动指针。那台收音机收音效果很差，受到干扰会产生很大的电潮声，经常嘎嘎嘎乱叫，造反派竟诬陷那是在接受特务组织的指示。

那颗假牙也成了他的罪证——与反革命组织联络的发报机就装在里面。造反派没收了收音机，将他押到县里，由专政机关将假牙与收音机一并进行检查。检查结果，收音机正常，没发现任何异样。在假牙里装收发报机更是无稽之谈：小小假牙里怎么能装进一台收发报机？且口腔里有唾液，收发报机能长期经受住唾液的侵蚀？

杨老师不能继续当老师了，他被下放到农村监督劳动。

后来因为老师奇缺，他才被重新召回到仁和小学代课。其他代课老师每月有二十四元钱工资，他只有五元钱的生活费。但不管发多少钱，他都不计较，只要能教书，他就心满意足了。

杨老师教我们时，只要他一张口，特别是遇到有阳光的时候，假牙就金光闪闪，很"扯眼球"。所以，只要杨老师一讲话，只要金牙一闪光，同学们就咪咪地笑。杨老师明白其中的缘故，可身为老师，也不便发火。当同学们的笑声大了，他才说上一句：

"笑什么笑？有什么好笑的？注意听课。"

有同学还偷偷在背后给杨老师取了一个绰号："金牙巴"。

乡上斗争地富反坏右时，常常把杨老师弄到台上去陪斗。因为经常陪斗，杨老师的胆子小了，见了人低眉顺眼。

有一次挨斗留给同学们的印象特别深。

仁和小学高年级一些同学组织了红小兵造反队，人人都握有一支红缨枪。枪头是一节削得尖尖的菱形竹片，有的拴着几根红线，有的连红线都没拴。红缨枪就成了红小兵做战斗游戏的理想武器。

有一天，杨老师看到几个学生操着红缨枪在校园里你追我赶，"杀声"一片，就好心劝道："同学们，你们不要耍红缨枪。枪头太尖了，刺着了肉，就可能出血受伤；刺着了眼睛，可能把眼睛刺瞎，快把红缨枪收起来，不准再耍了！"

"你又不是我们班主任，你管得着吗？我们偏要耍！"说这话的学生还当着杨老师的面，把一条红缨枪耍得呼呼生风。

"我虽然不是你们的班主任，但我是老师，我必须得管。你们戳过去戳过来，失手戳在别人身上，就可能戳出大祸。听话，快把红缨枪收起来！"

"我们是红小兵，是为毛主席站岗放哨的，红缨枪是我们的武器，偏不收起来！"说着又举起红缨枪厮杀起来。

"站住！"杨老师见状一声大喝。

"你杨桃子叫谁站住？一个'伪保长'敢叫我们红小兵站住？这不是破坏伟大的红小兵运动吗？信不信我们斗争你！站住！"

"杨桃子"是造反派给杨老师取的绰号，只要开斗争会，台上的吼一声："把伪保长杨桃子押上来！"杨老师就被反剪双手，呼呼啦啦推上台去。

红小兵一拥而上，抓胳膊，扯头发，押着杨老师去游街。

有些娃娃见平时游街者头上要戴高帽，脖子上要挂牌子，就找来两张旧报纸，现场叠了一顶高帽，给杨老师戴上。有学生捡来一块旧纸壳，做了个牌子，用白粉笔歪歪扭扭地写上"伪保长杨桃子"，再用红粉笔在"杨桃子"上面画一个叉，挂到杨老师脖子上。

杨老师当时如果反抗，几个小学生肯定拿不下他。可他并没有反抗，他一是怕老师与学生抓扯扭打在一起，有失老师风范，二是自己正被造反派揪斗，如果硬顶，很可能把事情闹得不可收拾。他像一只大绵羊一样，老老实实让学生把手反剪到背后，戴着高帽，挂着牌子，推向校门。他嘴里不停地大声说："同学们，我这样做是为你们好，你们现在不明白，将来会明白的。"

红小兵斗争杨老师的事很快从仁和街上传开，两个住在街上的家长听说儿子在领头斗杨老师，提着棍子飞也似的赶过来。见儿子正押着杨老师朝街上走，老远就瞪起眼睛，抡起了棍子。

"快跑！快跑！老汉来了！"红小兵见家长一来，发出一声呼吼，作鸟兽散。

"反天了！你个狗日的还敢斗老师，看你以后还敢不敢！"有个红小兵跑得慢，被家长一把拿住，棍子"啪啪啪啪"落到屁股上。

家长下手很重，一棍子下去，一道青紫，再一棍子，一道血印。

"哎哟！哎哟！"小家伙杀猪样嚎叫起来。

"你个砍老壳的快给老子跪下！向杨老师叩头请罪！"家长边打边骂。打过后，又像拎小鸡一样，把儿子拎到杨老师跟前，朝屁股上甩起狠狠一脚，将其踢跪在杨老师跟前，接着取下杨老师头上的高帽，摘掉挂在杨老师脖子上的牌子，连声说："杨老师对不住啊！是我没把这个狗杂种管教好，让您受委曲了，我先给您赔不是。"

孩子跪在地上,开始还犟着个脑袋,一副打死也不准备向杨老师赔罪的样子。家长见孩子还犟着脑袋,棍子又"啪啪啪"落到孩子屁股上。

"哎哟!哎哟!我错了!我错了!请杨老师原谅!哎哟!"孩子再犟也犟不过父亲手中的棍子,立即向杨老师叩头如捣蒜,大声认起错来。

"别打了!别打了!你棍子那样重,打出个好歹来可怎么办?孩子不懂事,算了吧。"杨老师抓住家长手里的棍子,反过来替斗他的孩子求情。

杨老师劝走学生家长,把那顶高帽和牌子放在宿舍角落,下午又按时到教室给我们上课了。

红缨枪入库,学校恢复了平静。

看飞机

他虽然上过教师速成进修学校,教书也很认真,但教学水平很有限。有句俗话叫"四川人生得尖,认字认半边",杨老师有时也不懂装懂,认"半边字",把字读错,而且错得离谱。比如"耶稣"两个字,他就读成"耳禾",说"耳禾是西方人心中的上帝,耳禾搞的是资本主义,我们搞的是共产主义,不能信耳禾那一套"。

如此一来,"耳禾"就在我心中扎下了根。当听到别人将"耶稣"念成"yesu"时,我还觉得别人念错了。上了大学,有一次学校进行演讲比赛,我写了一篇演讲稿,里面用到了"耶稣"两个字,我拿着演讲稿征求郭英、孙颖两位同学的意见,当我自然地将其念成"耳禾"时,两人同时叫停。

"打住!打住!什么耳禾?"

"这两个字念 yesu，《圣经》就是写耶稣如何成神，怎么创造万物以及他的一些弟子的故事。基督教相信上帝是三位一体的，而耶稣正是三位一体中的圣子降世，也就是神。在基督徒眼里，耶稣是人和上帝之间的桥梁和纽带，是西方最知名的人物。西方人可能不知道美国总统、英国女王、罗马教皇，但一定知道耶稣。北平，你以后可别再耳禾耳禾出洋相了！"

由此，耶稣才在我心中得以正名。

杨老师还有一件事也留下了笑柄。

那时上级要求小学生要学习汉语拼音，用普通话教学。仁和小学过去没有开设过汉语拼音课，推广汉语拼音算是一件新鲜事。杨老师到区上进行了短暂的汉语拼音培训，回来就开始教我们，并坚持用普通话给我们上课。

汉语拼音本身是一门很深的学问，不进行系统的学习怎么能掌握得了？杨老师过去从来没有接触过，只经过短暂培训怎么教得好学生？他又从小住在大山沟里，一直生活在讲四川方言的语言环境中，让他立马改四川方言为普通话教学，岂不是赶鸭子上架？记得最清楚的是，杨老师教我们学"喝"字，汉语拼音是 he，平声，而他却教成霍（huo），去声，硬把 he 憋成 huo。教"脚"字也一样，普通话读 jiao，他偏要往四川话上憋，读成"jo"，在汉语拼音中都查不出这个拼音来。同学们记不住那个汉语拼音，可记得"鸡咬脚"，一读就读成"鸡咬脚"，倒也好记好背。他读汉语拼音憋得难受，我们也跟着憋得难受。但再难受杨老师还得憋着劲教，我们也就憋着劲学。

杨老师除了教语文特别用心外，对学生的管理也很人性化，对我们这些带着弟弟妹妹上学的，表现出一种宽厚的慈父之心。

那时，计划生育还没有被提高到"国策"的地位，也没听说有什么节育措施，山里人只注重数量，不注重质量，敞开肚皮努力生,他们的观念就是"一个猪儿是养,一槽子猪儿也是养"。养孩子的成本也不高,如果妈有一包奶水,那是孩子天生有福;如果妈缺奶水,一碗米糊糊也能喂大。一般家庭都不是生一个,而是生一群。儿多父母苦,爹娘既要到生产队干活挣工分,抓紧时间种自留地,还要忙一日三餐,根本照顾不过来,带弟弟妹妹的任务自然就落到了哥哥姐姐身上,哥哥姐姐上学得把弟弟妹妹背到学校。我们那个班的同学中,至少有一半到学校时背上都背着孩子。有的还要背上背一个,手里牵一个。大姐上学时背我,二姐上学时背二弟,我上二年级时就开始背着三弟黄清平上学。我十岁,三弟两岁。

这样一来,教室里分外热闹,一幕幕活报剧、轻喜剧就不停地上演了。

"饿。饿。哇!哇!哇!"有的弟弟妹妹饿了,就在教室里扯开嗓子使劲干嚎。

"快抱到教室外去哄。哄得不哭了再抱进来。别影响其他同学听课。"正在上课的杨老师见孩子哭闹不停,皱着眉头吩咐。

吼"饿"的孩子被抱到教室外,哭得更响亮。

"老师。我妹妹要屙尿。"那边同学刚把吼饿的弟弟妹妹抱出教室,这边又喊开了。

"快抱到外面去。快点!快点!尿别把地弄湿了。"杨老师指着教室门说。

"老师。糟了!糟了!我弟弟屙了屄屄!"那个说妹妹要屙尿的同学才抱着妹妹冲出教室,另一个同学又在另一头呼喊起来。

大人屙屄屄要提前作准备,找手纸,找厕所,一两岁的孩子根本不知道作准备,想什么时候屙就什么时候屙,想在哪里屙就在哪里屙,连招呼都不打一个,就已经在教室里摆下了"地雷阵"。

屙屄屄比撒尿麻烦，把屄屄屙到裤裆里麻烦，把屄屄屙到教室里更麻烦。一泡屄屄就能熏臭一间教室。

"你怎么不搞快点？屄屄屙到教室里多臭。别动了，别动了，等我来。"听说孩子屙了屄屄，正在黑板上写字的杨老师马上丢掉粉笔，先从讲台下的抽屉里扯出一张草纸，又到教室后面的墙角边拿上铁铲。他先帮着把屁股擦了，再将地上的一堆屄屄铲上，丢到校门外的垃圾堆上。为了随时清除，教室门后面一直放着一把铁铲子。好在那时教室地面是黄土，拿铲子稍稍用点力，连屄屄带土就铲干净了。为了方便给小家伙擦屁股，杨老师总是在讲台抽屉里放一叠草纸。

如果一堂课遇上几个撒尿、几个屙屄屄的，学生进进出出，老师跑上跑下，课也就没法上了。有的学生见弟弟或妹妹没打招呼撒了尿屙了屄屄，就用"高压政策"进行控制，挥起巴掌对着小屁股蛋"啪啪"就是两下子，可"高压政策"压不住屙屎撒尿，越打嚎哭的声音越响亮，弄得教室里哭的哭，喊的喊，热闹非凡。

有一天，我们正在上课，天上突然传来轰隆隆的飞机声。过去，仁和场上空经常会有飞机飞过，可都飞得很高很高，只能看到天空中的一个白点，有时连白点都看不清，只剩下一条笔直的白线。这次不同，飞机飞得很低，肚皮似乎都擦着屋顶了，震得窗户纸嗡嗡响。我们从来没有听到过这么巨大的飞机轰鸣声，没有人发话，全班同学都不约而同地起身冲向屋外，哗哗哗响成一片，凳子倒了好几条。尽管有两扇门，可大家都从前门往外挤。当我们跑到教室外面时，飞机已经飞过仁和寨。很可惜，我们只看到了飞机一条大尾巴。

"估计明天这架飞机还可能往回飞，明天我们早点出来看，我们提前作好准备。为了大家明天都能看到大飞机，大家必须遵守秩序。从这排开始，后面几排的同学走后门，前面几排的同学走前门。只要大家不拥挤，我保证大家都能清清楚楚地看到大飞机。现在我们演练两次。"见我们带着深深的遗憾回到教室，杨老师这样说道。

听杨老师这样说，大家都露出了笑脸。按照杨老师的安排，认认真真地演练起来。有组织地从教室跑到操场，第一次用了将近半分钟，第二次就更快了。

杨老师把我们的胃口调得很高很高，我们都盼着第二天看大飞机，晚上做的梦都和它有关。

第二天，那架飞机真的从原路飞了回来！一听远处传来隐隐约约的轰鸣声，在很短的时间内，全班同学井然有序地跑出教室，站到操场上。那架飞机正从仁和寨方向飞来，飞得很低，好像是贴着山顶在飞。飞机的脑壳、翅膀、肚皮，我们看得真真切切。飞机看起来好大好大，足足有我们那间教室大，那样大的飞机我们还是第一次看到。当它飞过仁和场上空，消失在石峰台山那边时，我们还伸着脖子，瞪着眼睛，仰望着湛蓝的天空……直到再也听不到一点儿飞机的动静，才不情愿地回到教室。

"同学们，今天我们看的飞机，大家都觉得很大，其实飞机的实际体积比你们看到的还要大得多，我们这个操场都装不下。机舱里宽敞得很啦，有沙发，有厕所，有厨房，困了可以躺着睡觉，饿了可以吃饭，想方便了可以上厕所，相当相当舒服。但坐飞机是有条件的，一般人不能坐，得是专家、科学家或县级以上大干部。希望同学们好好读书，将来当专家当科学家当大干部，就能坐上飞机了。"回到教室，杨老师发表了即兴演说。

不知杨老师是从哪里获取的关于飞机的知识，但有一点可以肯定，他并没有坐过飞机——就凭当年坐飞机需要达到的那些苛刻的政治条件，一个戴"伪保长"帽子的代课老师连坐飞机的资格也不具备。而且还可以肯定，从我们头顶飞过的那架飞机，并不是什么喷气式大客机，很可能是地质部门勘测用的小飞机。

杨老师介绍那些飞机知识时，多少带有炫耀的成分，我们一个个全都尖起耳朵，听得津津有味。或许可以说，他带我们看大飞机，他的那番即兴演说，在我们幼小的心灵里插上了飞翔的翅膀。

美好的结局

杨老师喜欢记东西，身上经常揣着个本子，随时随地摸出来翻翻写写。那不是日记本，是用来记录班上学生和学生家庭情况的记事簿。比如，跟哪个同学谈话，谈的什么内容，家访的结果，课堂提问提的问题，考试哪个学生考多少分，哪怕是学生写错了一个字，他都一一记录在案。有人说他是被政治运动整怕了，什么都记录在案，便于再次挨整时"有据可查"。也有人说那是杨老师做事认真，对学生进行教育时有根有据。我赞成第二种看法，那是杨老师对学生负责任的表现。

正因为有那么个记事本，杨老师给我们谈话时，从来都是有的放矢，有什么缺点错误，说得有鼻子有眼，年终为学生做的鉴定结论，也完全用事实说话。当然，杨老师那样不厌其烦地常年累月记流水账，也不能排除有自保的目的。在当时那种政治环境里，一个头上戴紧箍咒的人动辄得咎，为了不让自己被诬陷，做到说话有依据，办事有规矩，那又有什么不对呢？

一个老师，只要能把全部心思用到学生身上，哪怕基本功差一点，勤也能补拙，成为一个合格的老师。杨老师就是一个把全部心思都用到学生身上的好老师。

我读五年级的时候,杨老师被借调到公社扫盲教育办公室。我上大学后,他就退休回元潭乡老家去了。元潭离仁和八十里地,我们就没有见过面了。

后来,我从四川医学院口腔系毕业到达州当了牙医,想到杨老师,自然想到了他那颗大金牙,我萌生出一个心愿,一定要抽空把杨老师接到达州,用现代的牙科技术和最先进的义齿材料,将他那颗大金牙换成美观逼真的义齿,借此表达我对老师的感恩之心。换一颗义齿,使恩师的口腔更健康,应该说是举手之劳。可是,我只有想法,没有行动。时间到了2001年,一位家住元潭的中学同学到达州办事,我托他带信给杨老师,请杨老师趁还能走得动的时候,到达州来耍几天,顺便把他那颗"铁皮皮"换成烤瓷牙。

"杨老师不久前已过世了,我看到过街上贴的讣告。"同学说。

得知杨老师已经仙逝,我后悔不迭,陷入了深深的自责。

后来,事情却发生了180度大转变。那是2017年5月,另一位同学到达州来看我,摆谈中说起杨老师,我说起心中对杨老师的愧疚。

"你听谁说的杨老师过世了?那肯定搞错了。我前两天还看到他的,他住在巴中市他大儿子家里。"

"杨老师真的还活着?"

"杨老师不但活着,身体还特别好。好到什么程度?他现在住在八楼,没有电梯,天天都要从八楼下到小区散步,步行的速度连小伙子都跟不上。这是他大儿子的手机号码,不信你可以打电话问他。"同学立即从手机里调出了杨老师大儿子的电话号码。

九十四岁的杨桃老师

得到这个信息,我振奋异常,与杨老师已经快四十年没有见面了,我迫不急待与杨老师的大儿子杨松柏联系,得知杨老师现在正住在他家里,立即启程赶赴巴中。

杨老师1924年生,到2017年5月,虚岁已经九十四了,眼不花,耳不聋,头脑清醒,思维敏捷,说话逻辑严密。我见到他那天,他正在与几个老朋友围在桌子上打牌呢。他一眼就认出了我,高声说:"黄北平来啦,快坐。"

几十年后喜相逢,自是亲热。我问起为什么会从元潭传出他过世的谣传?这十多年了为什么又没有他一点消息?他哈哈一笑,说:"黄北平啦,真是无巧不成书。误会。误会。"

原来,元潭乡也有一个人叫杨桃,岁数与杨老师差不多。杨老师1984年退休回到元潭家中养老,元潭就出现了"双杨桃"。

2001年，彼杨桃去世，不少人错当成了此杨桃，误传出是教我们的杨老师去世了。那一年，杨老师患难与共的老伴离他而去，在三亚工作的小女儿为了让杨老师改变一下生活环境，就把他接到了海南岛。杨老师在三亚一住就是十六年，直到2017年才回到巴中市，住在他大儿子家。所以，这十几年中，除了杨老师的儿女了解他的行踪外，外人都以为杨老师真的去世了呢。

  杨老师历经了人生太多的风风雨雨。"历史反革命分子"的帽子如同紧箍咒牢牢地把他箍住。五元钱一月的生活费一领就是好多年。上有老母需要照顾，下有五个儿女需要抚育，日子真难过呀。七岁多的大女儿得了病没钱治疗，死在他怀里。为了减轻家庭负担，二女儿早早辍学，学习缝纫。

  有意思的是，杨老师自当上村长，就一直在写入党申请书，从春写到夏，从秋写到冬，年复一年。文革结束后，戴在他头上的"漏网历史反革命分子"的帽子被摘掉，又补发了工资。最让他引以为荣的是，他加入共产党的要求，在年满八十岁那年得到了批准。当地党报还把他当作追求政治进步的典型，详细报道了他的事迹。如今，五个子女中有四个是党员，"我家一门五个党员呢。"杨老师望着眼前的几个儿女，不无骄傲地向我介绍道。

  我最牵挂的是杨老师那颗大金牙。这次急着要见面，就是准备把他接到达州，给他把牙换成高质量的逼真义齿。但仔细观察，发现他嘴里镶有一颗美观逼真的烤瓷牙。一问才知道，原来他大儿子嫌大金牙不好，参加工作第一年，省吃俭用存了点钱，专门陪他到县医院换下了那颗显眼的大金牙。

  仁者寿。杨老师离百岁只差六年，我暗暗祝福杨老师活过百岁，成为我所有老师中的长寿冠军。凭他老人家现在这个状态，我的祝福应该不会落空。

"闹鬼"引出偷粪贼

用简陋穷酸来形容我那建在关帝庙里的小学,一点都不过分。

关帝庙第一进院落是教室,第二进院落是教师和"住堂生"的宿舍。住堂生就是住校生,因为住在边远山区的孩子,爬坡上岭,得走四五个小时才能走到学校。没有办法,哪怕只有七八岁,一上学就得住在学校。那时把学校叫学堂,所以住校学生不叫住校生而叫住堂生。

我家离学校五里,不用住堂,读的是跑学。

我比住堂的同学幸福多了。起码不用自己洗衣、煮饭,虽然家里多数时候吃的是红苕、洋芋和苞谷,但一日三餐总有妈妈和姐姐给我做好,过的是饭来张口、衣来伸手的日子。住堂生可就艰难了。衣服还好说,穿一个星期回家再换,脏就脏吧,长几个小爬虫(虱子)也不要紧,星期六回家,父母用开水一烫,小爬虫全得完蛋。

穿可以凑合,温饱就不那么好对付了。学校没有食堂,住堂生得自己找地方做饭吃。他们从家里背来干柴和食物,找三块石头砌个灶,放一个铁罐子在上面就可以煮饭了。校园里凡是能埋锅造饭的地方,都供奉着灶王爷。放学之后,学校里火光四起,炊烟缭绕,顿时变成一个大厨房。

高年级学生经过几年煮饭锻炼,熟能生巧,轻轻松松就把红苕、洋芋和苞谷粒煮得盐味适中、软硬得当。而刚入学的那些七八岁的娃娃，做饭就特别吃力：有时，铁罐在石头灶上没搁稳，锅底下柴火正旺，锅上边水蒸气呼呼直冒，盖子不掀自开，铁罐子一倒，红苕洋芋满地打滚，沾上柴灰和泥巴，一顿将要入嘴的饭食泡汤了；如果从家里背来的柴没干透，烧时只见冒烟不见有火，不得不埋头弯腰，把嘴伸到灶下去吹，熏得眼泪直流，还落得一脸烟灰。即使如此烟熏火燎，还不一定能吃上饭。有时饭还没做好，上课铃声响了，只得把火一灭，铁罐盖一扣，饿着肚子上课去。

后来，学校请了一个炊事员，专门做了一个大甑子，给老师和住堂生蒸饭。只要学生在上课前按时把要吃的东西交给炊事员，下课后可以吃上现成饭。至于菜嘛，因为家庭条件不同，还得自己弄。有些住堂生根本不吃菜，从家里带一瓶子咸菜，一个星期就用那一瓶子咸菜，将一碗碗红苕、洋芋、苞谷粒儿，轻轻松松送进喉咙。夏天，咸菜发生质变，有了酸味，也舍不得丢掉。

住堂生从小接受柴米油盐酱醋茶的考验，为一日三餐操劳，苦是苦，但也有一个好处，那就是他们都有特别强的生活自理能力，都是做家务的一把好手。

做饭麻烦，住宿也颇为艰难。

学校有两间好一点的屋子，给了十多个住堂女生作宿舍。

三十多个男生只能住大礼堂。一捆稻草铺在地上，上面再放上一床凉席。墙是泥巴筑的，地是泥巴夯的，下雨天地上能浸出一层水，稻草湿漉漉，被子潮乎乎。最让人尴尬的是如厕，厕所在百米开外，得穿越一条巷道，还要经过一条两边长满"铁扫帚"（一种用来扎扫帚的小灌木）的小泥路。晚上，铁扫帚丛中经常会有野猫、野狗、老鼠、野兔钻来钻去，不时还伴有令人毛骨悚然的尖叫声。

有一天晚上，一男生上厕所，正在小道上走着，突然听到厕所里传来"卟卟卟"的响声，惊得他眼睛发花，头皮发麻，以为厕所里有鬼，嘴里发出"妈呀"一声吼叫，尿也顾不上撒，回头就往礼堂奔。

地铺上睡着三十多人，十分拥挤，他不管不顾地往里冲，高一脚低一脚，不是踩着同学的头就是踩着同学的腰，把好多同学踩得"哎哟哎哟"直叫，尤其是那一声"妈呀"的惊吼，打破了男生的美梦。

"你怎么啦？癫了吧？差点把我脑壳踩破！"一个被踩中头部的同学骂了起来。

"你娃儿惊咤咤的，我腰杆差点被你踩断了，你是不是碰到鬼了？"一个被踩中腰的同学坐起来，厉声责问。

"碰……碰到鬼了！碰到鬼了！"从厕所逃回来的同学声音直打颤。

"快说说，你碰到什么鬼了？"

"我还未……未进厕所门，就听到厕所里'卟卟卟'的响声……"那个被吓得傻呆呆的同学头脑似乎还未清醒。

"可能是吊死鬼！听说厕所背后的树上曾经吊死过人。吊死鬼要找替死鬼，他才能转世投胎。"有同学说。

"可能是个冤死鬼！过去枪毙人就在厕所旁边的那个坎子下。冤死鬼想找个人帮他申冤。"有同学在一旁无中生有地附会道。

我们那一代小孩差不多都是听着鬼龙门阵长大的。那时，农村没有别的娱乐活动，饭后休闲主要是摆龙门阵。大山里除了极少数读过几年书的人会讲点武松打虎、孙猴子大闹天宫、关老爷过五关斩六将外，其他人只会摆鬼龙门阵。河里哪个滩口淹死人，出水鬼啦；哪个村里某人上吊自杀，变成吊死鬼啦；

哪家两口子打架，女人喝毒药自杀，成了披毛鬼啦……农村凶死的人多，这类鬼龙门阵也多。

　　鬼龙门阵既吓唬大人，更吓唬小孩。一说起鬼，好些同学都把脑袋缩进被窝里，浑身簌簌发抖。有的人竟蒙着头惊叫："鬼来啦！鬼来啦！"

　　这一叫，不但住在礼堂内的男生乱成一团，不远处的女生宿舍也被惊醒，以为发生了什么事，都爬起来探听究竟。听说男生上厕所碰见了鬼，也吓得不得了，生怕厕所里的鬼跑进女生宿舍。

　　男生怕鬼，女生更怕鬼。

　　一句"碰到鬼了"，也惊醒了住校老师。住校老师全爬起来，带着唯一一枚手电筒，先找男生调查，又找女生调查，很快弄明白是因为一个同学上厕所时听到厕所里传出"卟卟卟"的响声。

　　先得查清"鬼源"。

　　几位老师拿着手电筒直奔厕所，发现厕所掏粪口湿漉漉的，刚掏过粪的痕迹明显。

　　"什么鬼来了？是有人半夜到厕所来偷肥料。"拿电筒一照，什么都明白了。

　　二十世纪七十年代初的中国，山区种庄稼全靠农家肥。清晨，不少农民都提着粪撮箕，在山上寻寻觅觅，以能捡回一撮箕狗屎牛屎为快事。我读小学时，早晨起床后一项重要任务，就是提着粪撮箕在山上捡狗屎。农民赶场，有时发现路边有一泡狗屎、一堆牛屎，就用衣兜将那坨屎兜回家。人勤地不懒，自留地里的庄稼禾青秆粗，绿油油的，集体地的庄稼禾黄秆细，蔫蔫糊糊。

　　狗屎牛屎人见人爱，人粪更显金贵。城镇家家都有一个小粪坑，粪便储存在坑里，是要卖钱的。以人论价，一家人口多，粪钱就多。机关单位厕所的肥料同样要卖钱,有的机关单位团年,就用卖单位厕所大粪的钱开支。单位越大,人越多,粪便卖的钱越多,单位的小金库越充实,过年的席就办得越丰盛。

学校建在生产队的土地上,生产队与学校早有协定,学校那几百人的"出口物质",除满足学校搞勤工俭学种庄稼的需要外,其余全部归生产队集体所有。生产队还在厕所墙上刷了一条警示性标语:私人掏厕所,按偷盗集体财物论处,抓住开批斗会,游街示众。

"睡觉睡觉,都赶快睡觉,哪有什么鬼?那是有人半夜来掏厕所。你们要相信科学,不许再用鬼吓唬人。"几位老师回到礼堂安慰学生。可学生根本不听,礼堂里一晚上都没平静下来。

第二天,赵校长就将偷粪的事情转告给了生产队周队长。"有人敢以身试法,胆子也太大了,查!查出来把他们斗倒斗臭!"周队长一听便咆哮起来。

查找偷粪贼很容易。偷的粪得用粪桶挑到自留地,偷粪的人贪心,狠不得把全厕所的粪一下子全偷走,桶里的粪便装得满满的,边走边流汤滴水,走一路洒一路,流淌在山路上的粪水就成了查找偷粪贼的自然路标。生产队长带着几个人循着特殊"路标",很快来到了刘田的自留地边。刘家自留地刚刚施过粪肥,粪肥上还留有学生擦屁股时从作业本上撕下来的废纸。

"刘田,你给老子滚出来!"周队长只看了一眼刘田的自留地,就大声开骂。

"来了。来了。"刘田平时就有小偷小摸行为,名声本来就不好,父亲又是地主分子,他应声从屋里跑了出来。

"你给老子老实坦白,这粪是哪里来的?"生产队长指着刚淋过粪便的自留地问。

刘田脸色苍白,哑口无言。

"是不是昨天晚上到学校偷的？"

"是。"刘田声若蚊蝇。

"大声点说，是不是？"

"是。"刘田声音提高了八度。

"你个地主狗崽子！偷鸡摸狗。不斗你斗谁？跟我走！"生产队长发了狠话。

偷粪贼当然不止一个刘田，可他被抓住了，抓住了该他倒霉。刘田被生产队长押到街上，站在一个石坎子上，胸前挂着一面"偷粪贼"的纸牌，被狠狠斗争了一回。

"你不是喜欢偷粪吗？今天就让你偷个够，长个记性！"游街示众还不算完，末了，生产队长一行又将刘田押到学校厕所边，一把将他从出粪口推进了粪坑。好在粪坑经常有人打理，没有多少粪水，如同旱厕，刘田被推到里面，没有生命危险，只不过全身衣服糊上了粪便，臭气把他熏得不停地呕吐，泪流满面。被拉出厕所后，他直接跑到十里开外的熊家河，泡澡洗衣除臭气。

偷粪贼被查了出来，还开了斗争会，照理说，学校应该清静了吧？但抓出一个偷粪贼，开一次斗争会，无法改变同学们脑海中有鬼的观念，学校有鬼的阴影一直笼罩在同学心中，如乌云般驱之不散。从那晚之后，男生不敢在晚上独自到百米开外的厕所去撒尿，没有办法，学校老师只好轮流值班，陪学生上厕所。老师一晚上睡不好觉，上课时呵欠不断。后来，学校参照女住堂生的办法，在礼堂配了两只尿桶。

开始那些男住堂生也还守规矩，都把尿往桶里撒。天气一冷麻烦就来了。有人怕冷，憋得实在受不了啦才匆匆忙忙从稻草铺里爬起来，离尿桶老远站着就开哧，也不管对没对准尿桶，尿水哧到地上，弄得礼堂周围全是尿水，白天整个礼堂都弥漫着一股尿骚味儿。

"你们是学生,不是畜生,尿桶张着那么大的嘴巴,怎么你们就不能把尿撒进桶里?牛教三遍都知道找犁沟,我已经对你们说了多次,你们还不改正,真是畜生都不如!"老师斥责道。

记得我读小学三年级那年,县革命委员会一位副主任到仁和小学检查教学工作,他一时心血来潮,要看看住堂生的居住条件。虽然学校早有防备,让所有住堂生提前整理了内务,开窗通风、更换衣被、收捡了咸泡菜、清洗了尿桶,但当县革委会副主任走进大礼堂时,仍不由自主地皱起眉头,捂住了鼻子。清洁虽然做得很到位,但学生睡地铺滚稻草的客观事实摆在那里,一股浓烈的尿臊味正在屋内飘荡。这是人住的地方么?县革委副主任当即作出决定,同意学校到深山中砍几十根树棒棒,给住堂生把床架高一点,别让学生睡在泥地上。学校穷,请不起木匠师傅,几位男老师带着斧锯,哼哧哈哧砍了几十根碗口粗的树棒棒,再砍了几捆葛藤,把树棒棒绑成床,男住堂生才由泥地面搬到了用木棒棒搭成的床上。

上厕所也是一个大问题。厕所很小,男厕所有七个蹲位,女厕所则只有四个蹲位。一下课,学生都往厕所里挤,有些学生不得不跑到旁边的农家猪圈里方便。课间休息十分钟,有些同学来不及方便,上课铃声又响了,只好把一泡尿又夹回教室,等到下个课间休息时才解决问题。曾发生过这样一个很伤大雅的事情,有个小姑娘课间操没能挤进厕所,把一泡尿夹回了教室。下节课刚上到一半,她实在憋不住了,又不好意思请假上厕所,把头往桌子上一趴,"哗——"将一泡尿全撒到裤裆里。教室在二楼,尿水流在镶得并不严密的木地板上,很快透过缝隙漏到了楼下教室里,淋到了正在听课的学生头上。正值冬天,刚撒的尿暖暖的,被淋的学生开始还以为是楼上哪个不小心把一盆温水踹翻了,可一摸,那水滑溜溜,臭哄哄,才明白流到头上的是带着体温的尿液!

学生顿时慌乱躲避,骂声四起。他们不干了,冲出教室,对着楼上就是一顿臭骂:"在教室里也敢屙尿,你是人变的还是猪牛变的?不给老子说清楚走不脱!"两个被淋了尿的学生嘴里骂着脏话,就要往楼上冲。幸好两个老师眼疾手快,把那两个男生拦在了楼梯口。老师把两人领进自己寝室,先给他们擦了澡,又拿出自己孩子的衣服给他们换上,才将那两个被尿淋湿的男生安抚住,平息了一泡尿引发的风波。

那个女生虽然没有挨打,可心灵受到的创伤很重。没等下课,就背着书包,低着头,哭泣着回了家。她好多天都没到校。老师三番五次到家里去哄,才把她哄回了学校。那女生虽然回到了学校,可性情大变,过去爱唱爱跳,活泼开朗,一下子变得沉默寡言起来,成绩也直线下降,只读了一个学期,就辍学回家了。一泡尿改变了一个女生的人生道路。

教室也不好。教室是用泥巴夯筑而成的,墙上裂着一道道拳头宽的缝隙,木制的窗户没有玻璃,风一刮就呼呼往屋子里灌,屋外刮大风,屋里刮小风。为了挡风,老师们就捡来石头,将开得太大的裂缝堵住,用报纸、塑料纸把窗户遮住。大巴山蛇多,墙壁缝隙也就成了蛇们的通道,早晨上课前,蛇看到人来了,才哧哧溜溜从缝隙里爬出教室,嗖嗖缩回教室外的青纱帐中。如果发现有蛇从教室里钻出去,同学和老师的的第一项任务就是拿着棍子,梆梆梆敲桌子,哗哗哗搬凳子,嗦嗦嗦捅缝隙,仔细寻找教室里还有没有蛇躲着准备打学生的埋伏。只要哪天有人发现教室墙缝里钻出蛇来,那天的课就很难再安静下来。一旦哪个同学看走了眼,看到教室的地上有根像蛇的树枝桠,或者是看到墙缝中有蛇形的布条,乱叫一声"有蛇",全班马上"炸营",乱作一团。

硬汉赵校长

下面得说说校长赵子章。

赵校长是1971年调到仁和小学的,当时我正读小学二年级。

赵校长中等个儿,剑眉大眼,黑脸膛,学生很怕他。那年,正是学校斗批改最混乱的时候,好多学校都还在停课闹革命,一些好老师被打成执行资产阶级教育路线的代表,被关在牛棚里。奇怪的是,他却对教学抓得很紧。

逆风行船

"学校是教书育人的,老师不好好教书,学生不好好读书,那国家还拿那么多钱来办学校干什么?仁和小学的教育宗旨,第一是教书育人,第二是教书育人,第三还是教书育人。只要我当一天校长,每位老师就得尽好教书的责任,学生就得尽好学习的责任。"在全校师生见面会上,赵校长作了表态发言。

学校秩序混乱,老师不专心教书,学生不专心上学,有些老师没有老师的样,有些学生也没有学生的样。为此,赵校长首先在教师中开展起"四好"活动。

"老师们,我们全校老师都要认真开展'四好'活动。哪'四好'呢?就是要'好好备课、好好讲课、好好改作业、好好家访'。我这个校长不能白当,要一项一项检查所有老师的教学质量,如果哪个老师的课备得不认真,讲课马虎,不亲自改作业,不下乡家访,我是不会客气的。老师就得像个老师的样子,吊儿郎当不是好老师，教不出好学生！"赵校长的话掷地有声。

这个四好，是赵校长自己提出来的。

"现在读书有什么用？学生读再多的书还不是回家当农民。只要娃儿在学校不出事就行了啊。"赵校长有位朋友对抓老师的四好打破锣。

"当农民也得当个有知识的农民啊。家长把子女送到学校来，不就是为了让孩子学点文化？他们送孩子进学校容易吗？不容易哟。虽说学生一年的学杂费就那么一两块钱，可对于农民来说，一两块钱也难挣到，如果家里有几个孩子读书，那得养多少只兔子？喂多少只鸡鸭？卖多少个鸡蛋鸭蛋？学生在学校学不到知识，我们对不起那些肩挑背磨的农民啊！"赵校长这样回答那位朋友。

"现在都什么年代了，还对老师要求四好？他就不怕别人反对？"有个老师平时教书不认真，私下发牢骚。

"我这又不是做什么坏事，有人要反对我也没有办法。我只认一个理，端了国家的碗，就得给国家做事，当教师不把书教好，既对不起学生和家长，也对不起国家每月发给教师的那几十个'壳儿'。"

赵校长说到做到，不放空炮，他真的开展起对老师的四好检查。

"给学生一碗水你自己得要有一桶水，你那课就是这样备的呀？课都备成这个样子，在讲台上又怎么去给学生解惑？如果下次发现你备课还这样稀里糊涂，那我就不客气了，我把你没办法，撤不了你的职，降不了你的薪，上级对你总有办法吧？别的事我这个校长做不了，向上级打个报告的事还是做得了的。"那位私下发牢骚的老师备课草率，指头大的字还没写满一页纸。赵校长把那张纸往桌子上一摔，大发雷霆。

赵校长不仅要检查老师的教案，还经常坐在教室最后一排听老师讲课，检查老师讲课是否认真，观察老师的语言表达能力。个别老师讲课不着边际，离开课文东扯葫芦西扯瓢，讲不到点子上，他也会毫不犹豫地提出批评。"像你这样讲课，连农村大字不识一个的老婆婆都会，讲课起码不能脱离课文太远，既要放得开，还要收得拢。"

"'水至清则无鱼，人至察则无徒'。现在的社会风气就是这个样子，你一个小学校的校长，这样抓下去，不得把全校老师都得罪完？文化大革命开始时你挨了那么多斗，还没被斗怕呀？现在这年月，只要学校不出事故，学生老师都平平安安的，就行啦，何必把老师逼得那么紧嘛。"一位教育界朋友劝他。

文化大革命的特点就是"斗"，开始斗走资派，接着斗牛、鬼、蛇、神、地、富、反、坏、右，再接着斗造反派中的野心家、阴谋家，闹哄哄你方斗罢他登台。

那时的斗争会离不开"重刑之下出罪证"，凡是不按主持者意图招供的就用蛮办法，把人往死里整。有些打手将破碗烂盘砸碎，按着斗争对象的头跪瓷碗渣子，膝盖被尖利的碗渣子扎得血肉模糊。还有些打手创造出一种把人"斗倒斗臭"的奇特办法——在挨斗的人脖子上挂个尿桶，桶里装半桶尿，再拿铁瓢撮半瓢红红的炭火，倒进尿桶，彤红的炭火遇冰冷的尿，"哧"一声，尿被蒸发，白色的烟雾一下冲起多高，直接往被斗者的鼻子里灌、脸上扑，腥臭加上灰尘，把被斗者呛得嗓子直咳，眼泪直流，不倒也"倒"了，不臭也"臭"了。

赵子章刚解放就当副乡长，因教育战线缺干部，才被调到东垭乡当小学校长，官虽然属芝麻绿豆级，但也属所谓的"当权派"。文化大革命的妖风一刮，就与乡党委书记、乡长、供销社主任、信用社主任等一大批"当权派"同被戴上"走资派"

的帽子，列入被批斗的黑名单。给他安的罪名是执行资产阶级教育路线。师母姓杨，怕赵校长在挨斗时也被整去跪碗渣子，就找来两块汽车内胎胶皮，缝在一条裤子的膝盖部位，只要一听说公社开斗争会，不管斗不斗他，就逼着赵校长穿上那条她精心加工的"防渣裤"，外面再加一条裤子。实事求是地说，赵校长被斗争多次，一次也没有谁按住他的头跪碗渣子，也没有在他的脖子上挂尿桶。后来，"防渣裤"的事传得很远，一说起赵校长，大家就夸师母："赵子章这辈子有那样大的出息，全靠找了个好老婆！"

赵校长挨过斗，对挨斗一直心有余悸，但想到学生，他也顾不得那么多了。

"人不逼不行呀。有些年轻老师不逼他们，松松垮垮的，他们这一辈子很可能就这么混过去了，这不但害了学生，也害了他们自己。我现在使劲逼他们一下，如果他们变得勤快起来，很有可能把懒人逼成勤快人，把废铁逼成好钢呢。"赵校长这样回答朋友。

当时，教育系统主要是抓所谓的教育路线，批判所谓的"白专道路"，对教学质量抓得并不紧。有人替赵校长担心，他这样逆风而动，一心一意抓教学质量，就不怕被扣上执行资产阶级教育路线的帽子，重新被打倒在地，还要被踏上一只脚么？他把眼睛一瞪，"打倒就打倒，反正我这个校长也不是什么官，倒与不倒，长、宽、高都差不多！不打倒继续当校长，打倒了就下台当教员，最差打回老家修理地球，我凭劳力同样养活一家人。"

把老师逼得紧，既逼出了一批成熟的老师，也逼出了学生的好成绩。他1971年到仁和小学当校长，1973年全县小学统考，仁和小学竟考出了全县第三名的好成绩。

"仁和场那地方人称兔子不拉屎,偏僻荒凉,那成绩是怎么考出来的?是不是有假?"这样的考试结果让县教育系统的领导大为诧异,他们带着疑问到仁和小学实地考察。看了老师的教案,听了老师的讲课,抽查了部分同学的作业本,信了,结论是:"仁和小学的教学基础扎实,考试成绩没有造假。"

赵校长由此在全县出了大名。

菩萨心肠

赵子章对老师"狠",对学生却是一副菩萨心肠。

有一次,赵校长下村检查适龄儿童入学情况,得知五村一名快十岁的男孩还没上学,就前去家访。他发现,这个名叫陈明冲的孩子,身高不如六岁的孩子,走路摇摇晃晃,哪怕只上一级台阶,也得两手着地慢慢爬。孩子的父亲告诉校长,孩子的两条腿断了,无法上学。

"都怪她!都怪该死的婆娘!"陈明冲的父亲看看儿子,又把眼睛盯着正在一旁剁猪草的妻子,目光狠狠的。

"怎么全怪我?你当时为什么不把儿子往医院送?"她走过来摸着儿子的头,满脸的疼爱,满脸的愧疚。

原来,陈明冲的母亲也是一个跛着一条腿的残疾人,儿子的腿就是她背着上坡种自留地时摔断的。那年,儿子才八个月,站不能站,坐不能坐,母亲只能用一条布带子把他绑在背上。山区妇女生了孩子,满月后就得下地干活,一般都是把孩子用一条布带子绑在背上,许多孩子就是靠那么一条布带子绑在母亲背上长大的。那天,她照例把儿子绑在背上去种自留地,跛着一条腿过一个小沟时,脚下一滑,一屁股墩坐到地上,儿子两条腿正悬吊在母亲屁股上,母亲那一屁股墩也就坐在了他两条腿上,当时就把两条腿给坐折了。

晚上回到家,她把自己过沟摔跤坐了儿子腿的事告诉了丈夫。

"是不是找个医生给娃儿看看?"她提醒道。

"娃儿哪有不摔跤的,哭几声就找医生,农村娃儿哪里那么娇气?"丈夫将眼睛一瞪,反把她给吼了一顿。

陈明冲的腿就那么给耽误了。等到两岁,别的孩子都满地跑了,陈明冲还不会走路,只会在地上爬,身高也比其他孩子差一大截。父亲这才抱儿子去找郎中。山区缺医少药,医生都没到正规医科学校进行过专业训练,把脉问诊,全靠祖传。那位草药医生把陈明冲的两条腿捏了捏,看了看他的舌苔,说:"你们怎么拖到现在才把娃儿抱来看医生?两条腿骨头都错了位,报废了,你们就是把他送到成都上海那些大医院,找再好的医生都回天乏术了,认命吧。"

"能读书还是要让孩子读点书。读书能开阔眼界,对他将来找碗饭吃也有好处。"看着陈明冲在地上连滚带爬的样子,赵校长于心不忍。

"他这个样子,还能自己给自己找碗饭吃?唉,要是我们将来不在了,他肯定要饿死。"父亲看着儿子,忧心忡忡。

"老陈,我劝你们两口子也别那么悲观,天生一人必有路。我给你们讲个故事:过去有人生了五个儿子,个个身上都有毛病:老大木呆呆,缺心眼,是个憨痴;老二鬼精灵,油嘴滑舌,干不了正经事;老三眼睛看不见,是个瞎子;老四脊柱弯曲,是个驼背;老五一条腿长,一条腿短,是个瘸子。面对五个身体都有缺陷的儿子,父母没有悲观失望,而是根据五个儿子的身体状况,让五个儿子学习做适合自己做的事。憨痴痴的老大学习务农种田,脸朝黄土背朝天,无怨无悔;鬼精灵的老二学做生意,精打细算,只赚不赔;瞎子老三学当算命先生,戴圆顶帽,穿青布长衫,打扮起来很像样;驼背老四学搓麻绳,低头弯腰腰不疼;瘸腿的老五学纺纱织布,坐着干活不用走路。五个残疾儿子都学习掌握了自谋生路的活计,解除了老两口的后顾之忧,化腐朽为神奇。陈明冲腿脚不灵便,可我看他脑子好用,送去读几年书,开阔一下思路,将来找个弄饭吃的门路恐怕没有什么问题。"赵校长对夫妻俩说。

我后来才知道,赵校长讲的那个故事出自明人吕楠《泾野子》一书。

"娃儿能读几年书当然好,可我们家的这个情况,哪有条件送他读书呢?"陈明冲的父母听了赵校长的话,心动了,可一想到家里的情况,感到很为难。

陈明冲的家里确实太困难,不但母亲是个跛子,奶奶还是个瞎子,下边还有三个妹妹,有的也到了读书年龄,父母也没有准备送她们上学。为了刨一家人的生活,父亲要天天到生产队挣工分,母亲跛着一条腿还要种全家人的自留地,伺候一头牛两条猪几只羊,干着比一个身体健全的女人还要重的活路。奶奶虽然眼睛瞎了,可仍然要替一家人的生活而操劳,她下不了地,就忙一家人的一日三餐。

川东北一带农村,厨房灶大,灶上排着三口锅,一口煮饭,一口做菜,一口烧水,一灶火三用。一天中午,陈明冲的奶奶正在炖南瓜,炖的时间差不多了,她准备检查是否炖熟,刚把锅盖掀开,突然听到有什么东西"啪"的一声落进了锅里。她清清楚楚地听到了那声响,但没有特别在意。厨房房梁上一般吊着腊肉,她家房梁上空空如也,能有什么东西往锅里掉呢,要掉只能是房上的一块瓦片。瓦片掉进锅里毒不死人,掉进锅里就掉进锅里吧。也许是自己听错了,没准儿是燃烧的柴禾发出的声响呢。奶奶把锅铲伸进锅里探了探,觉得南瓜还硬梆梆的,火候没到，又把锅盖盖上了。

中午，全家人围着桌子吃饭，奶奶把一盆子南瓜端上桌，盆子中赫然蜷曲着一条死蛇。

原来，那条蛇正在房梁上捕老鼠，奶奶揭开锅盖，蛇突然被蒸腾的热气包围，慌了神，掉下房梁，落进了滚开的南瓜锅里。

"蛇！蛇！蛇！"几个孩子见煮熟的南瓜中有条蛇，吓得丢掉饭碗逃得离桌子远远的。陈明冲腿脚不方便，没法逃离饭桌，可也被吓得脸青面黑，说不出话来。

"回来回来，快吃饭，一条死蛇有什么可怕的？蛇肉好吃，城里还有人专门买蛇炖着打牙祭呢。这条蛇太小，不够全家人塞牙缝，让狗吃了好看家。"陈明冲的爸爸把死蛇从盆子里夹出来，丢到狗槽里，那条大黄狗几口就吞进了肚子。

"你们几个娃儿太不懂事，奶奶眼睛看不见还给我们做饭吃，容易吗？有奶奶在，那是你们的福气。要是没有奶奶，你们连饭都吃不上。"女主人教训几个逃离饭桌的孩子。

奶奶感到很内疚，正在流泪，听儿媳妇这样一说，心里宽慰了不少。

"在大山里活个人真是不容易啊！"听了这个活蛇掉进锅里的故事，赵校长泪渍渍的，他决心要帮陈明冲这个娃娃一把，将他接进学校读书，让知识改变他的苦难人生。

"老陈啊，把陈明冲送进学校读书吧，至于学杂费嘛，由学校想办法。"

"不花钱白读书当然好啊，可读书就得住堂，他生活自理能力那样差，其他不说，吃饭的事怎么解决？"陈明冲的父亲还是皱着眉头。

陈家所在的五村，也叫圆峰寺村，离学校十多里远，山高林茂，道路崎岖，进出要过南天门、蛇倒退、猴子岩等危险路段，腿脚没毛病的孩子上学都得住堂，陈明冲更要住堂，麻烦太多。

"我看这样，你每周把孩子所需的粮食蔬菜油盐送到学校，我和老师帮忙管一下他的生活，还可以发动学生与他结对子，照顾他，吃饭问题是可以想法解决的。"赵校长想得很周到。

就这样，在赵校长家访后的第三天，陈明冲的父亲用一个担子，一头担着陈明冲，一头担着日常生活用品，把儿子送进了学校。赵校长免去了陈明冲所有学杂费用，还给他申领了一点特殊的困难救济，从学校的勤工俭学收益中，一学期给他五块零花钱，吃饭问题也得到了合理解决。

赵校长发现，陈明冲对养蚕有一种特殊的痴迷，上学不久他就找到一株桑树，又不知托谁要来几只蚕宝宝，养起蚕来，他像呵护自己的妹妹一样呵护那几只蚕宝宝，居然让几只蚕宝宝长得又胖又嫩，最终结出了几颗雪白的蚕茧。这让赵校长脑子里灵光一闪：养蚕不需要重体力，对于腿脚有毛病的陈明冲很合适，就买了一些养蚕技术书籍送给陈明冲，还找来公社农业技术员，对陈明冲进行技术辅导。陈明冲的父亲听赵校长说儿子有养蚕潜质，就在房前屋后大量栽植桑树，等到陈明冲初中毕业，桑树已长大成林。陈明冲回家后大显身手，成了令不少人羡慕的养蚕专业户，他不但能自食其力，还能够挣钱为父母分忧了。

"赵校长是我们一家的大恩人啦。"陈明冲这样说，陈明冲的父母这样说，陈明冲那瞎眼的奶奶也这样说。

赵校长的一次家访，改变了一个残疾孩子的一生。

老师眼里没有残疾，没有白痴，只有爱心。

一村的何灿，父亲是个疯子，母亲是个"老慢支"——就是严重哮喘，稍一着凉就咳喘成一团，咳得连话都说不出来，一年四季不能沾凉水，什么事都干不了。何灿主要靠爷爷奶奶照看，奶奶眼睛又不好，日子的艰难可想而知。

何灿的老爸是文疯子，在外从不打人骂人，可在家里折腾起何灿来可了不得。三九天，他把何灿脱得光光的，抱到水井边，舀凉水往身上浇，硬说何灿身上有汗酸味，要给何灿洗洗澡，冻得何灿浑身青紫，要不是母亲把他从井边抢着抱回来，何灿肯定早就冻死了。稀饭刚出锅，疯子老汉说何灿饿了，端着热气腾腾的稀饭就往何灿嘴里灌，烫得孩子一嘴的水泡。何灿就这样被疯子老汉折磨到八岁，才被心疼他的爷爷送进了学校。

穷人的孩子早当家，早晨起床后，何灿先要煮饭，解决一家人的早餐，接着喂猪，把屋里收拾妥当，才往学校跑。赶到学校，常常都在上第二节课了。尽管何灿经常迟到，可他的成绩却出奇地好，考试从来没有低于全班前三名。

"这娃儿从小知道生活的甘苦，长大后肯定有出息。"何灿的出色表现让赵校长大为感动，他把孩子的学杂费全免了。

有一次，学校杀猪，老师打牙祭，每人分了一碗粉蒸肉。当时肉很金贵，老师每人每月只有一斤，还是盐渍肉，那碗肉赵校长尝都没有尝，趁热给了何灿。在赵校长眼里，这孩子太苦了，要上学，还要干着一个成年人才能干得下来的家务活，营养不良，身子骨瘦弱，需要好好补一补。

"谢谢校长，谢谢。我们家好久都没有吃肉了，但这碗肉不能我一个人吃，得拿回家给爷爷奶奶和爸爸妈妈也开开荤。"何灿接过肉，自己只吃了一点，然后将肉用两张桐子叶包好，又弯腰向赵校长行了一个礼。

"送回去吧，快去快去。像你这么孝顺的孩子，天下难找啊。"看着眼前的一切，赵校长的眼睛湿润了，向何灿挥了挥手。

"恩人啦，活菩萨呀！"何灿的父亲是间隙性精神病，时而清醒时而糊涂，糊涂的时候行为怪异，做事出格，头脑清醒的时候具有常人的情感和理智，他尝过何灿带回家的肉，得知那肉是赵校长从自己的嘴里省下的，飞快地跑到学校，当着那么多人的面，腿一弯，一膝头跪在赵校长面前，大声吼叫。

一个经常被人嘲笑的老疯子，当着那么多人的面向赵校长下跪，感动得不少人直掉泪。赵校长听说长池镇有一个老中医用中草药治理哮喘病有效果，来回跑了八十里路，找到那位老中医，给何灿的娘求药。老中医早闻赵校长大名，得知他跑这么远的路是来给一个学生的母亲找药，大受感动，特地上山扯了几味治哮喘病的草药，送给了赵校长。何灿将草药熬给母亲喝。或许是苦命人自有神助，母亲喝了赵校长带去的中药，哮喘病真就好了不少。能下凉水，能做些家务事了。

在何灿一家人眼里，赵校长真是观音菩萨转世了。

何灿也很争气，高中毕业后参了军，进了军校，提了干。

烟！酒！枪！

赵校长的脸黑黝黝的，剑眉一扬，让人很害怕。他对学生面恶心善，慈母情怀，对自己的儿子可就远没有对学生那么温柔耐心了，我就不止一次看到，他打大儿子赵思能的那个凶狠样。

赵校长和妻子一共养育了四儿一女，赵思能排行老大，他原本在东垭公社东垭村小学读书。东垭公社也属下两区管辖，是赵校长的老家，离仁和乡八十里远，在一座大山东面的垭口上，所以叫东垭。那时九成老师都是所谓的"半边户"，即自己是城市户口，吃国家供应的商品粮，老婆是农村户口，在生产队分口粮。孩子都随母亲，老婆是农村户口，孩子也都跟着在生产队分口粮。赵校长五个孩子，全都是农村户口，全都跟着杨师母在生产队分口粮。

赵思能是老大，眼睛有神，个子高，脑子特别好使，从小就逗人喜欢。赵校长在东垭公社当小学校长时，就让他在东垭村小学读书，调到仁和小学当校长后，原先也想让他继续在东垭小学读，没准备把他往仁和小学转，可杨师母不答应，"那娃儿天不怕地不怕，调皮捣蛋，墙壁上都有他的脚印，留在家里哪个管得住？你不把他管住，耽误了他的一生怎么办？"赵校长一听有道理。赵思能虽然调皮，可天资不错，调教得好，很可能把书读出来，仁和小学的师资力量和办学条件相对要好点，还是让他跟着到仁和小学稳当一些。就这样，赵思能来到了仁和，插进了我们班。

刚到我们班读书时，赵思能学习很不错，每次考试，成绩都是中等偏上。

在我的记忆里，他被赵校长打得最厉害的一共有三次，而每次挨打，都是因为他做的有些事太出格。

第一次，是因为赵思能偷了赵校长的两支烟抽。

赵校长与别的老师一样，分了一间宿舍。赵思能本来可以与赵校长在一个铺里睡觉，可赵校长怕儿子从小就产生特权思想，让他与住堂生一样，住在大礼堂通铺上。父子俩虽然是在一口锅里吃饭，可赵思能不能过饭来张口的日子，得像其他住堂生一样，自己学着生火，自己洗菜煮饭。赵思能从小生活在农村，洗衣做饭这类生活小事根本难不住他，日子过得还算平静。

一天早晨，我刚走到学校，突然看到赵思能跪在赵校长寝室里，赵校长正用一根竹条抽打儿子的屁股，打得儿子嗷嗷叫唤。竹条虽然细小，不伤筋动骨，但打在身上特别痛。

"你以后还敢不敢？"赵校长边打边问。

"不敢了！不敢了！哎哟！哎哟！"赵思能一边说"不敢了"，一边大声哭喊。

赵思能嘴里的"不敢了"指什么呢？指不敢"抽烟"了。

赵校长有时也抽烟。那时，市场供应紧张，香烟同样搞计划分配，按规定，哪一级干部才能购哪种牌子的香烟。烟民中流传开这样一条顺口溜："省中华，厅牡丹，县处级干部大前门，一般干部古筝烟，开得着后门白杆杆。""大中华"六角钱一盒，"红牡丹"五角钱一盒，"大前门"四角钱一盒，"古筝""巨浪"二角二分钱一盒，"向阳红"一角四分钱一盒，"白杆杆"八分钱一盒。"省中华"指的是"大中华"，专供省级干部，"厅牡丹"是说厅级干部能够买上"红牡丹"，县处级可以买到"大前门"，一般干部则只能购买"古筝"这个级别的香烟。"白杆杆"没有商标，每盒八分钱，俗称经济烟，是烟厂试销产品，一般人买不着，得开后门。

十几年没涨工资。赵校长一月收入不到四十元，他上有父母，还要养五个孩子，他烟瘾虽不大，但一周也要抽一两包。他连"古筝"都舍不得买，一般都抽一角四分钱一盒的"向阳红"，如果能开后门买得着八分钱一盒的"白杆杆"，他连"向阳红"都不会买。

也是赵思能找打挨。有一次，赵校长到县里开会，一个朋友送给他一盒"大前门"，他除当时开包抽出几支和朋友分享外，没舍得抽，一直装在上衣口袋里，时不时把烟摸一根出来放在鼻子下闻一闻。这盒"大前门"被赵思能看到了，他很好奇，不知道这么贵的烟是什么味道。

"你们知道不？这烟只有大官才抽得成，一支就值两角钱。"有天晚上，趁赵校长饭后散步的机会，赵思能偷偷从老汉的上衣口袋里摸出烟盒，抽出两支，拿进了住宿的大礼堂，对几个住堂生吹起牛来。为了吹得更神，他把每支值两分钱吹成了每支值两角钱。

"有这么贵的烟？让我们也'吧'（'吧'就是吸）一口试试。"赵思能好奇，别的同学更好奇。

有同学有火柴，马上擦燃将烟点上了。几个同学你吧一口，他吧一口，没多会儿就把两支大前门吧完了。

"再好的烟吧起都不好受。苦辣辣的，呛喉咙。"有个同学吸了几口烟，接连咳了几声，发表意见道。

"别说我们几个吧了烟，吧烟会把肠子熏黑，大人知道了我们要挨整。"有同学发出警告。

没有谁当告密者，但赵思能偷拿赵校长"大前门"的事当晚就暴露了。

赵校长有一个终年不改的习惯，只要在学校，天天晚上睡觉前都要到学生宿舍、教室外边看一看。那天晚上，他的脚刚踏进大礼堂的门，一股淡淡的烟味就扑面而来。而且凭着嗅觉，他马上断定，那烟不是山区普通的毛烟，也不是"白杆杆"经济烟或他一直抽着的"向阳红"，从香味判断，那烟很高级。一想到这点，赵校长立即想到了自己的那盒"大前门"。那盒烟还剩多少支他心中可是有数的。转身奔回宿舍，摸出装在上衣口袋里的烟盒，一数，果真少了两支，毫无疑问，那两支"大前门"被赵思能拿了。

"你这臭小子，找打挨啊！看我怎么收拾你！"赵校长越想越气，当时就准备把赵思能从被窝里揪起来，可转念一想，半夜三更将儿子薅起来揍一顿，儿子哭爹喊娘，弄得全校都不得安宁，等天亮再说吧。赵校长憋着气，一晚上都没有睡好，天一亮，赵思能刚起床，就被赵校长拽回寝室，一顿毛打。

"我错了！我错了！爸！别打！别打！哎哟！"赵思能也不狡辩，只是大声讨饶。

"老子倒不是心痛两支大前门，是恨你小小年纪就敢偷偷摸摸学抽烟。你这么小就嘴巴上叼支烟,那不是学生,是二流子!你以后还敢不敢再抽烟?"赵校长边打赵思能的屁股边问。

"不敢了!不敢了!"

"你不但自己抽,还拿到大礼堂去抽,自己学坏不说,还一条臭鱼整腥一锅汤,把别的同学带坏。该不该挨打?"说着,又朝着赵思能的屁股挥起了竹条子。

"该挨打!哎哟!该挨打!"赵思能认错不迭。

"大礼堂铺着稻草,一旦吸烟失火,把礼堂给点了起来,烧死一两个学生,仁和小学不就得败在老子手上?老子打死你这个孽子都不冤枉!"赵校长越说越气,竹条子也就在赵思能的屁股上落得更加结实有力。

"哎哟!哎哟!爸爸,别打了!"

不管赵思能如何讨饶,赵校长的竹条子没有停歇,赵校长就是要让赵思能知道厉害,知道这就是小小年纪偷偷摸摸抽烟的下场。

那一场打,赵思能的屁股受了大苦,肿得像馒头,疼得好多天都不能沾凳子,上课只能"打立正"。

赵思能第二次挨打是请同学喝酒。

这位老兄从小到大,对朋友豪爽、义气。

有一次,赵校长要到县里参加小学校长进修班,时间长达半个月。仁和公社距离县城七十五公里,那时还没有公路,全靠两条腿翻山越岭,开一次会,光路上来来回回就得四天,校长开会住县教师进修学校宿舍,铺盖卷都得自己背过去。会务组只给参加进修的人安排一张木板床,若不带铺盖卷,晚上只能躺床板,连被子都没有盖的。不带铺盖卷也可以,得城里有亲戚,找亲戚借。赵校长城里有熟人,但他又开不了口,他又不愿意给别人添麻烦,所以,凡进城开会都背着铺盖卷。

临走前,他给管总务的老师留下一句话:如果赵思能生活上急需用钱,可以给他支几块。

"我没钱用了,要借点钱。"赵校长离开没几天,赵思能果真去借钱。

"借多少?"总务老师问。

"五块。"赵思能回答得很干脆。

"借这么多钱干什么?"

"我衣服烂了,笔也坏了。"

"借三块也差不多了。"总务老师想了想,答应了这个数。虽然那时买什么都要票,但物价相对低,肉才六角六分钱一斤,五块钱是一个不小的数目,够一个人生活一个月。总务老师借给赵思能三块钱。

"走,都跟我走。"中午下课后,赵思能对几个最要好的小兄弟一挥手。"我现在有了这么多钱,要请你们吃好东西,你们说,买什么好东西吃?"赵思能把三块钱用右手的拇指食指和中指捏着,在左手掌上轻轻地拍打,摆着一副财大气粗的土豪样。

"吃包子!"有人高声叫道。包子在山区孩子眼中就是上好的美食,一个鲜肉包子要一两粮票、六分钱,没有粮票要九分钱。

"还要喝酒。大人喝酒,我也请你们喝酒。"赵思能更显豪爽大气。

"好。喝酒。我们喝酒!"几个小兄弟更是欢欣鼓舞。

买粮食酒要酒票,有一种俗称"倔牛儿"的酒不收酒票,一斤只要二角多钱。此酒用葛根烤制,酒性烈,酒劲上来如同疯了的骚牯牛,用鞭子再使劲抽也犟着不回头,因此得名。

"好。就这么决定了,今天中午又吃包子又喝酒!"赵思能豪气干云,从街上合作食堂买了十五个肉包子,从供销社买了一斤倔牛儿酒，就在赵校长的寝室里，四个小学生吃着包子喝起酒来。包子风卷残云般吃光，酒也喝得一滴不剩。十二三岁的孩子不胜酒力，没过多久，酒劲发作，几个人先是"哇哇哇"的呕吐，接着东倒西歪，趴在地上昏睡起来，连那叮叮当当的上课铃声，都没吵醒几个醉酒人。

班里缺了四个学生，可急坏了老师。大家很快在赵校长的宿舍找到了失踪者。地上吐得一塌糊涂，几个孩子脸色潮红，瘫软如泥，全都处于严重醉酒状态。

赶紧给他们催吐。有老师建议给孩子灌点童子尿，把肚子里的东西吐了就好了。过去，山区农村确实有用尿治病的偏方。据说有的惯偷，被苦主抓住打得死去活来、遍体鳞伤，为了活命，就爬进"尿巷子"（居民放尿桶的地方），把尿当做救命的汤药灌一肚子。喝过尿水，往往能保住一条性命。大家觉得尿臭，否了。另一位老师提议灌"坛盐水"（泡菜坛子里的汁液），得到一致认可。

灌了坛盐水后，果真大吐特吐，有的连绿色胆汁都吐了出来。吐过之后，老师把孩子抱到床上一字儿排开，先灌凉白开水，接着煽风解热，直到深夜才苏醒过来。

赵子章回来后，很快就知道了醉酒事件。盛怒之下，抓住赵思能，抡起棍子，胳膊上屁股上背上，一棍一棍地抽，抽得赵思能杀猪般惨叫，身上起了一道一道血棱子，好几天都抬不起胳膊。这一顿暴打，让赵思能长了记性，三个月都没敢再惹事生非。

赵思能第三次挨打，是因为火皮枪走火。

赵思能动手能力特别冒尖，几岁的时候就摆弄锁、电筒、闹钟，有时把好的弄坏，有时也能把坏的弄好，十多岁就摆弄自行车、打米机，稍大一些又摆弄摩托车、拖拉机，见什么摆弄什么，摆弄什么会什么，无师自通。

我们同桌的时候，同学中流行玩火皮枪，别的同学做的火皮枪都是单发的，他别出心裁，做了一支两连发的，能"啪啪"连放两枪，他经常拿在手里对着人"啪啪"射击。那天正在上课，恰巧是赵校长上语文课。赵校长本来教政治和自然两门课，但他是个多面手，所有的课程都拿得下来，哪个老师或生病或请假，课都由他代。那段时间，语文老师王郁清进了学习班，语文课就由赵校长代。

"啪！"赵校长正聚精会神地在黑板上写字，突然传来一声响，很清脆。

"谁？干什么？"赵校长回过头，一双威严的眼睛瞪着大家。

那声响是赵思能弄出来的。他怕赵校长发现他在耍火皮枪，想把火皮枪藏进书包里，可不知是心情紧张呢还是击发机没有固定住，枪突然走火，在最不应该发出响声的时候发出了那声响。

赵思能没出声，他认为全班二十来号人，赵校长不可能猜出那枪声是他弄出来的，他稳起不吱声。

"又是你赵思能！"赵校长一声断喝，吓得赵思能一激愣。

我和赵思能坐一张桌子，他自己没有承认，我也没有告密，是谁泄露了他玩火皮枪的天机？原来是一股蓝烟。火皮枪炸响后，芒硝燃烧不充分，会冒出一股蓝烟。那股细细的蓝烟从赵思能桌子底下冒出，从我胸前慢慢飘过。赵校长知道，我是一个遵守课堂纪律的好学生，搞这种恶作剧的，除了赵思能不会有别人。

"赵思能出来！你不上课给我滚出教室！"赵校长大声说。

"你把路给他让开，让赵思能滚出去！""把路让开"的话明明是赵校长对我说的，但我装作没有听懂，坐在座位上不动窝。我不能站起来给赵思能让路,我知道只要把路一让,赵思能只要一离开他的座位,又免不了一顿皮肉之苦。

见赵思能坐着没动,赵校长三步并作两步走到桌子跟前,一把拧住赵思能的衣领子,把他从座位上拧出来,一下子摔在地上,然后一脚踢在赵思能的屁股墩上,一脚就给踢到了讲台前,还没等赵思能爬起来,第二脚直接将他踢出了教室。

恐怕是屁股墩久经考验的缘故吧,赵思能特别扛得住踢。他从地上爬起来,只哭了几声,擦干眼泪,站到教室门口,喊了声"报告",要求进教室听父亲讲课。赵校长根本不理睬他,继续给我们讲解。

看着赵思能挨打受苦,我心里突然生出一种莫名其妙的自豪感。我父亲虽然是个农民,可从来不对我搞棍棒教育。从小到大,记忆中打我只有唯一的一次,那是因为我将爸爸翻毛皮鞋后跟上的"耳朵"剪下来做了弹枪的"弹仓"。翻毛皮鞋和军服,是他入朝作战的念想,他珍惜那些东西,就是珍惜那段岁月,珍惜那段历史,谁要是对他的那些东西表现出不敬,他就会生气。我当时感到很奇怪,赵校长对我们耐心细致、百问不厌,对自己的儿子为什么那样凶狠残暴、点火就着?后来逐渐明白,赵校长也是一个活生生的大男人,也有七情六欲,对我们之所以那样有耐心,那是一个教师的职业责任。他也是有脾气的,而且脾气很大,当自己的儿子不听话时,他就不是以教师对待学生的态度,而是以老子对待儿子的态度来处理了。

不可思议的稀有动物

赵校长最让人不可思议的,是对子女前途不管不顾,他没利用职权给一个子女安排工作。

小学校长给自己的子女找碗饭吃应该没有问题,不说别的，安排一个代课教师完全有把握。那时，农村教师的构成比较复杂，分公办教师、民办教师、代课教师。公办教师待遇最好，拿的是国家工资，吃的是商品粮，享受的是国家干部的待遇。民办教师就远不如公办教师，吃不成商品粮，在生产队分口粮，工资国家补助一半拿现金，农民筹集一半抵生产队分的口粮款。公办教师每月供应一斤肉、半斤油，民办教师也每月供应一斤肉、半斤油。民办教师的待遇没有公办教师的待遇高，但县上有招收公办教师的指标时，民办教师就有了转正机会。而代课教师是代一天课拿一天工资，代一个月课拿一个月工资，代一年课拿九个月工资。寒暑假学生不上课，代课教师就没有工资。代课教师不能直接转成公办教师，得等取消了"代"字转成民办教师后，才有转成公办教师的资格。只要"代转民"，再"民转公"，那就端上了铁饭碗，一辈子吃商品粮，衣食无忧了。

仁和公社有近四十个教师岗位，生病的、调走暂缺的，经常都需要找人代课，赵子章在仁和小学当校长整整十年，经他手安排的代课老师不少。

杨通英是他推荐的，徐明文是他推荐的，陈树益是他推荐的，张兴乐是他推荐的，从小和我一同长大的王亮是他推荐的，这些人中，除了几位至今还在仁和小学当老师外，其他人有的当了小学校长，有的当了区上教育督导室主任，有的到县里当上了科级干部。就连我1978年第一次高考落榜，也是赵校长给我安排当的代课教师。我当了一个学期加一个月的孩子王，从面朝黄土背朝天的户外劳作转移到了室内，从一个一年忙到头的农民瞬间变成了可以耍星期天的教师，使我每天的收入从一毛钱立刻翻了几番。

赵校长让那么多的人端上了铁饭碗，唯独没有安排自己的一个子女。

"赵校长,你有几个娃?"有次,仁和公社党委书记刘明新和赵校长一同在县上参加三级干部会,休息时与赵校长摆龙门阵。

"四个男娃一个女子。"

"都在干什么呢?"

"都在农业学院'粪桶系'。"赵校长答。

"粪桶"是山区农民重要的劳动工具,农民一年四季都要挑着粪桶向地里运肥料。"粪桶系"的那个"系"字,本意是指拴粪桶的篾条,将粪桶"系"与农业学院的"系"联系在一起,是那时山区人对子女当农民的一种无奈的调侃。

"有机会时还是要给娃找个工作。有些话如果你自己不好说,我可以替你说。"刘书记很诚恳地讲。

机会很快就来了——石峰台村需要安排一个代课老师。

赵思能高中毕业后,一直没有正当职业,而当时赵思能又正在与刘正香耍朋友。刘正香与赵思能是高中同班同学,有文化,很能干,人长得也漂亮,家庭成分好,在当地是出了名的好姑娘。刘正香之所以能与赵思能耍朋友,不可否认,除了赵思能本身长得帅气、人很能干,很讨姑娘喜欢外,与他的爸爸是仁和小学校长多少有一点关系。既然有那么多的人在赵校长手里转成了民办教师、公办教师,自己和赵思能都是高中毕业,各方面的条件都不错,安排两个人当代课老师只是他老子一句话的事。

"这个代课教师的位置不用考虑别人,是让赵思能去还是让刘正香去,随你安排。"刘明新书记得到石峰台村需要安排一个代课教师的信息,直截了当地对赵校长说。

"这次安排不了他们。重庆知青张明新表现好,是文革前的高中生，文章也写得不错，早就决定了要安排他，这次就安排张明新，我的娃儿等下次有机会再说吧。"

公社党委书记都公开表态了的，赵思能或刘正香端铁饭碗的机会却被赵校长拱手让给了别人。

八十五岁的赵子章老师与妻子相濡以沫

杨师母是典型的贤妻良母，在家里带着五个孩子，还要到生产队挣工分，把家安排得井井有条。她一辈子顺从赵校长，两口子可以用得上"举案齐眉，相敬如宾"这个成语，唯有对赵校长没让一个子女端上铁饭碗牢骚满腹，经常愤愤不平。

"你不管我，总得管管娃儿啊，快想办法给娃儿找个事做啊。你给那么多人安排了工作，怎么就不管管我们的娃儿呢？"杨师母在家里不断地向丈夫施加压力。

"我给那么多人安排工作，那是他们早就该安排。要安排我们的娃儿，就得把别的人给拉下来。拉下别的人安排自己的娃儿，道理说不通，影响也不好，别人会戳我的脊梁骨，我自己的良心也过不去。"赵校长回答道。

"你一天怕影响这影响那的,就不怕影响儿女的前途,让他们在农村当一辈子农民?你给子女安排个工作又对你有多大影响?影响你向上爬?你当个小学校长就很不错了,还想爬到哪里去?还想爬成局长?我看你没有那个当官的命。还不如早点给娃儿找点事做稳当些。你看看现在当官的,哪个不是想方设法把自己的娃儿安排得好好的,不是进公安就是进法院,不到财政局就到工商局,有几个当官的娃儿还像我们的娃儿守在农村?你这个当校长的老汉和当农民的老汉有什么区别?"

"人比人该死,货比货该丢。你不能拿我与那些做坏事的人比嘛,那样去比可就坏事了。别人跳崖你也要我跟着跳崖?别人喝敌敌畏你也要我跟着喝敌敌畏?别人贪污受贿进大牢你也要我跟着贪污受贿进大牢?有的人不怕别人背后戳脊梁骨,不怕运动来了遭清查,他们敢那么搞,我可不敢那么搞。当农民就当农民,当农民也照样活人,我们祖祖辈辈不都是靠栽秧种田吃饭吗?"

杨师母闹也闹过,哭也哭过,可赵校长始终没将一个孩子安排到教育岗位,全都在农村生活。在腐败弥散的情况下,赵校长如此洁身自好,被有些人视为是"不可思议的稀有动物"。

好在苍天自有公道,赵校长的五个子女,依靠自己的努力,最后全都跳出了农门,各自闯出了一片属于自己的新天地。

大儿子赵思能,高中毕业没有考上大学,凭自己那双灵巧的双手,修摩托车,修拖拉机,修门修锁修打米机,凡周围有什么机械不好用,需要修理,只要找到他,都能修好。他还学过理发,其染发烫发水平与城里那些理发店的师傅不相上下。他还学过电焊,学过装饰装潢,搞过土木建筑,人间三百六十行,不说他行行都精通,至少是样样都拿得起,放得下。他身上那些手艺，随便拿出一样都可以养家糊口。他在城里买了房子，日子过得不比城里人差。

二儿子赵思良，读书很努力，高考时上了录取线，可最后没有走成。"你家赵思良之所以没有走成，是有人顶替他的名额走了，你到教育局去请领导吃顿饭，找人帮助查一下，或者要一个委培名额吧？"有人提醒赵校长。

"读大学是正大光明的事，为儿子上学去请人吃饭，求人帮忙，我赵子章抹不开那个面子。"赵校长在屋子里闷了几天，也没有去教育局活动。赵思良在家当了一段时间农民，又当了几年兵，后来到达城开了一间品牌服装店。

三儿子赵光明，高考时以一分之差名落孙山，当兵，后与二哥合开品牌服装店。兄弟俩讲诚信，坚持质量第一，生意做得很顺，不久就在城里置了房，买了车，过上了城里人的生活。

小儿子赵小明，没有考上大学，外出打工，后来在江西建了一间小药厂。诚实守信，经营有方，药厂越办越大，发展成一家股份制企业。事业做大了，需要帮手，就把哥哥赵思能请到厂里，替他管理工厂；把妹妹和妹夫请到厂里，替他做后勤保障。这样一来，赵校长的五个子女，全都跳出了农门。

赵子章在仁和小学当校长十年，学生服他，学生家长服他，全体教师服他，除了能力，最重要的是因为他没有私心。

赵校长评价一个人的标准用语是"可以"两个字，老师或学生若得到赵校长"可以"两字的评价，肯定是呱呱叫。

子女个个有出息，他心情愉快，身体健康。退休后，他不筑方城，不跳广场舞，却将年轻时咏诗作赋的爱好发挥出来，"七一"歌颂伟大的党，"八一"歌颂伟大的长城，"十一"歌颂伟大的祖国，春节歌颂美好的生活。赵校长写稿纯粹是为了抒发个人感情。由于写作是有感而发，时不时有作品见诸报端。

弹粉笔灰的手

王郁清老师给我的第一印象，是他特别帅气。

王老师右脸有一个小酒窝，当别人讲话或者学生背颂课文的时候，他总爱把头轻轻地偏向左侧，面带微笑，嘴唇微微张开，露出两排洁白整齐的牙齿和甜甜的酒窝。王老师出门时爱先把脑袋往右一甩，将头发甩在脑袋右边，还要伸出右手把头发稍稍压一压。他人长得帅，又特别爱干净，其他老师写板书，衣服上总是沾着粉笔灰，王老师同样天天要吃粉笔灰，可一年四季，衣服上总是纤尘不染。我观察发现，其他老师一走出教室就伸出巴掌拍打衣服，不但没把衣服上的粉笔灰拍掉，还把手上的粉笔灰拍到了衣服上。王老师从来不用沾着粉笔灰的手拍衣服，而是把手洗干净后，再把衣服脱下来，用手指头轻轻弹，直到将衣服上的粉笔灰弹干净。时间长了，我们才知道，王郁清老师是在下两街道长大的，毕业于巴中师范，是科班出身的小学老师，全家人都吃商品粮。

凡是老师，都得有一副好嗓子。王老师声音清脆，说话语速快慢有节，是全校教语文课的主力教员。他还很有音乐天赋，二胡、笛子、手风琴、小提琴，样样都拿得起；还能谱曲，再深奥的曲子，只要他用两根手指头捏着曲谱看一遍，都能大声唱起来。王老师特别让人佩服的，是他的字写得好，钢笔字、粉笔字、毛笔字，就像他的外貌一样，清秀飘逸。

也许是特别爱整洁的缘故吧，王老师对学生作业卷面要求特别严格,可以说是严格得近于苛刻。他不允许卷面上有污渍,只要见了污渍,哪怕是自来水笔掉下一滴"眼泪",都要扣分。所以,凡是他改的作业或试卷,很难得到满分。我上学的成绩一直比较好,在班里从来没有落下前三名,其他科目常常得满分,但在他那里,却总因为卷面不整洁或字迹不工整被扣分,最多只得过九十八分。

我的学习成绩在全班比较冒尖,王老师对我也特别关爱。孩子没有不贪玩的,三年级开学不久,我迷上了玩扑克,几个同学放学后经常凑在一起打百分,有时也要搞点物质刺激,没有钱,就用作业本纸或蜡笔做赌注,输了,输家或者将作业本里的纸撕几页,或者给几节蜡笔,赢家就赢那几页纸或几节蜡笔。我当输家的时候少,当赢家的时候多。玩扑克赢的时候越多,玩的欲望越强。有一天上午,第四节体育课,邻近院子里几个同学约我打扑克,我觉得体育不是主课,缺席一节没有关系,就向王老师请假,撒谎说家里有事,要我早点回去,王老师答应了。我和几个同学偷偷摸摸跑进松林坡,一直玩到下午上课,连午饭都没有回家吃。

"你上午体育课请假是家里有事吗?"王老师很快就知道了我撒谎请假这件事。下午放学后,他把我叫到办公室,劈头就问。

"……"我吱吱唔唔,没有回答,也不敢回答。

"知道不知道,你这件事犯了两大错误。第一大错误是撒谎,为打扑克撒谎家里有事,小小年纪就用谎话糊弄老师,将来走入社会后怎么办?第二大错误是赌博,输赢几张纸几节蜡笔看起来不值多少钱,可针大的窟窿斗大的风,儿时输滴油,长大输头牛,养成赌博的恶习想改就难了。你学习不错,还是班干部,你如果再犯一次这样的错误,我不但要将这事告诉你爸爸,还要将你的班干部给撤了。班干部不能选撒谎的人,更不能选搞赌博的人!"

王老师那样严肃地上纲上线真把我给吓蒙了,我脸胀得通红,心"咚咚"狂跳,额头上冒着冷汗,眼泪直在眼眶里打转。看我如此模样,王老师心又软了,语重心长地接着说,"你娃儿平时表现还不错,响鼓不用重锤,希望你下不为例。"

"红双喜"球拍

王老师语文教得好,体育同样冒尖,乒乓球据说在全县教育系统得过冠军,还是二级乒乓球裁判。有一次全下两区的机关、学校举行乒乓球比赛,小组预赛在仁和小学举行,王老师任总裁判,正是因为那次乒乓球比赛,我才第一次知道了"红双喜"牌乒乓球拍,并用它过了一把球瘾。

我从上小学一年级就喜欢打乒乓球,没有钱买球拍,爸爸就找了一块木板,照着乒乓球拍的样子给我锯了一只,那木板球拍弹力小,拿在手里不好看,打着球也找不到感觉。同班同学刘天武与我最要好,也喜欢打乒乓球,他哥哥在食品站上班。食品站掌握着全公社生猪收购和吃商品粮人员的肉食品供应,不少人削尖脑袋往食品站钻。刘天武的哥哥给他买了一只乒乓球拍,那是全班第一只真正意义上的乒乓球拍。那球拍有一面贴着红色胶皮,虽然并不名贵,可与我那个木板球拍相比,简直是鸟枪换炮——阔多了。学校乒乓球台很少,要打乒乓球得排轮次,刘天武很大方,每当轮着我上台打球的时候,他就把那只带胶皮的乒乓球拍借给我,我们成了最要好的朋友。刘天武比我大一岁,我喊他武哥。

那次小组预赛在全校唯一的那张标准乒乓球桌上进行。

球桌是实木做的,很厚实,乒乓球落在上面弹跳力适中。我们平时很难占到那张木头乒乓球桌,大多数时候只能在水泥球桌上过过球瘾。那次比赛用的球拍两面都有胶,一面红色,一面黑色,一面光滑,一面是塑胶钉,还垫有海绵,乒乓球打在上面清脆悦耳,那是我第一次看见那样好的球拍。我和刘天武站在旁边看热闹,直看得眼花缭乱,心里发痒。王老师坐在裁判席上,一边打着手势,一边发号施令,"开球""得分""擦网球,重新开球""球出界,得分"……语言干净准确,手势利落干脆,活像一位战将在指挥军队厮杀,威风,神气,真是让人羡慕极了,敬佩极了。

"王老师,能不能让我和刘天武用这个拍子打一盘乒乓球。就打一盘。"上午预选赛结束,王老师走下裁判席,准备休息,正将比赛用的两只乒乓球拍往专用的球拍袋子里装——一只球拍一个袋子。乒乓球拍"穿衣服",这也是我第一次看见。我拉着刘天武的手,走到王老师跟前。

"你们打一盘。"王郁清老师点头同意,从袋子里掏出两只乒乓球拍,递到我们手里。

"谢谢王老师。"我赶忙向王老师道了谢。拿着球拍站到球桌前,心里那个兴奋啊,真像捧着个金元宝。

"这拍子叫'红双喜',是中国最好的乒乓球拍,买一只都要十多元钱,你们不要把拍子碰到台子上,别把拍子碰坏了。"王老师嘱咐我们。

十多元钱?那简直就是一个天文数字。那时,一支铅笔两分钱,一个饼子三分钱,一个大肉包子六分钱,就连过年时穿的一件新衣服才两块多钱。我们家有年卖过一只南江黄羊,七十多斤,听爸爸说才卖了十多元钱呢。

知道球拍值一只大羊,我拿在手里也就格外小心,生怕磕着碰着。我的乒乓球本来打得还算不错,因为怕碰坏球拍,球技得不到正常发挥。红双喜拿在手里有点重,弹性非常好,稍一用力球就飞出去了，球落在台上的时候少，落在地上的时候多，我和刘天武不像是在练打球，倒像是在练捡球。打了五分钟，渐渐找到了一些感觉。

我和刘天武每盘打十一个球，打完两盘，不输不赢，准备把球拍交回王老师手里。王老师允许我们打一盘，现在打了两盘，已经是格外照顾我们了。

"打球没输没赢怎么行？既然是比赛，就得有个结果。你们再打一盘，还是打十一个，三打二胜，谁赢了谁就是冠军。我来给你们当裁判。"王老师没有接我们送回去的球拍，而要组织我们进行决赛。

"好啊！好啊！"听王老师这样一说，我和刘天武一蹦老高，拿着球拍，奔回球桌两端，作好了决赛准备。

"黄北平，球在我的哪只手里？"王老师像真的打比赛那样，坐到了裁判席上，拿出一个新球，将两只手伸到球桌下，让我和刘天武猜球，争发球权。

"左手。"我说。

"猜中了，你先发球。双方队员请注意，比赛开始。"王老师把球抛到我站的球桌上，下达了比赛开始的命令。

我和刘天武都是右手直握拍。我一开球就给刘天武发了一个左旋球，球哧溜溜直冲刘天武左翼，他没有接住，球从台上蹿到台下。

"接球失误，得分。一比零。"王老师判定我得了一分。

"开球。"比赛继续进行。我再次发球，可这次刘天武有准备了，不但把我发的旋球挡了回来，回的那个球还带着旋，一回到我的球桌上就飘到桌子外面去了。

"得分，一比一平。换发球。"刘天武扳回一分。

我和刘天武技术相差无几，知彼知己，这次王老师亲自给我们当裁判，又是用的红双喜，我们全神贯注，使出了浑身解数。双方咬得很紧，比分交替上升，打到十一平，没有分出胜负，打到十三平，也没有分出胜负。打到十五平后，武哥平时用的球拍比我的好，更容易适应红双喜，在关键时刻连拿两分，以十七比十五将我击败。

"祝贺刘天武同学获得冠军。"比赛结束，王老师很郑重地用他宽厚的左手举起武哥小小的右手，把他的手高高地举过他的头顶。"当了冠军，就该得奖，给你奖什么呢？"王老师挠着头皮，想了想说，"其他奖品没有准备，就奖给你一个乒乓球吧。"说着，王老师迅速从衣袋里掏出一个崭新的乒乓球，递到刘天武胸前。我们平时玩的乒乓球质量低，球的中间有一道缝，那次比赛用的球也是红双喜，质量高，中间没有缝。

那是我第一次看到红双喜球，第一次使用红双喜球拍，第一次在王老师那样的高级裁判组织下用红双喜球拍打红双喜球。遗憾的是我没有获得"单打比赛"冠军，虽然那个冠军是在我和武哥中间产生的，但我把那场对决看得很重，对王老师奖给刘天武的那个乒乓球也看得很重。那不是一场普通的乒乓球比赛，那是王老师对我们的特殊关爱。那奖品也不是一个普通乒乓球，那既是裁判给获胜者的奖赏，也是老师在激励学生上进，在鼓舞学生勇争第一。争当冠军的精神在我心里扎下了根。

"谢谢王老师！"武哥兴奋地从王老师手中接过那个乒乓球，拉着我的手向王老师行了一个鞠躬礼，飞快地跑回了教室。

那个乒乓球，武哥好久都舍不得用，即便与我打两盘，也轻抽轻拉，生怕打破了。

那只红双喜球拍在我手上停留的时间很短，在我心中却留下了深深的烙印。从那天开始，我就梦想着有朝一日能够拥有一只属于自己的红双喜球拍，而我爱打乒乓球的习惯，也从小学、中学、大学一直保持到现在。我的寒舍里，没有其他体育器材，一定会有一张乒乓球桌，累了，就打几盘乒乓球，有时没有对手，就一个人打墙，球从墙上弹回来，我把球打回去，这样打球，乒乒乓乓，提高不了球技，可听听那球的响声，也觉得高兴。

第一次使用红双喜球拍的情景，时至今日，仍在我的头脑里过电影。

作文的力量

王郁清老师教语文，语言生动，联系实际，深入浅出。他有次布置我们写作文，给我留下了深刻印象。

记得那时我已经读四年级了，杨老师布置的作文题目叫《我的母亲》。我笔下的母亲和吴文娟同学笔下的母亲，引起了王老师的特别关注。报纸上经常刊登一些忆苦思甜的文章，有篇文章的题目就叫《我的母亲》，作者说他的母亲八岁就当了童养媳，十一岁就给地主当长工，吃的是猪狗食，干的是牛马活，还经常挨地主婆的打，身上伤痕累累。我看过那篇文章，记住了那篇文章的内容，见王老师布置的作文题与那篇文章正好巧合，就照抄照转。

"黄北平同学，请你站起来，将自己的作文给同学们念一遍。"王老师将作文本发下来后，对我说。

"我的母亲叫杨菊英，八岁当童养媳……"我马上站起来，开始有板有眼地念那篇作文。我是班上的学习委员，成绩一直冒尖，让我当着全班同学的面念自己写的作文，我自以为肯定是我的作文写得好，被王老师当成了范文。

"同学们，黄北平同学的作文写得好不好？"王老师问。

"好。"全班响起一片叫好声。

"同学们都说好，可我要说不好。为什么我要说不好呢？我请黄北平同学回答几个问题。"王老师说着把头转向我,"黄北平同学,你母亲在你们家当过童养媳吗?"

"……"我无法回答,因为我不知道母亲是否在我们家当过童养媳,我也根本不知道什么叫童养媳。

"不可能啊。解放后的第一部《婚姻法》是1950年5月1日开始实行的,听说你母亲是你爸爸从部队复员回来后才结婚的,你爸爸是哪一年复员回来的? 1953年底。那你母亲哪是什么童养媳?所谓童养媳,那是女孩子从童年起就被送到未来的男人家,由公公婆婆从童年养起,养大后再完婚,这种恶习在解放前的大巴山一带确实很普遍,至今也还没有彻底绝迹,但你母亲肯定没有当过童养媳。"

王老师这样一说,羞得我满脸绯红。

"你的母亲十一岁给地主当过长工吗?也没有吧。大巴山一带确实有女孩子给地主老财当佣人,佣人就是'女长工'。可一般的佣人都是年龄稍大的女孩子,她们从小被地主老财弄去洗衣做饭搞家务,或被地主老财弄去当奶妈,喂孩子,不可能让一个十一岁的女孩子去当佣人,十一岁的女孩子能干什么呢?事实上,你的母亲也没有给地主当佣人。你的外婆家穷是穷,田地不多,靠佃租地主的田地生活,导致你的母亲是文盲,几个舅舅也没读多少书,但据我所知,你外公外婆既没将你舅舅送到地主家当长工,更没将你母亲十一岁就往地主家送。"

王老师这样一说,我的脸更红,心也跳得更快了。

"我知道,黄北平同学这篇作文,模仿了报纸上最近刊登的一篇忆苦思甜的文章,那篇文章写得很生动,有不少值得借鉴的地方。但请同学们注意,借鉴也好,模仿也好,一定不能照抄照转,得将别人文章里的精华消化吸收,变成自己的东西。作文要有自己的真情实感,不能照抄照转。在此打个比较粗俗的比喻，就好比我们吃食物，将再好的东西吃进肚子里，不消化，不变成自己的营养，吃鸡肉拉鸡肉，吃羊肉拉羊肉，那吃得再多又有什么用？以黄北平的这篇文章为例，黄北平的母亲勤劳能干，他的父亲经常在外打猎，母亲里里外外一把手，将一个家操持得井井有条，很不容易，如果黄北平不去照抄照转别人的文章，实事求是地围绕着母亲身上的美德去写，不但能将母亲写得很真实，还会写得很感人。而照他现在这样，母亲没当童养媳写成母亲当过童养媳，母亲没有给地主当长工说成当过长工，把母亲写得很虚很假，缺少真情实感，不但说不上生动，也不可能打动人心。我这样说，同学们听明白了吗？"

"听明白了！"教室里响起一片整齐的喝喊声。

"黄北平同学，你听清楚我讲的意思了吗？"王老师又特地转过头盯着我问。

"听……听清楚了。"我回答，声音远没有别的同学那样洪亮。

"听清楚了就好。我有一个建议，请黄北平同学根据我刚才说的意思，回去后好好想一想，想好后再以《我的母亲》为题，重写一篇文章，一定要写自己知道的事，写真实的事，写能感动自己的事。文章只有先打动了作者自己，写出来后才能打动读者。如果黄北平的下一篇《我的母亲》真的写得好，我们再请他给全班同学朗读。同学们说好不好？"

"好！"

"黄北平同学，你下去后能不能根据我讲的意思重写一篇《我的母亲》？"

"能！"我大声回答。

"好，我等着看你那篇新的《我的母亲》，请坐。"

那篇文章让我出了大洋相，让我无地自容，但也正因为那篇文章让我红了一次脸，出了一身汗，让我对怎么做好作文有了些许感悟。下来后，我结合对母亲的真情实感，重新写了一篇《我的母亲》。我不但写了母亲在家任劳任怨，为一家人的生活里里外外忙碌，是个好妈妈，最特别的地方是突出了母亲的美德——孝敬婆婆。我爷爷当过川陕苏区仁和乡苏维埃政府主席，1934年被张国焘以清除AB团的名义冤杀。那时我爸爸才四岁，二十几岁的奶奶既当妈又当爹，含辛茹苦把我爸爸和姑姑养大。妈妈体谅奶奶的苦楚，几十年来精心侍候婆婆，从没与婆婆红过脸。在全家人中，婆婆地位最高，好饭菜供婆婆吃，好衣服供婆婆穿，虽然婆婆年事已高，可红光满面，身上总是穿得干干净净的。母亲是远近闻名的孝顺儿媳，受邻里尊敬。我把重新写好的《我的母亲》交到王老师手里，王老师当着我的面连看两遍，一拍大腿，称赞说："这篇作文有血有肉，人物形象丰满，写得有感情，好，好，作为范文，批准你在班上朗读。"我在班上朗读了一遍，赢得了同学不少巴巴掌。

不少同学畏惧写作文，把作文称为"憋文"——憋出来的文章，我却爱上了作文。从此，我的许多作文都成为范文，一次次在班上朗读。上大学时，我给校报投过稿，挣过几笔小小稿费，后来还编过一本杂志，再后来还与人合作写过书。我这一辈子"做作文"虽然没有什么拿得出手的成果，但王老师点拨我写《我的母亲》那篇作文的全过程，使我对如何做作文有了一次质的升华。

我的收获很大，吴文娟同学收获更大。她的作文表面看写得很真实，可也同样把母亲写走了样。吴文娟在作文中，说她母亲从来都不顾家，把给她买衣服的钱拿给别人，弄得过年时别人家的姑娘都有新衣服穿，她只能穿着旧衣服过年。还写母亲为了追求个人的幸福，抛弃她回了娘家……在吴文娟的作文里，母亲是一个不顾家、不管孩子的人，既看不到一个母亲对女儿的爱，也看不到一个女儿对母亲的依恋。作文虽然写得有真情实感，可不合常理啊，世界上有几个孩子的母亲像吴文娟笔下的母亲呢？

王老师没有直接对那篇作文作出评论，而是把吴文娟叫到办公室，要她讲述她与母亲之间的故事。吴文娟就把她心目中的母亲又重新向王老师讲了一遍。王老师听后得出结论，如果吴文娟讲述的是事实，那她母亲确实是一个自私自利的女人，应该受到女儿的谴责。

"这些事你是怎么知道的呢？"王老师有所怀疑。

"听爸爸和爷爷奶奶说的。"吴文娟老实回答。

"你爸爸和爷爷奶奶说的话只是一面之词啊，是不是就对呢？"

"我不知道。"

"你不知道就不要跟着大人盲目地怨恨你的母亲。天下没有哪个母亲不爱自己的儿女。也许你的母亲不是你作文里写的那种人，有可能是被冤枉的。"王老师这样教育吴文娟。

吴文娟小小年纪就失去了母亲，这让王郁清老师动了恻隐之心，他想帮帮这个学生。

听说吴文娟的母亲回到了娘家，王老师决意去找。一个星期天，他以买天麻为名，一大早就出门，到张公堂去家访。经了解，吴文娟的母亲完全不是女儿作文里所描写的那样一位狠毒的女人，而是一位勤劳善良的好母亲。

原来，她母亲靠挖半夏，摘金银花、五倍子，积攒下十六元钱，准备过年时给女儿做新衣服。这时候，父亲突然生病，不住医院就活不了命，家里又拿不出钱，她不得不将钱拿给老人治了病。由此，全家人都指责她不顾自己女儿，吃里扒外，是个败家子、丧门星，打得她浑身伤痕累累，一纸离婚证书将她扫地出门。母亲虽然离了婚，并没有改嫁。山区缺女人，她又是持家种地的一把好手，上门提亲的最少有十起以上，可半年过去了，她一直没有再找人家，因为她心里有吴文娟这个女儿。为了缓解思女之痛，有好几次，她还偷偷跑到仁和小学，远远看过正在教室里上课的女儿。

"吴文娟，你外公是你们家的外人么？"了解清楚吴文娟母亲的这一切，王老师把吴文娟再次叫到办公室，问。

"不……不是。"

"你外公生病了，你母亲该不该拿钱给你外公治病？"

"该……该。"

"这就对了嘛。你长大后，假如你爸爸病了，不治就要死人，你能见死不救吗？你也肯定会拿钱给你爸爸治病的。你外公病了，你母亲就是没钱，借钱也该给你外公治病啊。都是贫穷惹的祸。你妈妈用准备给你做新衣的钱给你外公治病，完全是一种无奈的决定，那不叫吃里扒外，那叫尽儿女孝心。你爸爸为十六块钱的事打你妈妈，与你妈妈离婚，那是蛮不讲理，是欺压你妈妈，大错特错。这事，你可得要有自己的主见，不能跟着你爸爸和爷爷奶奶指责你妈妈，只要把你外公的病治好了，新衣早穿一天晚穿一天，多穿一件少穿一件又有什么关系呢？你说是不是这个道理？"

吴文娟低头不语。

"你母亲是很爱你的，与你爸爸离婚后，至今没有改嫁，就是因为爱你，丢不下你。你知道吗，你妈妈还跑几十里路到学校来看过你呢。"

"真的吗？"吴文娟抬起了头，眼里含着泪水。

"真的。你妈妈亲口对我说的，你外婆外公也能证明。"

"妈妈！妈妈！"吴文娟泪流满面，把头趴在王老师办公桌上，失声痛哭起来。

"别哭。哭不是办法，你得动员你的爸爸去向妈妈认错，把妈妈接回来，与你妈妈复婚。你还得给爷爷奶奶做工作，让两位老人家也能够知道自己错了，在你妈妈回来后能笑脸相迎，让你妈妈回来后能够感受到家庭的温暖，留得住。你能不能做到？"

"王老师，我能。"吴文娟擦干泪水，抬起了头。

和吴文娟谈心后，王郁清老师又走到严家山，找到吴文娟的爸爸，介绍了自己到张公堂访问的情况，并直言不讳地对吴文娟的爸爸提出了批评。

"我说老吴，不是我这个当老师的要猪鼻子插葱——三管鼻子多一管。我问你，你女人是不是把钱拿给吴文娟的外公治病了？"

"是……是是是。"吴文娟的爸爸承认。

"吴文娟的外公是外人么？"

"嗯……"吴文娟的爸爸既不说"是"也不说"不是"，一脸苦笑。

"你的父母是父母，你的岳父岳母也是父母。如果吴文娟的外公是你们家的外人，那很简单，你将来就是吴文娟一家人的外人啰。你病了，吴文娟也可以见死不救，手里拿着钱看着你等死！"王老师的语气越来越严厉。

吴文娟的爸爸没有说话，但看得出，王老师的这些话如重锤一样敲进他心里，他的眼睛睁得很大，瞪着王老师。

"养儿防老，积谷防饥，你带儿带女干什么？你再穷也想给吴文娟做新衣干什么？还不是想将来吴文娟长大了能孝敬自己，使自己老来有所依靠，你总不会希望吴文娟长大后忤逆不孝吧?俗话说,'屋檐水,点点滴,点点滴在原窝里',父母亲是孩子最好的老师,你们对父母孝顺,孩子将来才会对你们孝顺。老吴,这样浅显的道理你应该懂啊。"

吴文娟的爸爸低下了脑袋,脸红到了耳根子。

"喂,老吴,说心里话,离婚后日子不好过吧?你就打算这样过一辈子么?你就准备让吴文娟继续当'无娘儿'么?"见吴文娟的爸爸脸红了,王老师不失时机地问。

"不……不这样过怎么办?再找?谁看得上我们这样的家。"吴文娟的爸爸抬头望着王老师。

他说的是实话。自从离婚后,自己又当爹又当妈,日子过得太艰难啦。想找个女人,可哪里那么容易?山区农村别说像他这样拖着一个孩子的光棍汉不好找,就是那些没结婚的,人长得精精神神,多多少少还有点儿文化,就因为家庭贫穷一直找不到老婆。有些人无奈之下花重金买女人过日子,遇到放鸽子的,弄得人财两空,鸡飞蛋打。照吴文娟爸爸现在的这个样子,下半辈子肯定是一根光棍插到底了。

"我到吴文娟妈妈的家里去过,她可是心里一直挂着吴文娟,好多人上门给她提亲,她都没有答应啊。"

"她没嫁人,我也不好意思去把她接回来复婚啊。"吴文娟爸爸脑袋使劲摇了起来。看得出,他对于做出匆匆忙忙与老婆离婚的蠢事后悔不迭。

"有什么不好意思的?你只能耍男人的威风,就不能下个'矮桩'?男子汉大丈夫,敢做敢当,能屈能伸,错了就是错了,登门找老婆赔个礼,认个错,争取复婚,掉不了一两肉,吴文娟可是盼着妈妈回来哟,你要再不抓住机会,吴文娟的妈真成别人的了。"王老师因势利导。

"我要妈妈回来,我要妈妈!"吴文娟在旁边喊。

"那我明天就到吴文娟的外婆家走一趟？"

"当然要走一趟。只你去恐怕还不行，还得带着吴文娟一起去。你把错一认，吴文娟几句'妈妈'一喊，这事可能就成了。"

"都是我的错，请你们大人不记小人过，原谅我的错误。"第二天，吴文娟的爸爸果真提着糖果和一只大公鸡，带着女儿，到了张公堂。见着吴文娟的外公外婆，认错不迭，见着吴文娟的妈妈，也是低头认错，一个劲地说"对不起"。

"妈妈！""外公！""外婆！"吴文娟那嘴巴甜得不得了，一见到母亲和外公外婆，就扑进怀里撒娇，"爸爸知道错了，你们就原谅他吧。"

开始几个人都黑着脸，只把吴文娟接进了门，连狗都不替吴文娟父亲赶。后来，心也软了，气也消了，当天下午，吴文娟的妈妈就跟着丈夫去办了复婚证。

王老师通过一篇作文，挽救了一个破碎的家庭。

"松皮大会"引发的血案

王老师知识业务能力强，心气原本很高。他一直觉得，凭自己的水平，当个校长都没有多大问题。他教学认真负责，一直是仁和小学的教学骨干，他多次递交入党申请书，却一直没有被批准，因为他有"外公遭红军枪决"的历史旧账。1932年底，由陕入川的张国焘部队筹粮筹款，有人指着王老师的外公家说："他家是我们这一方最富裕的。"工作队上门动员献粮献款，王老师的外公确实有几十亩地，可仓里没存多少粮，柜里没放多少钱。他平时很"抠门"，"抠"出点钱就用来买土地了。他咬着牙把仓里几百斤粮食和柜里几个"袁大头"全拿了出来。这离工作队的期望可是差得太远了。工作队准备继续动员他再多多地拿，但再怎么动员，他都说没有了。工作队把他吊在树上打,他受不了啦,就说,"要地你们全都拿去,再要粮要钱,确实没啦,就是杀了我也拿不出来了。"听了这话,工作队愤怒不已,"你敬酒不吃吃罚酒,想死还不容易!我们成全你!"真就将王老师的外公给杀死了。

正在王老师苦闷彷徨时,文化大革命风起云涌,学校停课闹革命。仁和小学的教导主任周庆华参加了革命造反派,仿效成都,在仁和公社组织起"曙光7·13战斗队",自任队长。又拉好友王郁清老师入伙,当上了指导员。"曙光7·13战斗队"一举夺了仁和公社领导大权,并将仁和公社改成曙光公社,周成了公社党政一把手,王成了实际上的二把手。

那件人命大案就发生在曙光公社召开的一次"松皮大会"上。

所谓"松皮大会",意思是指有些地富反坏右身上的"皮子"紧了,需要"松"一下,就是把他们弄到台上去狠揍一顿,警告他们要老老实实。

公社凡开大会都有两个特点,一是开会前标语刷得多,沿街凡是能写几个字的墙面都刷上标语,刷得墙上一片白;有的标语写在白纸上,用绳子挂起,挂得到处都是,像是随风飘舞的风幡。我们上学没有纸印课本,但开会写标语需要多少纸就有多少纸;二是开会时得有人领头呼口号,领头呼口号的人在台子上振臂一呼,台下参加会议的人跟着举手响应,至于呼的内容是什么,跟着呼的人或许并不了解,要的是那种一呼百应、山呼海啸的高压态势,让接受"松皮"的那些地、富、反、坏、右心灵受到强烈震撼。开会的结果重要,开会的过程更重要。

自"曙光7·13战斗队"成功夺取了仁和公社的领导权后,周庆华和王郁清老师也就认真主持起曙光公社的全面工作来。主宰一个公社的领导权激起了他们更大的权力欲,他们认为只要积极参加无产阶级文化大革命运动,将来最低也能当个县教育局局长。有更大的权力诱惑在前头,他们也就跳得更加积极:写标语,贴标语,领头呼口号。

那次松皮大会,主持区革委会全面工作的区武装部陈仁科部长本来安排由周庆华主持,可周在外地出差,赶不回来,王也到县上开会去了,找谁来主持大会呢?

公社干部没被打倒的还有三个。一个是文书李绍洲,六十来岁,胆小怕事,说话声音细若蚊蝇。一个是原治安员赵亨昌,"赵治安"个子大、力气大、嗓门大,人叫"赵大炮",发生打架斗殴一类治安事件,只要他出场,一声大吼,"给老子住手!"双方马上就偃旗息鼓。因为威信高,赵被安排进了公社"三结合"领导班子。第三个是原来的公社党委副书记兼武装部部长王福清,实行军管,凡沾"武"字的都吃香,王部长也被结合进了革委会,算是实际上的三把手。

区武装部的陈仁科部长早已决定,曙光公社的松皮大会由王福清主持。头天下午,赵亨昌去宿舍找王福清,准备提醒王一下,别把第二天的事搞忘了。结果,王福清却躲在宿舍装病。

"王福清主持不了,那就由王郁清和你共同主持吧。"听了赵亨昌的汇报,陈部长一锤定音。

赵亨昌一听陈部长这话,惊得目瞪口呆。他知道松皮大会要打人,那是相当得罪人的事情,而且他还面临一个最棘手的问题,就是三大队报上来这次要被松皮的杨绍堂是他的亲二姨夫,让杨绍堂免于被批斗,将其从名单中拿下来,不太可能。思来想去,觉得唯一的办法是怎么让二姨夫少挨点打,少受点罪。最直接有效的手段莫过于"买通打手"。所谓打手,是为了给批斗大会增加"火药味",公社专门找的几个"批斗积极分子"。那几个"批斗积极分子",都是好吃懒做、游手好闲的二流子。当那种打手并没有特别的报酬，除了生产队给记一天工分，另外就是松皮大会结束后，由打手所在的生产大队出资，请他们吃一碗一角钱的杂酱面。二大队那个叫赵益阳的打手，四十多岁了，还是庙门口的旗杆——光棍一条，在打手中跳得最欢，经常领头打人，下手最重。为了"买活"赵益阳，赵大炮还花一角钱和二两粮票，请吃了一碗杂酱面。

请赵益阳吃杂酱面时，当然没有挑明目的。赵大炮觉得，杨绍堂是他二姨夫这层关系，并不是什么秘密，赵益阳和自己又是一个院子里长大的，不明说他也该"懂得起"。

赵大炮不想做主持人，他以王郁清还没有回来为由，建议推迟开会。陈部长不允，喝令他马上叫王回来。王老师一接到通知，就急急忙忙往回赶。他正好要传达中共中央刚发出的"红十条"文件，给造反派鼓劲打气。

松皮大会在仁和小学操场上举行。平时校长训话的戏台上放着一张破旧的饭桌，充作主席台，主持会议的人手执铁皮喇叭筒，站在台上讲话。当王老师满头大汗赶到会场时，赵大炮正在做动员报告。

十一个将被松皮的人早被押在台下，站成一溜，脖子上全都挂着牌子，有纸壳壳做的，有木板板做的，有两个人脖子上挂的竟然是一块木头做的黑板，至少重十几斤，拴黑板的铁丝勒进皮肉，他们的腰立即弯成了一张弓。牌子上分别写着十一个牛、鬼、蛇、神的名字，名字上打着红叉叉。他们被反剪着双手，低头弯腰，作喷气式状，每人身后站着两个武装民兵，枪刺在阳光下闪着寒光。

见王郁清老师赶到会场，赵大炮立刻把王郁清迎上台。文件传达完后，松皮开始。

"把坏分子押上台来！"赵大炮在喇叭筒里一声大喝。

"打倒刘少奇,保卫毛主席!"

"打倒李井泉,解放大西南!"

赵向站在旁边领头呼口号的王一挥手,王就一手执铁皮皮喇叭筒,一手举拳,领头高呼起来。会场上举起一片拳头,响起一片"打倒"声。在口号声中,基干民兵将被松皮的人一个一个押到了台上。

"反动分子不投降,就叫他们灭亡!"……

如果不出意外,到中午十二点,大会就可以结束。但意外突然出现,让主持会议的人猝不及防。

九大队一个打手跳到台上,要当众揭发他们大队那个被松皮地主分子的现行反革命活动。那个打手得到王老师的同意,开始揭发罪行。他说,那个地主分子只关心自留地,不关心集体庄稼,自留地里的南瓜长得又多又大……台下响起一片哄笑声。打手不理会,继续唾沫四溅地揭发,说到得意时,还抽了坏人一耳光。

清脆响亮的一记耳光,立即产生了连锁反应。好几个打手都跳到台上,对自己大队选送的松皮对象抽耳光,台子上顿时响起一片"哐哐哐"的耳光声。既然可以打耳光,为什么就不能动拳头?就不能动棍子?有的打手借机抡起了拳头,有的打手借机举起了棍子。

打手赵益阳怀揣一把短柄小斧头,冲上了批斗台。他昨天吃了赵亨昌一碗杂酱面,不知是他把赵的本意理解错了呢,还是打人成瘾,对杨绍堂不但没有手下留情,反而下手更狠,挥起那把短柄斧头朝着杨绍堂的脊梁狠狠砸去,一斧头就将其砸倒在地。杨绍堂倒地后,赵益阳又转身朝八大队地主陈廷龙砸去,砸得陈廷龙也当场倒地。

"不准打人!"赵大炮一个箭步冲到赵益阳跟前,一把将斧头夺了下来。

"毛主席教导我们说,'要文斗,不要武斗!'"王郁清老师见状立即举起拳头高呼最高指示。

秩序混乱,最高指示被一派打斗声吞没了。更多的拳头和棍棒落在被松皮的人身上。杨绍堂全身抽搐,还有人对他挥拳抡棒。王郁清老师伸出双手盖在杨绍堂身上,"当"一声,一棒子敲在他手里的铁皮皮喇叭筒子上,顿时把喇叭筒子敲扁了。

"松皮大会到此结束!散会!"主持会议的赵大炮见局面失控,高声宣布道。

杨绍堂两个儿子把父亲放上早就准备好的担架,抬着就往家里奔。刚走到松林坡下边,听到杨绍堂喊:"我好渴啊,快给我喝口水!"刚喝下两口,喉咙里"咕儿"一声响,断了气。陈廷龙在抬回家的当天晚上,也两腿一伸见了阎王爷。

曙光公社的松皮大会,一下子松死了两个人。

混乱年代,人的性命没有任何安全保障。所以,松皮大会打死了人,并没有被看成多大一个事,家属弄回家埋了就算了,死了就死了。

到了1973年,全国各行各业开始大整顿,清理大案积案,曙光公社开松皮大会打死两个人的事被重新提了出来。打死人的直接责任人好认定,人是赵益阳等一干打手打死的,可他们是贫农、五保户,属于临时利用人员,免于刑事处理。周庆华是革委会主任,虽出差在外,但他是造反派头目,开除出党,仍留在仁和小学工作。赵亨昌是公社一般干部,受区革委会临时指派主持大会,而且他二姨夫杨绍堂就是在他主持的大会上被打死的,说明他没有假公济私,不受任何处分。同台主持大会的王郁清不但是造反派头目,还在大会上传达过红十条,领头喊口号,煽风点火,干系重大,必须严肃处理。

送给王老师的礼品

开始，王老师只是被批斗，还没有完全剥夺他上讲台的权利。他从批斗会场下来，把挂在脖子上的牌牌一摘，拿起教案就到教室讲课去了。

开了两次批斗大会后，斗争突然升级，他被送进县上办的学习班。其实是变相劳改队，如果没人搭救，即使不被弄去劳改，也要被戴上一顶坏分子的帽儿，被开除公职，发配到农村，也吃不成商品粮了。

这时，校长赵子章出面保人了。他一层层找上去，最后找到了县革委会一把手。

"老赵哇，我劝你回去吧，找再多的人也没用。王郁清在文革中跳得那样积极，不弄他弄谁呢？"一把手这样答复赵校长。

"王郁清跳得积极，是你们安排他去呼口号的啊，如果他不领头呼口号你们答应吗？你们也不答应嘛。他是奉命替你们办事，奉命领头呼口号，他得了什么好处？不但没得好处，耽误的课他还得加班加点去赶，这样对待积极为你们做事的人，太不公平、太冤枉啊。要是他这样的人都受到打击，下次再搞什么活动，还有谁跟着你们跳？你还是说一句话，把他放了，学生还等着他上课呢。"赵校长扭住一把手不放。

"放了？我说一句话就能把他放了？老赵，你开国际玩笑，我哪有这么大的权力？判不判他的刑，判什么刑，这得等弄清事实，分清他应负什么责任，最后再研究决定。"一把手是刚解放不久的干部，对政治运动心有余悸，他一点不松口。

"弄清事实，分清责任？好！那我们就拿事实说话吧。"一把手虽然没有答应放王郁清回学校，但弄清事实四个字激活了赵校长的灵感。

回到学校,赵校长立即找当时参加大会的人了解实际情况。大家证明,王老师确实没有动手打人,还用身体遮挡过受害者。他还找公社革委会干部,找供销社、储蓄所、食品站的工作人员,也请他们出了证明。那天到会场看热闹的一些农民,听说赵校长要保王郁清老师,也主动找过来,愿意证明王老师无罪。

没过两天,赵校长就把厚厚一摞证明材料递到了县革委会一把手案头。证明材料之扎实,证明人数之多,实属罕见。一把手大笔一挥,下令释放王郁清老师。

王老师回仁和小学教了一学期后,接到调令,调到了高桥小学。他是被高桥小学校长挖走的。高桥的码头比仁和大,交通比仁和便利,王老师的家就在下两街上,从高桥回下两比仁和近三十来里路。从仁和调到高桥,他算是从糠箩筐跳进米箩筐。

听说王郁清老师要调离仁和小学,爸爸与娘商量给他送点礼物。王老师先是教我的大姐和二姐,接着又教我的语文和音乐,有恩于我家。

"送点什么呢?王老师是城里人,我们家有什么东西他能看得上眼呢?"娘说。

那时,最常见的礼,是送一个"炸药包"(一包点心)和两颗"手榴弹"(两瓶酒)。我从来没见王老师喝过酒,送两瓶酒,别的人喜欢,恐怕王老师还未必喜欢呢。

"送什么?就送点自家产的嘛。家里还有些核桃,王老师讲课辛苦,课间操时吃几个核桃,核桃补脑。"父亲拿出主意。

"好,就送核桃。"爸爸和娘商量妥当。

我们家地坝边有一棵核桃树,年年都要收一些核桃。核桃装在一个木箱子里,几个男孩子嘴巴特别馋,今天摸一个敲开吃了,明天摸一个敲开吃了,三摸两摸,被摸得剩下不多了。父母把核桃拿出来数了两遍,只有四十九个。

"至少也要凑足五十个嘛。到隔壁去借一个？"父亲提议。

"笑话，有借一两盐借一斤米的，哪有找人借一个核桃的？算了，四十九个就四十九个吧。核桃一般都是论斤，不信我们把核桃送给王老师，他还会一个一个地数？千里送鹅毛，礼轻情义重嘛。"娘说。

"只送这点核桃也拿不出手啊，还能不能再送点别的？"见娘把核桃装好，父亲问。

"别的？能拿得出手的只有蜂糖。"娘看了看不远处的蜂箱说。

父亲不但是种田的行家里手，还会打猎、染漆、种白芍、养兰花、养蜜蜂。他出门身上都带着个空玻璃瓶子，遇到"向蜂"（寻找新家的侦察兵）能捉住的就顺手捉住，带回家放进空蜂桶里，很快就会把其他蜂引来，建起一个天然的酿蜜窝点。家里每年都要割好多斤蜂蜜。除了卖钱给我们攒学费外，过年时还要兑蜂糖水给全家人喝。真正的山花蜂蜜，味道正宗，滋养人，冲出的糖水稠稠的，挂杯，甜得透心。

"蜂糖？可现在不是割蜂糖的时候啊。"父亲犹豫道。

割蜂蜜必讲时令。四月李花开，五月油菜花开，六月梨花开，仲春初夏是产蜜的盛季，王老师调走是九月开学的时候，秋天已到，山花虽有，已趋凋零，蜜蜂采花，主要是为自己过冬作准备，此时割蜜，无异于蜂口夺食，会严重影响蜂群的繁衍生存，养蜂人一般都不会在秋后对蜂蜜下手。

"你看有没有糖厚一点的？不割多了，只割一斤。"

"那就割一斤吧。"

晚上，父亲将一桶平时蜜蜂进出最频繁的蜂桶盖揭开，将烟吹向聚集在蜜页上的蜜蜂。过去，只要蜂们一闻到烟味，就纷纷闪开，把一片干干净净的蜜页让给父亲。这次，或许是蜜蜂意识到父亲要夺取他们过冬的救命口粮，它们忍受着烟熏的痛苦，围着蜂页不愿离去，烟熏了好长时间，它们才不情愿地把一片蜜页让出来。父亲割下半片蜜页，挤出蜜汁，估计在一斤以上。

王老师离开仁和小学的前一天晚上，父亲领着我来到王老师寝室，将核桃和蜂蜜交给王老师。王老师高高兴兴地收下了礼物，对父亲表示了感谢，还对我说了不少鼓励的话。王老师走的那天，好多老师和同学都来送行，场面很热闹。王老师眼中含着热泪，同与他一同战斗过的老师一一握手，对围在他身边依依不舍的学生频频挥手。

蜜渣我们先是泡水喝，喝过蜂糖水，连蜜渣都被我们兄弟几个分着嚼了。

自割掉那半片蜜页后，那桶蜂似乎疯了，见人就追，见人就蜇。山区的冬天来得早，十月份就打霜下雪。蜜蜂采不到花粉，只能相互依偎在一起，抵御着寒冬与饥饿。父亲买了白糖，放进蜂桶，但那桶蜜蜂仍然很少出动，不吃不喝。没多久，那桶蜜蜂便抱团长眠了，蜂桶底部摆满厚厚一层尸首。

师生情未了

我和王老师的联系一直未断。

1981年，我正在四川医学院口腔系读大二，一天，王老师带着大儿子王嘉俊突然来学校找我，说是孩子被成都科技大学分析化学系录取，开学前学校要进行身体复查，而复查正好在四川医学院附属第一医院。王嘉俊身体很棒，唯一担心的是视力。分析化学系因为工作离不开看显微镜，要求学生两眼裸视不能低于0.8，王嘉俊的裸视左眼1.0，右眼在0.7至0.8之间。检查时精神放松，0.8没问题，稍一紧张，就没有把握。如果右眼裸视达不到 0.8，上了录取线也可能被淘汰。

山区孩子考上大学很不容易，考上一个心仪的学校心仪的专业更难。如果因为一只眼睛裸视差 0.1 遭刷了下来，那可麻子不是麻子——坑人了。山里人以为城里人什么事都能办得到，我们生产队有个人在部队当汽车兵，复员后分配到达县地区钢铁厂开大货车，全村人都以为他的能耐大得不得了，遇到什么难事就跑到达钢去找他求助。王老师把我这么个穷学生也看得很了不起，要我想办法帮王嘉俊渡过这道难关。

我领着王嘉俊，戴着校徽来到第一附属医院。我想得很简单，如果主持视力检查的医生知道我是四川医学院的学生，也许能高抬贵手，帮我化解这个难题。我把学生证拿在手里，找到五官科正在给学生测视力的一个男医生，向他说明情况，求他帮忙。

"这事我办不了，你得去找我们科主任。"男医生瞅了一眼学生证，又看了看我的校徽，毫无表情地说。

"这位同学有什么事？"女科主任先瞅了瞅我手里的学生证，看了看我胸前的校徽，态度很温和。

"这是我一位小老乡，考上了成都科技大学分析化学系，右眼裸视本来够 0.8，怕检查时心情紧张没有把握，老师能不能……"我大着胆子说出了请求。

"你这同学怎么能找我们办这样的事呢？学校某个系规定裸视要达到多少，那是他们将来工作的需要，必须严格执行，如果把不符合视力要求的学生送进那个大学，那是要给国家培养废品！"她脸色骤变，追问我是哪个系哪个班的，我赶紧带着人落荒而逃。

不能让王老师带着希望而来，怀着失望而归啊。我突然灵光一闪，王嘉俊对视力表上的 0.7 可以轻松过关，何不将 0.8

那一行的次序背下来，牢牢记住，检查时依样画葫芦，不就照样能顺利过关吗？拿定主意，我就到视力检查室去，将视力表上0.8那一行看了好几遍，记得扎扎实实，写在纸上，要王嘉俊背得滚瓜烂熟。我们模拟了好几次，王嘉俊才去检查，顺利通过。

还有一次，我大学毕业回家看望父母，恰巧和王老师一同从下两到高桥。记得那是夏天正午，路上烟尘滚滚，太阳在头顶耍威，我们汗流浃背。我心想，如果有台拖拉机从身旁经过，能把我们拉上一段该多好啊。正想着，后面开来一辆农用车，路过我们身边时，突然"吱"地一声刹住了，从驾驶室跳出一个人来。

"王老师，你们是不是到高桥？"他头发上粘着黄土，脸上滚着珠汗，光着膀子，手拿一条毛巾，边擦汗边笑眯眯地问王老师。由于毛巾粘着尘土，一擦，流着汗的脸被擦得花里胡哨。

"是到高桥。你是？"

"我是孬狗子啊。你连我这个孬狗子都不认得了吗？"

"孬狗子？啊，想起来了，是不是那个我上课你总在下边讲话的？"

"对呀，我就是那个孬狗子。因为我上课不认真听讲，你还给我吃过'栗爆'呢。嘿嘿！"见王老师认出了自己，孬狗子嘿嘿一笑，一脸腼腆。

栗爆一词在川东北一带很流行。右手食指和中指弯曲，形同丁锤，用这种肉丁锤敲谁的头，被称为吃栗爆。栗爆就是爆炒的栗子，轻者敲出一片红润，重者敲出一个红包，那是山区农民教育不听话子女的常规武器，也是一些小学老师对付不听话学生的常规武器。

"孬狗子，有本事到台上来讲，别在下面呱呱呱呱，影响别

2000年王郁清老师回仁和小学探访

人听课。"王老师有一副菩萨心肠,可有时候脾气也蛮暴躁。有的学生上课不认真听讲,叽叽喳喳在下面开小会,他特别生气,先是提出严厉批评,如果挨批评过后嘴巴还叽叽喳喳不停,他往往黑着脸,瞪着眼,蹙着眉,几步走过去,将右手食指和中指弯曲,"啵"的一下敲到那个学生头上。我就不止一次看到王老师请学生吃栗爆,不过他请吃栗爆的,全是男生。

"啊,对不起,孬狗子。那时我让你吃栗爆不对,我现在向你检讨。"见跟前这个牛高马大的学生一脸腼腆,王老师也颇觉尴尬。

"先别说对不起我的话。王老师,黄北平,我正好也要到高桥,请上我的车,我送你们去。在车上我们摆摆龙门阵。"

"那好,我们就坐你的车。北平,走。"王老师见孬狗子很热情,就答应坐他的车。

见王老师愿意坐他的农用车,孬狗子高兴得满脸通红。驾驶室座位上落满尘土,他就用毛巾把座位认真地擦了擦,才请王老师落座。

"孬狗子,我那时给你吃了那么多的栗爆,你还恨我吧?"坐进驾驶室,车子启动,王老师问道。

"王老师,我哪敢恨您呢。要说恨的话,是恨您那时给我吃的栗爆太少了,要是您那时让我多吃几个,把我敲醒,使我多读几年书,我可能就不是今天这个样子了。"孬狗子说得很诚恳。

"哈哈。你不恨我,还怪我给你吃的栗爆太少?怪事了。"王老师哈哈大笑。

"王老师,我说的是真心话。黄北平可能知道,我二舅当过县委组织部副部长,曾想办法把我安插到乡政府去当文书。我干了两个月,可因为文化底子太薄,接电话都记不下来内容,总耽误事。我怕连累舅舅,自己辞了那么好的工作,出来学开的汽车。我如果那时能努力读书,不说像黄北平那样考上大学,就是把乡文书工作做好,当个乡干部,也比现在当驾驶员强啊。哎,我是你教的学生中最没出息的,现在说什么都晚了。"

"孬狗子,你车老板当起,怎么最没有出息呢?喇叭一响,黄金万两,月入几大千,赛过当县长。"那时,公路运输市场刚刚放开,汽车驾驶员收入丰厚,很吃香。王老师开导道。

"开汽车最重要的是安全,十次车祸九次快,千万不要开英雄车,没有安全就没有效益。"王老师教育人成了习惯,在车上也给孬狗子上起了安全课。

一辆轰隆隆向前开的坦克

苗老师叫苗发祥，出身贫农，根正苗红。他没有当过我的班主任，也不是我们班的科任教员，只是在王郁清老师被送进学习班的时候，代理过我们的语文课。

苗老师当时还不到三十岁，黑黝黝的脸，个子不高，但相当壮实，胳膊上的腱子肉一块一块地凸起老高。他还有一副好嗓子，讲课声音宏亮，只要他往讲台上一站，声音立即穿透墙壁，回荡在校园里。

苗老师不修边幅，胡子拉碴的，衣着在老师中可谓简朴：夏天背心加灰布裤子，冬天灰色棉布裤子，热天踏一双塑料凉鞋，冬天踏一双军用胶鞋。吃更不讲究，经常端一大碗红苕或洋芋，上面盖着一层新鲜蔬菜，吃得噗嗤噗嗤。很少见他吃过白米干饭，菜里也很少见着荤腥。因为出汗多的缘故，身上还往往散发出一种酸味。老实说，如果以貌取人，他与一个农民没多大差别。

借　粮

生活质量是由经济基础决定的。苗老师老家在下两乡八大队，在一座大山的半山腰，离仁和小学将近八十里路。八个兄弟姊妹，他排行老大，随着弟弟妹妹逐渐长大，老房子愈加拥挤。苗老师一结婚，家里住不下了，不得不修房子。全家人只有他挣工资，费用自然由他承担。为了修房子，他天天吃红苕洋芋，为的是把一月供应的27斤大米白面攒下来。老天捉弄人，好不容易筑起两间房子,天下大雨,大水把房子一面墙壁冲垮了,刚落成的房子入住没几天就成了危房。危房不推倒重建,老婆孩子无处安身,全部垮塌损失更大,真难人啦。

"同学们,我家重建房子没有一颗粮食了,请同学们回家后同父母商量一下,如果你们家里能挤出一点粮食,希望能多少借给我点,帮我渡过眼前的难关。有借有还,我保证两年内将所借的粮食全部还清,我知道大家家里都不宽余,能借点的请帮帮我,没有的我也不怪。"一天下午放学的时候,苗老师站在讲台上,踌躇再三,红着脸向同学们发出请求,还深深地行了一个鞠躬礼。

第二天早晨,学生家长都背来了粮食。背得最多的是班长徐明文的父亲,他背来了整整八十斤稻谷。徐明文父亲是副乡长,生活条件最好。苗老师要给背来粮食的学生家长打借条,可没有一个学生家长接借条。借条送不出去,只好将学生家送来的粮食逐一登记造册。

苗老师的房子再次建了起来。两年后,苗老师攒够了粮食,他照登记册登记的数字一一偿还。可没有一个学生家长愿意收,苗老师只得背着粮食一家一家送。

"苗老师,开初送那点谷子,我就没准备要您还。您现在把粮食背到我家,这不是为难我吗?"苗老师第一个就将八十斤稻谷送到徐明文家,徐明文的父亲推脱再三。

"借的就是借的,那时你们相信我,把粮食借给我,对我已是很大的人情,我非常感激了。有借有还,再借不难嘛。请徐乡长一定收下。"苗老师的话说得很诚恳。

徐明文家不得不收下。如此一来,其他学生家长也都收下了。

苗老师体力好,也特别能吃苦。离我们家不远有个叫石板沟的采石场，那里出白绵石，最适宜做石磨，周围几十里内的人需要石磨了，都来那儿打磨子。为了节省几个钱，苗老师竟自己从石板沟打了一副手磨，放进大背篼里背回了家。苗老师打的那副手磨至少也有280斤，他背着走了八十里山路。一个专门吃"背饭"的"背二哥"，都不一定干，就是愿意干，也不一定干得了，可苗老师竟这样干了。这件事惊动了仁和场。

养　猪

"赵校长，学校周围这么多荒地，可以开垦一些出来，种点粮食，补贴一下老师的生活。"赵校长调到仁和小学当校长不久，苗老师就提建议。

"现在正在割资本主义的尾巴，学校开荒种地，上边给当作'尾巴'来割怎么办？"赵校长文革中挨过斗，心里有点胆怯。

"我们不把收入往个人包里揣，粮食算成钱，作为班费，还可以解决贫困学生的学杂费嘛。"

"嗯，这么说也有道理。"赵校长心动了。

那时候，农村孩子上学一年只需缴一两元钱，对于肩挑背扛的农民，那也算一笔不小的负担，不少农村家庭缴不起。

赵校长一直都在为经费紧张发愁。有那么多的困难学生需要减免学杂费，从学校的办公经费里扣，办公经费也是老鼠尾巴长疮——有脓也没几滴，再怎么扣，也扣不出多少啊。只要把勤工俭学搞起来，有了收入，解决困难学生的学杂费就多了一条来路。

"我们不但可以开荒种地，还可以把粮站打米的活儿给包下来。我们不要工钱，只要米糠，有了米糠，就可以喂猪。"见赵校长点着头，苗老师又出了新主意。

那时粮食紧张，肉食更紧张，老师每人每月定量供应一斤肉，一般还是从外地运来的盐渍肉。

"我看这样办，种地也好，给粮站打米也好，养猪也好，都由你们班搞试点，由你具体落实，反正收入全部归公，私人不占一分一厘。而且我们要注意，国家对养猪的政策规定很严格，私人养的猪半边肉卖给国家，半边肉自己吃，私宰乱杀就是犯法。我们学校得带头遵守国家规定，养的猪，得由食品站派专门的杀猪匠上门来屠宰，还必须卖半边肉给国家。"赵校长作出决定。

苗老师马上就干起来。他找了一大块荒地，带领学生翻地种上了苞谷。一群十岁左右的孩子种不了地，主要是苗老师在种。为了赶节令，天没亮苗老师就到了地里，光着膀子，将一把硕大的锄头举得老高老高，"卟卟卟卟"一锄接一锄，额头上的汗珠一颗接一颗往土里滚。

"苗老师，你也休息休息嘛，别累坏了。"赵校长很心疼。

"我不累。力气是奴才，用了它还来。"

上课铃声响了，苗老师才擦擦脸上的汗，拿上教案去上课。

苞谷种上了，苗老师又去粮店揽打米的活。当时全公社只有二大队买了一台打米机，粮站必须每周雇人将谷子背到十里远的机房打成米，再背回来。听苗老师说不要工钱只要糠，粮店满口答应，苗老师就利用星期天和每周半天劳动课时间，去粮店背谷子打米。为了提高出米比例，苗老师仔细阅读打米机使用说明书，琢磨打米机工作原理，很快就能熟练操作机器了，别人一百斤谷子只能打六十五斤米，他却可以多出两三斤米。他将一袋一袋米背到粮站，再将一袋一袋糠背回学校。

庄稼种上了，糠弄回来了，苗老师自己又垫了五元钱，从畜牧市场买回一头七斤多重的仔猪。

苞谷加米糠，饲料充足，猪儿见风长，苗老师给它取了个名字叫"胖胖"。

胖胖也确实胖,屁股圆滚滚的,从脖子到尾部展展平平,像个肉球,很可爱。只要见苗老师提着潲水桶朝猪圈走来,它就躁动不安,不停地用嘴拱猪槽,只要猪食一进槽,它就将嘴插进食中,呼噜呼噜吃食,把一槽子食物吞得精光。胖胖肯吃食,长得飞快,一年后就长到了二百多斤。

赵校长请食品店派人到学校来杀猪。

"食品站通知,今天上午杀猪匠就要来杀猪。"那天早晨,赵校长对苗老师说。

"今天就要杀它?不能让胖胖就这么走啊。"猪一肥就得挨刀,早晚都免不了被杀的命运。可苗老师看着圈里的胖胖正瞪着两只眯眯眼看着自己,心里不免难过起来。胖胖刚买回来时才七斤多,是他一瓢食一瓢食喂大的,他已经同胖胖有了感情。他快步走回寝室,生火煮了一斤米的干饭,端到猪圈。他要在胖胖临终前让它打个牙祭。

"你吃了这顿食,慢慢上路吧。"苗老师把干饭倒进猪食槽,眼睛红红地对胖胖说。

胖胖不笨,预感到末日就要到了,它躲在角落里,只斜着眼睛看了看食槽,根本没有要吃的意思。

"你吃吧,快吃快吃,再不吃就吃不成了。"苗老师催促道。

这当儿,杀猪匠走进了学校,正与赵校长打招呼。可无论苗老师怎么催促,胖胖就是不肯到食槽前来。

"你们老师的生活不错呀,连猪都捡你们剩下的白米干饭吃。"满脸横肉的杀猪匠见槽里堆着白米干饭,立马露出羡慕的神色。他哪里知道,那一斤米的干饭是苗老师从自己的嘴里省出来的。

"你先别动刀,等胖胖吃了才杀。"苗老师提出要求。"胖胖,快来吃!听到没有?胖胖,快过来吃呀!"苗老师都开始带着哭腔了，可胖胖就是不领情。

"不能等它吃了，下一家的猪还等着我去杀呢。不吃就不吃，它现在吃了也是抛洒（浪费），它吃饱了还影响我收拾猪肚子。"杀猪匠说着，走到猪圈角角里，一把揪住胖胖的耳朵，把它拖到一条宽条凳上，两人按住胖胖的脚，杀猪匠一只胳膊抵住胖胖的脑袋，一只手将一柄长长的杀猪刀准准地刺向咽喉……

苗老师很伤心。好长一段时间，只要一下课，他就走到猪圈门口，两眼瞪着猪槽发愣。

杀了猪，全校老师可以每人按六角钱一斤的价格购买三斤猪肉。苗老师用剩下的头、蹄、下水、骨头、血旺炖了一大锅，请全班同学敞开肚皮吃了一顿。

卖了猪肉后，赵校长提出苗老师可以拿十元钱，五元钱是他买猪崽时垫付的本金，五元钱算作利息，但苗老师只收了五元本金。他把卖肉的钱作为班费收入，为全班家庭经济困难的农村学生缴了一年学杂费。

苗老师开荒种地养猪，产生了很好的示范效应。从那之后，各班都以勤工俭学之名，开荒种地，饲养生猪。猪儿越养越多，粮食越收越多，老师远离了每顿三两蒸米饭的穷酸日子，每过一段时间还可以买几斤平价新鲜猪肉送回家。勤工俭学搞得好，各班的班费收入一多，家庭困难的学生都享受到了免除学杂费的优待。

我没能吃上肉，因为我不是苗老师班上的学生。

但我喝过苗老师挑的水，多得次数都没法计算。

我喝了一盆洗碗水

说起我喝苗老师水的故事，就必须说说仁和场的吃水难，说说堰塘湾的那口水井。

堰塘湾的水井

前面说过,仁和场建在仁和寨观音岩下面的山垭口里,海拔超过千米,离河很远,山顶没有湖泊,只有燕儿窝那燕儿的屁股下面有个泉眼,一年四季不断涌水。不知何年何月,有人在泉眼处用大青石修了一口水井,井水清清亮亮,喝在嘴里甜甜的。夏天口渴难耐时,以手掬水灌进肚子,透心凉,暑热顿消。

仁和场不大,但聚集了公社革委会、供销社、信用社、学校诸多机构,加上住在街上的一个生产队的农民,也有好几百口人。井水很快就不够用了,人们在水井下面修了一个屯水田,在屯水田下面,挖了一口水塘。水井满了,流进屯水田,屯水田装不下的,再流进堰塘,使宝贵的水一滴都不白白流跑。场上居民养成了好习惯,挑井水做饭,挑塘里水洗衣喂牛。水塘也叫堰塘,从此燕儿窝有了两个名字,既叫燕儿窝,也叫堰塘湾。

南江的农村有一个规矩,大年初一清晨要"抢银水"。天还未亮,父母就教育孩子,"初一起得早,一年身体好。'银水'抢得多,一年都发财。"孩子个个争取表现,提桶端盆,牵线线奔向堰塘湾,把家里水缸水桶盆子装得满满的。天欲亮未亮,井边四周就围满了抢银水的人。

水井与仁和街上的直线距离也就三百多米,垂直高度却有二百多米,要把井里的水挑到街上并不容易。虽然踩出了一条路,但那是真正意义上的羊肠小道——不少地方,因为坡陡,羊儿可以通行,人通行也得像羊儿那样手足并用,四肢着地。从井里把一担水挑到街上,劳力再强,水桶撞山,咣咣当当,磕磕绊绊,水泼掉不少,挑进家里,能剩下半桶就不错了。人们拿锄头将坡度放缓了一些,把太窄的路拓宽了一些,在没有路的壁上开出一条之字形的小道,有的地方还垫上了石板。

道路虽然得到了改善,但把水从堰塘湾挑到街上仍然是一件很辛苦的事。夏天,那段路上没有一棵大树,太阳一出来,把路晒得发烫冒烟,空着两手爬那段坡都气喘吁吁,汗流不止,即使是体格特别棒的身体,把水担到街上,也要在途中站好几次。到了冬天,雪下得早,气温多在零下好多度,泼在路上的水很快结成冰,道路变成一条冰道,油晃晃,亮闪闪,极易摔跤。如果遇到下雨天,小路瞬间变成一条小河,站都站不稳。

川东北一带把吝啬称作"狗",某人吝啬就说某人狗,特别吝啬称某人特别狗,乡下人总说仁和街上的人"最狗"。仁和街上的人怎么最狗呢?"想喝街上人的一口水都不容易。"乡下人这样说。

那时,南江城里没有自来水,但有专职送水工,他们天天到河里挑水往饭馆送,往机关食堂送,往需要送水的居民家中送。送一担水给几分钱,送水成为一个职业,一些人一辈子都当送水工。有一个姓王的送水工因为水装得满,又替顾客着想,尽量不打湿用水者家里的地面,成为送水行列里的达人,生意很好。哪家需要送水,站在门口喊一声:"王挑水,送两挑水来。"他就颠颠地把水送到人家里。

仁和场没有那样的送水工,用水再难都得自己挑。老师挑水,不但要保证他们自己日常生活的需要,还要保证学生喝水。我喝过所有老师挑的水,但喝得最多的还是苗发祥老师挑的水。因为苗老师的寝室离教室最近,我们只要有喝水需求,第一个就会冲进苗老师的宿舍,操起瓢就是一顿猛灌,要不了两个课间休息时间,就能把苗老师的一桶水给喝干。

记得有一次,我喝水还出了大洋相。

苗老师有个白搪瓷盆,盆底有一朵盛开的红牡丹,开得娇嫩、张扬。搪瓷盆可能还是结婚时买的,由于爱护得好,用了好多年还像新买的一样。一个普普通通的搪瓷盆,是苗老师最重要的家当,他非常爱惜。

那天上午,我口特别渴,跑进苗老师宿舍时,水瓢已被别的同学把住,上课铃声又快要响了,我见桌子上的搪瓷盆里有小半盆水,以为是干净水,看都没多看,端起盆子咕噜咕噜就把小半盆水给喝了下去。开始喝还没有感觉出什么,可越喝越觉得那水有点酸味,怪怪的。

"黄北平,你把盆里的水喝啦?"我刚把盆放下,苗老师进了宿舍,他带着奇怪的眼神看着我。

"嗯。"我点点头。

"这水怎么能喝?是洗碗水呀。"苗老师心疼地看着我。

"哈哈哈哈!"听说我喝了洗碗水,其他人哄堂大笑。

我恨不得找条地缝钻进去。

因为我的出丑,别的同学得到了好处。苗老师专门买了一个大铁皮水壶,每天早晨烧一壶水放在宿舍墙外,他还用桐木挖了几把水瓢,供学生喝水用。

苗老师不但烧开水供学生喝,还烧热水给住堂生烫脚。冬天,他班上有几个男生不烫脚就钻被窝,冻得好久睡不暖和,半夜还不能入眠。苗老师就烧上热水,用搪瓷盆端到住堂生住处,督促他们烫脚。

"在苗老师班里读书,真是享福。"离开仁和小学好多年,有些学生回忆起苗老师烧水烫脚的事,心里还热乎乎的。

一教棍打出一场惊天风波

一封匿名举报信陡然间掀起大风大浪。

这与苗发祥老师用教棍打了一下女生赵纯娟的肩膀有关。

那是苗老师教三年级时发生的事情。

苗老师实行"包班制",也就是包一个班,从一年级发蒙教到小学五年级毕业,语文、算术都是他一个人教。那天,上语文课,赵纯娟没多久就把头伏在课桌上打瞌睡,苗老师见状,故意"咳"了一个"卫生嗽"。所谓卫生嗽,是指喉咙并不痒,也没痰,不需要吐,咳的目的只是为了引起别人注意。那个卫生嗽咳得很响亮,全班同学都听得清清楚楚,赵纯娟也被惊醒了,她抬起头揉了揉眼睛,坐直了身体。苗老师没有说什么,继续讲课。不到十分钟,她又把头伏在课桌上,还传出了轻微的呼噜声,周围的同学都转过头去看她,有的还"嘻嘻嘻嘻"笑了起来。

"有的同学想睡觉请不要在教室里睡,回家睡去!免得影响别的同学听课!"苗老师看着赵纯娟说,见她没有抬头,又"叭!叭!叭!"拿教棍敲了敲讲台。

教棍敲击桌子的响声很刺耳,把她惊醒了,她抬起头,睁开眼睛,红了脸,又开始认真听起课来。

苗老师继续上课。但赵纯娟的瞌睡实在太大,没过多久,又把头伏在了课桌上,第三次进入了梦乡,而且呼噜声益发响亮起来。

同学都把头转向赵纯娟,嘻笑声更大了。

"叭!"苗老师走到赵纯娟桌前,用教棍敲了一下,教棍打在了赵纯娟的肩膀上。

"哎哟!"因为正在气头上,苗老师那一教棍打得重,赵纯娟惊叫一声,摸着肩膀哭了起来。

"太不像话!一而再再而三地违反课堂纪律。你坐着听课实在还困,那就给我站起来听。"苗老师给赵纯娟下了命令。

"呜——"赵纯娟站了起来,哭得更厉害了。

挨老师的打丢人。山区女孩子都把面子看得很重,她觉得自己丢了面子。

"别哭别哭,坐下坐下,以后用心听课就是了。"赵纯娟一哭,苗老师心又软了,马上叫她坐下。……

赵纯娟的肩膀可能被打红了,但没有被打伤,她继续在上学,苗老师也继续在教书。但谁都没有想到,一封匿名举报信将此事告到县上,突然放大成了一件老师迫害学生的严重政治事件。

当时,河南省出了一件震动全国的"马振扶事件"。1973年7月,马振扶公社十五岁初中女生张玉勤在英语期末考试试卷背面写了几句顺口溜,"我是中国人,何必学外文,不会ABC,也当接班人,接好革命班,埋葬帝修反",因受校长大会批评愤然自杀。此事被当局大做文章,发酵成"修正主义教育路线"迫害造反学生的特大典型,死者被追认为"革命小将",并立碑纪念,碑文上书"胸怀朝阳战恶浪,敢把青春献给党",校长、班主任被判刑,全国掀起一股揪迫害造反学生黑手的狂潮。

接到匿名举报信,县上当即向仁和小学派出了调查组,准备在南江县也要抓出一个资产阶级教育路线回潮的典型。

调查组共三人,组长姓薛,是原文教局政工股股长,其他两人分别姓苟姓屈。赵校长全都认识。但他们根本不吃赵的"接待",一副公事公办的模样。调查组的人饭后来到学校,见到赵校长,薛组长就直奔主题:

"赵校长，我们也就不拐弯抹角了，这次来你们学校，是为一件政治大案而来的。"

然后追问赵校长是否知道苗发祥迫害学生的事，见对方茫然无知，就出示了一封匿名信。

"信是谁写的呢？"赵校长拿着那封信思索起来。一些人为了达到各种目的，告状成风，他们又不愿承担写告状信的后果，就写匿名信，只要领导把匿名信往下一批，有关人员就会马不停蹄地调查取证，搞得满城风雨。被举报人往往被弄得疲惫不堪，该评奖的耽误了评奖，该提拔的耽误了提拔。写举报信的人为了隐匿身份，或故意用左手写信，或写好后让亲属誊抄一遍，而写这封匿名信的人，连笔都没有用，字是从报纸上一个一个剪下来，再粘贴到稿纸上。

虽然写匿名信的人把自己隐匿得很深，但赵校长还是把目标锁定到了贾老师身上，因为贾与苗发祥曾在篮球场上公开干过仗。这两个人都喜欢打篮球，苗老师仗着有一身蛮力，只要球到了他手里，抱住球就爱来个三步上篮，坦克一般轰隆隆朝前开，遇到对方阻拦，下给撞出几米远。有一天，苗带球上篮，贾挡住去路，苗把贾一下撞了个跟斗。贾打球比苗守规矩一些，球技也比苗高一筹，被苗撞倒后怀恨在心。为了报复那一撞，他在抢篮板球时故意犯规，用胳膊肘击打苗脸部，苗脸上被撞出一个小口子，又痛又气，一手捂着伤口，一掌把贾推倒在地，贾头部撞出一个包儿，两人当场都攥起了拳头，虽然由于别的老师劝解拉架，两人没有打起来，但"梁子"由此结下了。

而且，苗用教棍打赵纯娟的过程贾也最知情。一个教室装两个班，一个班在教室东头，另一个班在教室西头，之间没有隔挡墙。那天，苗在东头上语文课，贾在西头上算术课，贾既能看到苗打赵纯娟的肩膀，也能听到教棍落在赵纯娟肩膀上那

"啪"的一声响、赵纯娟"哎哟"的那声叫，也能看到赵纯娟被罚站，还能听到赵纯娟嘤嘤的哭泣声。

一旦苗发祥真被打成南江县修正主义教育路线复辟的典型，那就有可能被上纲上线成"反动罪行"。苗老师这下摊上大事了，甚至面临牢狱之灾。这让赵校长始料未及。

当赵校长反复看了匿名举报信、听了调查组来意后，悬着的心立马就放下了大半。在他看来，苗发祥用教棍打赵纯娟，打的是肩膀，没有打脸打脑袋，不应该有多大问题。老师敲打学生天经地义，司空见惯。但他也感到，在多事之秋，不得不防被人抓住把柄，他要认真配合调查组工作，力争大事化小、小事化了。

"我这当校长的首先拿个态度，既然有人举报，我们都肯定重视，都会配合你们把事件调查清楚，不偏袒，不护短，该怎么处理就怎么处理。"赵校长向调查组高调表态。

"好。我们来就是要调查事件真相的，先从直接当事人赵纯娟同学调查起吧。"薛组长作出安排。

赵纯娟被叫到赵校长办公室，她的回答并不能让调查组满意。她说，头天晚上哄弟弟，没睡好觉，上课打瞌睡，苗老师用教棍打了一下自己肩膀。

"他打得很重吗？打没打痛？"薛组长问。

"有点重，打痛了的。第二天肩膀都还有点痛。"赵纯娟诚实地回答。

"因为苗发祥打得重，把你打痛了，所以你才哭？"

"主要还不是被打痛，是丢人啊，一个女娃当着全班人的面上课睡觉，羞死人啦。"赵纯娟说出了自己的心里话，头埋得更低。

"苗发祥打了你以后，影没影响你的学习？"

"没有，没有。"

事情竟这样简单，这让调查组很不满意。他们决定找老师询问。

第一个老师推说不知情。

第二个老师一席话说得掷地有声，令调查组颇为尴尬："依我看，赵纯娟打瞌睡，苗发祥老师该管。学生上课打瞌睡老师看见都装聋作哑，那还当什么老师？苗发祥用教棍敲学生的肩膀固然有错，可有错也没有多大，让赵校长把他批评教育一下足够了，哪里用得着劳你们调查组的大驾！"

第三个是赵校长怀疑的告密者贾老师，他的回答大大出乎所有人的意料："苗发祥迫害赵纯娟？是有人唯恐天下不乱，故意上纲上线整人吧？我和他在一个大教室上课，确实看到过有一天下午他用教棍轻轻敲了赵纯娟的肩膀一下，那也叫'迫害'？学生不听话，哪个老师没有用这样的方法儆示过学生？要是苗发祥老师用教棍敲一下学生的肩膀都算是迫害学生，那许多老师都有迫害学生的罪行啊！有些学生太调皮捣蛋，你同他讲道理讲得口里白泡子翻天，他还骂你是母猪疯发了（癫痫发作），有的老师气不过，让学生'吃栗爆'的有，'吃宽面'（用竹片片打学生）的有，甚至给学生'吃砣儿肉'（用拳头捶背）'吃豆干'（打耳光）的都有。老师体罚学生当然不对，但这些老师是不是都够得上是迫害学生的凶手？"

"要是我姓贾的写信告了苗发祥，出门都要跌破脑壳。我对他姓苗的再有意见，也不会写信去告他执行资产阶级的教育路线嘛。这是要弄他去坐牢哇。我也是当老师的，哪能当那样的黑心萝卜？"有人揣测，怀疑贾写了匿名举报信的消息传到了贾耳朵里，当调查组找他调查后，他马上找到赵校长赌咒发誓，坚决否认匿名信是自己所为。

有人说贾这番表白是心虚，无论在什么年代，背后告阴状的人都让人鄙视。可以预测，如果此时贾公开站出来举证，他今后就很难在仁和小学混了。所以，他越是这样，越有人怀疑写匿名举报信的非他莫属。

调查组又去找学生作证。

"苗老师打没打过你们呀？"

"打过，打过。"几个男生争先恐后回答。

"他用什么打你们的？"

"用他手里那根棍棍。"

"用竹片片。"

"怎么打的？"

"嘣儿！就是这样。"那个被苗老师用教棍打过手板心的学生用手比画了一下苗老师打他的动作，嘴里还"嘣儿"了一声。

"啪！啪！啪！"那个挨过苗老师竹片片的男生嘴里"啪啪"着，还把小手伸到薛组长跟前，实地演练。

"打痛没有？"

"打痛了，嘻嘻。"

当问到苗老师为什么打赵纯娟时，回答是："她在课堂上睡大觉，呼呼的。"有个男生还把嘴巴故意张得大大的，模仿着赵纯娟当时打呼噜的情景。

查来查去，苗发祥用教棍打了赵纯娟肩膀一下的事实存在，他还打过其他学生。但问题远不像举报信所写的那样严重，连定性"打学生"都牵强附会。调查组决定建议给苗老师行政记过处分，他们征求赵校长意见。而赵校长只同意让苗在全校师生员工大会上作出深刻检讨，向学生公开道歉。面对调查组的批评，赵校长说道：

"我不同意给苗老师记过处分，更不同意随随便便给老师扣一顶执行资产阶级教育路线的政治高帽。实事求是评价，苗老师的教学水平在全校不是一流的,可他的责任心是第一流的。他包班,从一年级到五年级,语文、算术都是他一个人教,上课与学生在一起,上自习他也陪着,从不偷奸耍滑,而且他们班的勤工俭学活动在全校,甚至在下两区的教育战线也是搞得最好的,对这样的老师偶而犯一点错,我们还是要执行毛主席'惩前毖后,治病救人'的政策,不能一棍子打死啊。给他一个记过处分,太重了!你们也知道,十好几年教师都没调工资,听说国家已经将调工资提上了议事日程,而受到'记过'以上处分的人,调工资的资格都没有了啊。"

"赵校长,你不但不配合我们严肃处理苗发祥,还为他评功摆好,还想到给他调工资!'马振扶事件'的通报你不是不知道,事情一旦闹大,处理的人可是一串串。"调查组的人见赵校长态度坚决,脸色骤变,薛组长语气中已露出威胁。

"如果仁和小学出了马振扶事件,不用你们提醒,我也知道后果严重:如果苗发祥是'杨天成式的班主任',那我就是'罗长奇式的校长'。关监、杀头随便,但我身为一校之长,总得实事求是,心里怎么想,嘴里就怎么说。对于苗发祥打学生这件事,我坚决不同意给他记过处分,就是毛主席他老人家直接派人来调查,我赵子章也是这么个态度。"

"赵校长,怎么处理苗发祥的事,我们今天不再争了,我们保证实事求是向领导汇报,最终请领导来决断。"薛组长见赵校长态度强硬,怕把事情闹得更僵,口气缓和下来。

"事情就这么点事情,请你们向领导汇报时一定要明确转达我的意见。"见薛组长软了下来,赵校长也就不好再说什么。

撤退前,调查组打算去赵纯娟家走走,准备将建议给苗发祥记过处分的意见向赵家通报一下,让大人消消气。几个人到供销社买了白糖、水果,来到赵纯娟家。

进了赵纯娟家,他们把礼物放在堂屋桌子上,简单地说明来意:"我们是县上派来的调查组,专门来调查苗发祥打赵纯娟的事。现在已经调查清楚,苗发祥打赵纯娟属实,我们准备给苗发祥一个行政记过处分,今天专门到家慰问赵纯娟同学,与家长沟通一下……"

"什么?苗发祥打赵纯娟?你们要给苗老师记过?他有什么'过'?你们是不是在乱毬整?"开始,赵纯娟的父亲见几个干部模样的人带着礼品进门,很高兴,以为是到家来慰问的呢,正准备给他们端凳子让座,一听他们说这话,脸一下就黑了下来,凳子也不端了,"坐"也不让了。

"我们这是在工作,请你配合我们。"调查组的人很尴尬,站也不是,坐也不是。

"这就是你们的工作?格老子毬的工作!你们把锤子大的事扯成牛卵子大,把牛卵子大的事扯得天都扣不下。你们不到老子家来,老子还准备到学校去找你们呢。老子把女儿交给苗老师,就是让他来管的。老师教训学生,就是父母教训儿女,别说苗老师没把赵纯娟打得有多重,就是打重点,她不听话,打几下吓唬吓唬,没伤筋,没动骨,又有哪一点不对?你们小时候哪个屁股没有挨过父母的巴掌?你们怎么不去调查一下你们的妈老汉打你们屁股的事?你们要是吃了饭实在没事干,格老子就到河里去洗鹅卵石嘛,在河里洗鹅卵石也比跑到学校里来格老子捣乱强!"

"同志,你怎么这个态度?"

"格老子就是这个态度!你还能把老子的毬扳弯啦?你们要记苗老师的过?我看你们整他还不如整老子!干脆把老子整进劳改队,到那里不愁吃不愁穿,比现在当农民强。你们就在这里整整老子的黑材料,老子不虚你们的火!"赵纯娟的父亲越说越来气。

"我们没有坏心,都是为你们好啊。"

"好你娘个'起码子'!""起码子"指女人生殖器,是南江农村一句骂人话。"苗老师本来没有什么错,如果你们真给苗老师记个狗屁的'过',就是苗老师本人不说,其他人也要把苗老师'背过'的仇记在我女儿的头上,恨我女儿一个大包。我女儿年纪轻轻就成了一个整过老师的恶人,还怎么到学校读书?还怎么到学校去见老师和同学?这一辈子还怎么做人?告诉你们,我女儿本来没有什么事,经你们这么一闹,闹出了大事,要是我女儿经受不住压力,想不通,跳了塘,上了吊,我不找学校,就找你们几个家伙说聊斋!"赵纯娟的父亲边说边伸出手,用食指指着调查组的人喊了起来。"这些东西,快给老子拿走!"又指着桌子上的礼品大声吼道。

调查组个个瞠目结舌。本来想通过家访与学生家长通通气,没想到气没有通了,反而上门受了一肚子窝囊气。凭调查得到的材料,凭学生家长的态度,给苗发祥老师行政记过真还"不够秤"。怎么办?还是借坡下驴,赶快收兵吧。

"经过多方调查,苗发祥打学生的事实虽然存在,但远不是举报信上说的那样严重,而且没有留下任何后遗症。特别是,当事学生和家长都不同意处置苗发祥。我们的意见是,责成他在全校师生员工大会上作出深刻检查,根据检讨情况,再决定给什么处分。"薛组长在电话中向县上分管教育的领导作了汇报。领导一听这样的调查结果,很是高兴,表示同意调查组提出的处理意见,但也明确指示:批判会声势要大,检讨要深刻,要借机把教育战线上存在的歪风邪气打下去。

这样的结果,已远远超出赵校长的预期了。只要苗老师不背行政记过处分,将来连调整工资都不会受丝毫影响。

在得到调查组的明确指示后,赵校长立即准备安排由苗老师唱主角的检讨会。

这天晚上,当赵校长找苗老师时,却发现情况不妙。苗老师寝室一片漆黑,操场上也没有,到处都找不到他。他心里不由得紧张起来——批判会就是"整人",有的人怕整,"被整"前就投河上吊,全县教育系统被批判会吓死的就不是一个两个。苗老师经受的政治运动不多,见的世面少,知道了要开批判会,莫非抗不住压力,寻了短见?

"晚饭后我见苗老师朝堰塘湾去了。"有个学生说。

一听这话,赵校长的心更是一紧。他跌跌撞撞向堰塘湾奔去。到堰塘边,苗老师正憨坐在塘堤上发呆。

"苗发祥!你一个人来这里干什么?"见了苗老师,赵校长大声喝道。

"我想冷静冷静。"苗老师看着赵校长回答。

"冷静冷静可以,但千万不要做蠢事。"

"赵校长,我心里苦哇。调查组进学校,找学生谈话,找老师谈话,就不找我,我就猜出调查组是冲着我来的,现在又要开我的批判会。我猜测批判会后,不押我去劳改队,起码也要把我弄回农村去监督改造,再也教不成书了。父母辛辛苦苦送我上学,本来是想让我光宗耀祖,我却成了一个即将被赶下讲台的坏人。不瞒您说,我确实是不准备活人了。但又一想,我这么窝窝囊囊地死了,妈老汉咋办?老婆娃儿咋办?"说着说着,苗老师落下泪来。

"你真是个糊涂虫哇!你以为你往塘里一跳就能一了百了吗?不但了不了,你还要戴顶'畏罪自杀!自绝于党和人民!'的帽子,祸及你的妈老汉和婆娘娃儿。而且开批判会也不是你想象的那样严重,让你作检讨,实际上是党和人民在挽救你。

你用教棍敲打学生本来不对嘛,难道还不应该在大会上认个错?只要检讨深刻,求得学生的谅解,就能过关了啊。"赵校长开导说。

"开我的批判会不会扭住胳膊做喷气式?头上戴高帽,脖子上挂牌子?只是让我到台子上作检讨?"

"我当校长的还能哄你?你有所不知呀,工作组进学校调查,学校的领导、老师,还有学生和家长,大家都实事求是作了证明,在保护你呢!"赵校长将调查组的处理意见向苗老师透了底。"学校出现老师打学生的事件,我作为一校之长,也有不可推卸的责任,你需要检讨,我这个校长更需要检讨呢。"

"谢谢赵校长。我一定深刻检讨。"苗老师敬佩赵校长的为人,对赵校长的话一贯言听计从,听赵校长这样说,心里暖暖的,当即表态。

"你好好准备一下,通过检讨,争取求得全校学生的谅解,得到调查组的同情。"赵校长伸出手,将苗老师从塘堤上拉起来,一同向学校走去。

检讨大会在操场上举行。苗老师的检讨很有特色。

"赵纯娟的母亲身体一直不好,家里洗衣煮饭的任务全被她这样一个十二岁的孩子承包,每天早晨天没亮就起床煮早饭,洗了碗,还要上山割一背猪草,才到学校上课,晚上又要把全家人衣服洗完,很晚才能睡觉。虽然农村的孩子一般从小都要做家务,都要带弟弟妹妹,都要帮父母干活,但像赵纯娟这样懂事,这样勤劳,还是很少见到。我事后还了解到,那天赵纯娟之所以上课瞌睡那样多,因为头天晚上她的弟弟突然喊肚子痛,闹着不睡觉,要赵纯娟背,她一晚上都在哄弟弟,没有睡成觉。别说一个十一二岁的孩子一晚上不睡觉受不了,就是我们大人,一晚上不睡觉,也几天不舒服,像生了一场大病。因为缺少睡眠,赵纯娟困乏,打瞌睡很自然,她能坚持读书,多不容易啊！我作为班主任，对她理解不够，见她在课堂上打瞌睡就火冒三丈，说明自己这个当老师的，不但阶级觉悟不高，资产阶级教育路线的流毒没有彻底肃清，而且调查不到位，自我修养很不够。在此，我真诚地向赵纯娟同学赔礼道歉，请赵纯娟同学原谅，也请其他老师引以为鉴。"检讨虽上了纲上了线，但没有无限上纲上线，有骨头有肉，很诚恳。

苗老师的检讨让所有参加会议的人都感到意外。他的检讨还没结束，赵纯娟就嘤嘤地哭了，还有几个女同学也跟着流了泪。苗老师的检讨得到了全校师生员工的认同，连调查组的人都觉得他那检讨很深刻，很教育人。

在大会上作检讨时苗老师没有流泪，只是低着头，红着脸。可一回到寝室，他就趴在桌上放开嗓门呜呜地哭开了。我是透过窗户看见苗老师恸哭的。他头枕着胳膊，趴在桌子上，哭得撕心裂肺，肝肠寸断。老实说，我还从来没看见哪个大男人那样伤心地哭过，哭得我都直抹眼泪。不知苗老师是觉得自己被冤枉而痛苦不堪呢，还是为自己确实动手打了学生一教棍而痛悔不迭？只不过，当上课铃声响起，苗老师又擦干了眼泪，拿着教案走进了教室。

苗老师躲过人生一劫。不久，教育战线调整工资时，他也顺利地上调了一级工资。

有人说，是赵子章拎着校长的帽子保了他，也有人说是全校老师保了他，关键时刻没有一个人黑起心肝当犹大；还有人说是学生的家长保了他，赵纯娟的那个大字不识几个的农民爸爸很仗义。但不管是谁保了他，反正苗老师是平安过关，吉人自有天照应。

苗老师在仁和小学教书直到退休。他现在快八十岁了，身体仍像一辆坦克，轰隆轰隆地朝前开着。

中篇
下两中学的汽灯

　　1974年秋至1976年夏，我在仁和小学开办的戴帽初中学习。1976年秋至1979年夏，我在下两中学读高中。那是当代中国的转折期，风云激荡，世事剧变。

　　中学阶段是一个人价值观、思维方式成型的时期，也是精力最旺盛、记忆力最强的时期。进入中学，好比到了人生的第一个岔口，前面摆着几条路，走哪条路？路该怎么走？稍有闪失，后果不堪设想。我的中学老师，在当时艰苦的条件下，是怎样领着我们完成中学学业的呢？他们的学识可能算不上渊博，但个个品行端正、师德高尚。

我在这儿度过了三个年头

敢作敢为的杨老师

1974年秋,我上初中。那时的学制短,小学五年,初中两年,高中两年。

初中读的是"戴帽初中"(就是在小学开设的初中班)。最大的区别是初中班的教室里有桌子和凳子,报名上学时桌凳再不用自己带。小学报名时,教室里没有桌凳,学生上学得将桌子、凳子扛着,我个子小,扛不动,都是爸爸帮着扛。有些家长为了省钱,不请木匠师傅做,自己找几块木板钉,桌面凸凹不平。桌子长的长、短的短,再怎么摆放也不整齐;凳子高的高、矮的矮,写字时有的得趴着,有的得蹲着,有的得站着。放假的时候,学生又得把桌子凳子搬回家。一个家庭,有几个学生就得准备几张课桌、几条凳子。

我的初中老师有两个,一个是杨映忠,一个是熊良栋。

杨老师教数学、物理、化学,熊老师教语文和体育。没有外语,就是很重要的化学课,也是有老师没有教材,老师上课凭自己当年学的课本,根据自己的理解,想讲什么讲什么,讲到哪里算哪里,讲得对不对,学生听没听懂,只有天知道。

烤火上课

这里先说杨映忠老师。杨老师是仁和公社五村人,"文化大革命"前南江中学高中毕业,回乡后被安排到十一村的"耕读小学"当代课老师。十一村是仁和公社最偏远的村子,位于巴中、通江、南江三县交界处，地区决定在这三县交界处办一所耕读小学——就是半天上课学文化，半天在家帮父母干活。当时，需要上学的孩子，通江有四个，巴中有六个，南江本地有十一个，南江县上学的人多，学校就建在石峰台村，由仁和小学管理，巴中和通江的学生当借读生。

位于石峰梁上的石峰台村，因村口有那座远近闻名的石峰台而得名。石峰台是石峰梁上突起的两座一大一小的石峰，两座石峰并排而立，大的高数百米，远远看去，既像一顶装饰着花翎的官帽，又像一座由多名跟班前后簇拥、由几名轿夫抬着奔跑的官轿。石峰台下的石峰梁上，有一条由川入陕必经的米仓山古道。据说，明末张献忠血洗四川，先是屠城，接着屠乡。他们见人杀人，见牛抢牛，石头过刀，茅屋过火。仁和当时住着黄、杨两姓人家，为避免张献忠把全乡人杀绝，男女老少都逃到深山老林中，并在那条陡若天梯的米仓山古道最险峻处备下大量滚木擂石，以防不测。

没几天，张献忠的人马就屠到了仁和乡。张献忠听说有人逃进了石峰梁，马上派几千人去围剿。贼兵赶到石峰梁下，见四周悬崖绝壁，只好一人一人徒手爬岩往上攀登。当他们气喘吁吁爬到山梁半腰时，滚木擂石倾泄而下……强攻几次，兵丁死伤无数，可石峰梁岿然不动。张献忠夺城掠地无数，却拿不下一个小小的石峰梁。石峰台村因抵抗张献忠而远近闻名。黄、杨两族人得以幸存。

十一村离仁和场最远，杨老师到仁和小学开一次会，需要下一座山，过一道河，再上一座山，披荆斩棘，坡坡坎坎，花在路上的时间都要六七个小时。

山区教师的生活非常艰苦，寒冷关就很不好过。石峰台村海拔高，还没到三九，地上的积雪，一脚踩下去就能淹没小腿。

房檐下的冰柱竟有碗口粗壮,长达一米,太阳照在冰柱上,闪闪发光,寒气逼人。农村小孩没什么娱乐项目,就爱三两一伙投石击打屋檐上或岩石上垂挂的冰柱,看冰柱坠落地面时的冰花四溅,听冰柱与地面碰撞时的清脆响声。沟渠里的水早被冻住了,要用水,得把冰刨开。学生上课,没有炭火,根本受不了,只得将长条石头打成槽,将炭火装在石槽里,石槽烧热后,再将脚放在石槽边缘取暖,老师和全班二十几个学生围成一圈,一边烤火一边上课。

小学生正是长身体的时候,杨老师怕学生放学后空肚子回家挨饿影响发育,就让学生上学时从家里带点玉米粒、红苕、洋芋,他给煮熟,让大家吃得饱饱的再回家。就在这样艰苦的条件下,杨映忠老师把耕读小学办得有声有色,在县里会考中,取得下两区第一名、全县第三名的成绩。这都要归功于杨老师"有板眼"。"文化大革命"前,乡村学校的教师大多是"初师生"——就是小学毕业后进师范学习两年,然后就开始教书,其文凭最多相当于初中毕业。而杨映忠老师是"文化大革命"前的高中毕业生,这种学历,在仁和可谓凤毛麟角。他又特别热爱教书这个职业,在教学上舍得下功夫。

急流勇退

文革进入高潮,杨老师却在公社住地供销社门前的墙上贴出了退出造反组织的声明:"从今天起,本人退出7·15燎原战斗队,不再参加大串联和一切批斗活动,专心在石峰台教书,有准备动员我参加大串连或大批判的造反群众,请尊重我的这个选择,别再上门找我。请谅解。"

"7·15燎原战斗队"是南江县文教系统成立的一个群众组织,其头目为了壮大力量,上门请杨老师出马,杨老师就参加了。

刚开始参加造反组织时，杨老师写大字报，参加大辩论，还外出搞革命"大串联"。大串联途中，他目睹了一位女教师被残害致死的场面，心里产生了退出造反组织的想法。

高桥小学魏全德老师，教学能力很强，因出身地主，两个哥哥又是追随蒋介石去台湾的国军军官，就戴上了一顶国民党军官亲属的帽子。高桥的7·15燎原战斗队诬陷她是混进教师队伍中的台湾特务，对其进行游街批斗。个子娇小、身体羸弱的她，头戴一顶铁丝编织的高帽，脖子上挂了一块铁板板牌子，边走边挨棍棒。

"再斗下去，要出人命的。"杨映忠想将女老师救下来。

"你是谁？同情敌人的人就是敌人，替反革命说话的人就是反革命！你是不是也想尝尝挨斗的滋味？"押着魏全德游街的造反派眼睛一瞪，大声喝问。

"我是谁？我是仁和7·15燎原战斗队的杨映忠！"

"我们是同一个战壕的战友，我们今天就不怪罪你替特务说话，让我们一道肩并着肩向反动派发起猛烈进攻！"一听杨映忠是仁和7·15燎原战斗队的，对方态度立即缓和下来，还向杨老师发出邀请。

"向反动派发动猛烈进攻是指从思想上摧毁反动派的政治体系，不是在肉体上消灭他们。"杨映忠老师当场反驳。

"你仁和场的7·15管不着我们高桥的7·15，快走开，别耽误我们游街！"那伙人根本不理睬杨映忠的劝导，拖着女老师向街上游去。

更多的唾沫吐在魏全德老师脸上，落在她身上的棍子更狠，还有人从路边捡起石头，朝她头上砸去。没多久，就在杨老师眼皮底下，魏老师竟被活活折磨死了。

亲眼看到这残酷的一幕，杨老师战栗不已。再也不能跟着造反派在外面瞎胡闹了。外出串联不到一星期,杨老师就下定决心,与造反组织一刀两断,返回了学校。

杨老师要当逍遥派,造反组织不死心,多次上门动员劝说,杨老师为了表明自己的严正态度,就贴出了那份声明。

"杨映忠的胆子也太大了,敢声明退出战斗队,声明退出战斗队那就是声明不参加文化大革命了,他就不怕落个破坏文化大革命的罪名?"供销社是仁和公社最繁华的地方,赶场天人头攒动,听人把贴在墙上的声明念完,人们议论纷纷。

"这个人是不是脑壳有毛病?等造反成功了,造反派掌权了,他积极造反,就是不当校长,至少也能当个教导主任嘛。"

……

杨老师贴出声明后,又有好几个人跟着退出了造反组织。杨老师成了逍遥派,不少人也跟着成了逍遥派。

两次批评

杨老师守着一间破教室,当他的孩子王。孩子在成长,孩子王也在进步。正因为在荒唐岁月中安心教书,积累知识,他由代课教师顺利转成了民办教师,再后来又顺利地转成了公办教师。当仁和小学需要办戴帽初中班时,他被调来教初中,成了我们的老师。

杨老师同所有老师一样,对成绩好的学生钟爱有加。我从小就听话,对老师更是言听计从,杨老师因此特别喜欢我。上课提问时,我总是举手,杨老师抽我答题的时候就多,我一般都能答对,觉得很是风光。可逐渐地,杨老师抽我答题的次数越来越少,觉得杨老师可能是对我有了看法,听课就不那么专心了,在他上数学课时竟偷看长篇小说《林海雪原》。有一天,我正低着头看呢,杨老师不声不响走到桌前,"啪"的一教棍敲到桌子上，惊得我差点跳起来，赶紧把小说收进了书包。

杨老师什么话也没说，继续回到讲台上课。

"你为什么上课时要看小说？"下课后，杨老师把我叫到他的办公室，轻言细语地问我。

"您最近抽我答题的时候越来越少，是不是不喜欢我了？"我做错了事，已经作好了迎接暴风骤雨的精神准备，没想到杨老师态度这样温和，也就把心里的疑问说了出来。

"不是你表现不好，也不是我这个当老师的对你有什么不好的看法。一个班的学生好比一个人的五指，指头有的长有的短，班上同学学习成绩有的好有的差，你学习努力，我知道你能把题答上，就有意把答题机会让给了别的同学。我不抽你答题你就看小说，你觉得这样做对不对？"杨老师态度逐渐严肃起来。

"我做得不对。"我向杨老师认错。

"你这样做确实不对。数学课就是数学课，哪怕你已经懂了，在课堂上都不能干别的事，你那样做，既是对老师的不尊重，也是对其他同学的不尊重。要知道，力气不可用尽，风头不可出尽。做人要低调，再有才华都要低调。"杨老师给我讲了一番道理，这让我受益匪浅。

另有一件事，杨老师也批评了我，批评得同样严厉。

有一回期中考试，考卷是杨老师出的，有几道题确实有点难，同桌答不上来，我也有一道题想不出计算方法。同桌在桌子下用脚轻轻踢我，还向我直眨眼睛，意思是他要抄我的题。我俩平时就要得很好，我便将试卷故意斜向他那边，推到他跟前。可他不知是粗心大意呢还是心情紧张，连我的学号也照抄不误。考试结束，作弊曝光，同桌受到杨老师的批评，我也被杨老师狠狠地训了一顿。

"你帮助同学是可以的，但不能帮助同学弄虚作假啊。诚实是做人最基本的要求,一个人的本事再大,如果不诚实,不能取信于周围的人,不能取信于社会,是不可能成功的。你这样帮助同学,是帮助同学做一个诚实的人呢,还是做一个虚假的人?我决定,这次期中考试,抄你卷子的同学判零分,你帮同学弄虚作假也判零分。"杨老师直视着我的眼睛,沉着脸说。

我简直无地自容,根本不敢看杨老师的眼睛,要是墙上有一条缝,我肯定"哧溜"一声钻进去了。

那个特殊的"鸭蛋",让我吃了几十年,一直到现在都还窝在心底。

"抓特务"

还有一件印象深刻的事,就是"抓特务"。

"接上级通知,敌人向仁和寨空投了三个特务,上级命令我们到仁和寨去把他们抓回来。你们明天早晨带一顿干粮到学校,我带你们去抓特务。"有天下午放学时,杨老师这样向我们"通报敌情",布置"抓特务"的任务。

同学们个个兴高采烈。第二天一早,大家带着吃的早早来到学校。

"同学们,上山抓特务最重要的问题是大家都要注意安全,第一是别摔着了,仁和寨山势陡峭,摔一跤不是绊着手,就是绊着头,可不是闹着玩的。第二是不要被蛇咬着了,你们要拿根棍子,边走边敲一敲,打草惊蛇嘛。第三是注意马蜂,进草笼笼里要看清有没有蜂窝,有蜂窝就绕一下,别去捅。如果被蛇咬了,首先是不要惊慌,找清水冲洗,再用嘴吸伤口,将蛇毒吸出来,如果自己无法吸吮,其他同学要马上帮忙。要是被马蜂蛰了,千万不要奔跑,跑起来有风,马蜂会跟风追,人跑得再快也快不过马蜂,得快速躺在地上,避免其他蜂子顺风飞来蜇你。苦麻菜和滑头尖对治疗蛇咬和蜂蜇都有效果,这两种草药山上到处都有,你们也经常见到,采一把揉出浆汁,敷在伤口上,就能缓解伤情,还可以止痛。第四是上山之后,每个小组的人不要分散得过远,要互相帮助,男同学要照顾好女同学。"上山前,杨老师对我们作了详细的安全动员。

交代了安全事项后,杨老师让何国才、赵其录和卢丛金三个同学扮演特务,到仁和寨山上隐藏起来。三人年龄大,个子高,当特务最合适。一听要他们当特务,个个把嘴噘得能挂油瓶。那是一个崇尚英雄的时代,没有人愿意当坏蛋。

"我知道你们不愿意当'狗特务',可既然是练习抓特务,总得有人装特务嘛。解放军演习打仗还分红军和蓝军呢,红军是解放军,蓝军就是敌军嘛。要不这样,你们这次装特务,下次我们搞演习时,一定让你们到尖兵班打头阵。"杨老师循循善诱地做思想工作。

听了杨老师的许诺,几个噘着嘴的特务脸才由阴转晴。

"特务狡猾狡猾的,不可能藏在一起等着被一网打尽,你们要分开藏在几个地方,要藏得越隐蔽越好,最好别让同学们抓住。另外要特别注意安全,不管你们是否被抓住,下午太阳下山前必须返回学校。我给你们每人发一盒火柴,如果遇到紧急情况,需要与大家联系,你们就烧一小堆火,我们就能循着烟雾找到你们。但一定要注意,烧火时,一定要把周围杂草清理干净,不能把山给烧起来。"

三个特务走后,杨老师将五十来位同学分成五个组,每组十人,指定了各组组长。我们分批上了仁和寨,开始漫山遍野搜寻起来。

仁和寨幅员二十多平方公里,挺拔险峻,乱石峥嵘,是周围群峰中的主峰,登上寨顶,极目四望,仁和寨顶高千仞,众

退休后的杨映忠老师依旧精神健旺

山罗列似儿孙。在这样一座山里藏几个人,哪会轻易找着?

"看见你啦,快出来投降吧!"我们边搜索边喊话,想用这样的办法把他们诈出来。

然而,找到日头当顶,连个特务毛都没找出一根。

"那里的草被人踩过,特务肯定藏在那里,我们顺着特务留下的痕迹找,他们就跑不掉。"有同学这样建议。

"哎哟!哎哟!我投降,我投降。"特务何国才突然高声叫喊,从荆棘丛中走了出来。原来他没有带午饭,肚子饿了,想采点野果子充饥,遇上一个马蜂窝,右脸颊被蜇得红肿,不得不"哎哟哎哟"跑出来,乖乖向我们举手投降。

杨老师就地扯了一把苦麻菜,揉出浆汁,抹在何国才被蜂蜇的红包上,派一个小组护送何国才下山,退出了游戏。

其他两个特务的心理素质特别好，不管我们怎么使诈，他们就是不动声色。

不知不觉间，太阳已从头顶悄然滑过，很快就要挨着西面的山尖尖了。

"赵其录，卢丛金，演习结束了，你们没被抓住，隐藏得很好，现在可以出来了，我们一起下山。"杨老师站在山顶上，高声喊起话来。

听到杨老师的呼唤，两个特务从隐身处钻了出来。他们离我们并不远，我们小组还在赵其录藏身的地方搜索过。

回到学校，天快黑了，大家精疲力竭。除特务何国才被蜂蜇了外，还有几个同学也光荣负伤——有脚崴的，有胳膊被荆刺扎破的，等等。

一个小时不到，何国才的脸就肿得像个铁罐，眼睛都睁不开。回到学校，杨老师饿着肚子送何国才回家。"何老哥，对不起，今天搞军训活动，因为我组织得不好，何国才被马蜂蜇了一下。如果需要看医生，医药费由我解决。"一见何国才的父亲，杨老师就检讨不迭。

何国才的父亲看了看儿子的脸，大度地把手一挥，"小孩被蜂子蜇一下算什么事？我们家哪个孩子没遭蜂子蜇过？哪用得着找医生？过两天就好了。杨老师，快进屋坐，吃了晚饭再回去。""饭就不吃了，何国才要是有什么事，你就赶快告诉我。"杨老师回到学校时，天全黑了。

杨老师组织我们上仁和寨"抓特务"，我们确实吃了不少的苦，但也锻炼了我们的意志和吃苦耐劳的品质，让我们一个个变得很皮实。我们那一代从农村出来的孩子，自理能力都很强，既与那时天天都得做数不清的家务事有关，也与那时学校放手对我们进行锤打磨练有关。

一颗柔软的心

熊良栋老师与杨映忠老师的外表截然相反:杨老师白白胖胖,脸上常带着笑,像个弥勒佛;熊老师黑黑瘦瘦,短小精干,性格内向,很难看到他的笑脸。

熊老师毕业于渠县师范,说话轻言细语,从不与别人扯闲篇,自然少了是是非非。他讲课时字斟句酌,干净利落,句句都能讲到点子上。"只要把熊老师的讲话录下来,加上标点符号,就可以印成讲义。"有人这样评价熊老师。

熊老师也教我们体育,每天带领我们做广播体操,教武术套路。篮球场是巨人的天下,小个子很难在那儿站住脚。熊老师个子不高,身体灵活,善于在高个子中打穿插,带着球几晃几晃就连过几人,晃到了对手篮板下,"刷刷刷"三步上篮得分。

一碗香喷喷的米饭

熊老师心地慈善,有一件事,我一想起来就倍感温暖。

"又吃这东西?我不吃了。"那还是1972年4月的一天中午,我放学回家,离饭桌还有两步远,见饭桌上摆着几碗酸菜煮苕母子,我吼了一声,嘟着嘴扭头就往学校跑。苕母子就是母红苕。红苕属一年生草本植物,靠母苕生的藤蔓扦插繁殖。头年冬天将母苕排进苕床时,为了让母苕多长芽、藤蔓长粗长壮,得淋充足的粪水。母苕经过多次摘取藤蔓,已是腹中空空,只剩皮囊,没什么营养,吃进嘴里如咀嚼木渣。家里已有五个孩子,小妹妹黄玉莲又将来到人间,生活贫苦,年年都闹饥荒。阳春四月的大巴山,草长莺飞,葫豆露出了尖尖荚,豌豆开出了白花花,那是一年中景色最美丽的时候,也是青黄不接、春荒闹得最厉害的时候,如今连猪都不吃的苔母子,竟成为我们家熬过春荒的主食。如果酸菜煮苔母子能放点油也要可口些,但家里穷,连油腥腥都没一点。我吃苔母子吃腻了,一见着苔母子煮酸菜就反胃。

早上吃的一碗玉米糊糊早已消化殆尽,肚子咕咕直叫。我准备回教室趴在课桌上眯一会儿。

"黄北平,这么早就回学校,吃午饭了吗?"问我话的是熊老师。他站在街沿上,看见我踽踽而行的样子。

"吃过了。"我打肿脸充胖子。

"这样快就吃过了?吃的什么?"熊老师表示怀疑。

"吃的……"我一时语塞。要我临时编个瞎话,还编不出来。

"没吃就说没吃。来,到我家里来吃,快来。"熊老师走下街沿,把我拉进了他家。

熊老师全家人正在吃饭,见我进了家门,饶师母立即给我盛了一碗白米干饭,桌上有青菜还有咸菜,青菜放了油,炒咸菜里也放了油,我端上那碗饭,狼吞虎咽开来,吃得额头冒汗。熊老师见我吃得那样香,把盘子里的青菜和咸菜全拨到我碗里,我也就来了个风卷残云。

"没有吃饱吧?"见我放下碗,熊老师问。

"吃饱了,吃饱了。谢谢老师。"我抹抹嘴回答。此时此地,我不可能说实话,一副饥肠辘辘的肠胃,是不容易被塞饱的,要把我那个肚子撑鼓起来,至少还得再来那么大一碗干饭。

虽然熊老师全家吃商品粮,日子比我家要好过一些,但那时熊老师生活也很拮据。大人一月供应27斤粮食,小孩一月从几斤到十多斤不等,那碗干饭,是熊老师一家人从自己牙缝里省出来的。熊老师当时只是教我们体育,我只不过是他的一个普通学生。多少年后,我依然觉得,那碗白米干饭,是世界上味道最好的一碗饭。

李鹏远同学家住石峰台,读初中时,他父亲干脆将柴和粮食背到熊老师家,完全由熊老师一家人照料儿子的生活。两年时间,李鹏远就在熊老师家吃饭。后来,李鹏远考上四川大学物理系,毕业后远走日本留学,学成归来,成了四川大学的名教授。

作弊的教训

在我读三年级时,熊老师对我有"一碗饭之恩"。我读初中时,他教我们语文,对我的学习抓得更是上心。

有一次全区进行语文考试,熊老师监考。有一个填空,是写"输"字的反义词。我知道是"赢"字,可"赢"字笔画太多,写不出来,等熊老师把脑袋侧在另一边时,我以为他看不见,就偷偷翻了一下书。考卷发下来,我的分考得很高,是全班第一名,我洋洋得意。熊老师要班上几个考高分的学生介绍经验,谈谈自己平时是怎么学习的。我更是志得意满,在班上介绍了自己的学习方法。

"黄北平,你到我办公室来一下。"放学时,熊老师叫住了我。

"你平常学习很不错,今天介绍的经验也很好,可我觉得你的经验介绍得很不全面,还有所保留啊。"熊老师黑着脸对我说。

"有所保留?"我大惑不解,保留了什么呢?

"你只介绍了怎么学习的经验,保留了考试怎么翻书的经验嘛。你怎么不好好介绍介绍你是怎么翻书的呢?"

"啊!"一切都没有逃过熊老师的法眼。我的脸一下红到了耳朵后面。

"我错了，我错了。"我赶忙认错。

"你学习本来很好，一个填空就一分，你填不出那个'赢'字，也照样考高分，照样是班里第一名。可你考试作弊，你知道该怎么处理吗？是考试成绩全部作废，整张卷子得零分！"熊老师的脸更黑了。

一听说考试卷子作废，我不但脸更红，连眼圈都红了。

"学习要扎实，不懂就是不懂，不要装懂。你是班长，做这样的事太不应该，我这次不准备对你作弊这事进行处理，是考虑到你平时学习不错，翻书作弊是第一次，相信你以后不会再做这样的事。你一定要记住这个教训，记一辈子，做一个诚实的人。"见我快要哭的样子，他这才把口气慢慢缓和下来。

"您批评得对，我吸取教训，坚决改正错误。"我再次认错。

熊老师的批评很严厉，但却语重心长，我很服气。这个"赢"字被我牢牢记了几十年。

还有一件事也让我铭记在心。

学校只有一个篮球场，还不标准，稍不注意，就会把球扔到供销社房顶上，把房顶上的瓦打烂，供销社的人经常找学校领导提意见。跳绳没钱买绳子，熊老师就从山上砍来葛藤，上体育课时每个学生发一根，同学们沿着篮球场，"啪啪啪"跳得很热闹。练习攀爬没有爬竿，熊老师就将几根竹篙牢牢地拴在黄桷树的枝杈上，让同学们练习攀爬，增强臂力，他则站在树下作保护。

高桥比赛

我读初中一年级那年，下两区教育系统开展体育比赛，赛场设在高桥乡。仁和小学体育代表队就由熊老师带领。

到高桥参加比赛的前两天，熊老师给我们作动员报告，重点是讲参加比赛的注意事项。

"这次比赛有个口号，叫'友谊第一，比赛第二'，我们在努力争取比赛有个好成绩的同时，还要注意我们仁和人的形象。不知同学们听没听到这样一首顺口溜：'山里老几棕包脚，虱子虮子成砣砣；吃的洋芋果，烤的转转火；说话声高像吵架，苞谷羹羹糊嘴角。'这首顺口溜就是高桥人说仁和人的。在高桥人眼里，仁和场的人是山里人，形象很不好。所以，你们回家要把衣服洗一下，最好是把过年的新衣服拿出来，要穿得干净整洁，一定不要让'虱子虮子成砣砣'。到了高桥后，得站有站相，坐有坐相，说话要文明，特别是吃饭，要懂得礼让，夹菜要尽量夹自己面前盘子里的，不要一见好吃的东西就去抢，逗别人笑话。千万不能吃得太饱，吃得太饱会影响比赛成绩。"

那是我第一次走出仁和，也是第一次去高桥。

高桥位于小河与大河的交汇处。小河发源于仁和的石峰台，积雨面积小，水量不大，故叫小河；大河发源于光雾山，积雨面积大，故叫大河。大河小河在此汇合，流到下两，注入巴河。在通公路前，山区运输除了背挑，就是木船水运。从下两经高桥到大河场通水运，光雾山原始森林里的木材，被扎成一排排筏子，从上两放到大河，经巴中，过渠县，到合川入嘉陵江，再到重庆，转运到全国各地。大巴山一带的背二哥之所以全国闻名，正是他们用一双双赤脚踩出了连接四川到陕西的那条"米苍山古道"。大巴山的背二哥厉害，拉船的纤夫也十分了得，渠水边上那些光溜溜的岩石，活生生被纤夫赤脚踩踏出一串串深深的脚印。

大河与小河交汇处原来叫麻柳湾，因岸边长满麻柳树而得名。明末清初时，这里还没出现场镇，只有一个简陋的幺店子，

高桥的桥

后来在麻柳湾修起了水码头，慢慢形成了两条街，位于巴中地界内的叫巴中街，位于南江地界内的叫南江街。在巴中街和南江街之间，也就是小河汇入大河的上方一百米处，有一座很矮很窄的石板桥相通，那是米苍山古道的咽喉。由于那座石板桥太矮太窄，一下大雨就被洪水淹没，来往客商只好望河兴叹。

麻柳湾的河对岸是苗家山，山上有一石崖，陡峭险峻，高耸入云，过往船家为了行船平安，集资在岩上凿了一尊观世音大像，船夫过麻柳湾，都要向观音菩萨顶礼膜拜，以求平安顺利。清同治五年，天下暴雨，悬岩垮塌，巨石冲进河道，阻断河水，河水被抬高上溯五公里，在麻柳湾形成了一个堰塞湖，湖水很深，麻柳湾险滩不再。因水里埋藏着那尊从崖上垮塌的观音大世，由此传言纷纷，有船家说晚上亲眼看到观音菩萨头戴夜明珠，在前面为船引航，穿乱石，越激流。也有人说，亲耳听到观音大世给人讲经，要人多行善，莫作恶。这些为麻柳湾罩上了一层神秘面纱，久而久之，麻柳湾被叫成了神潭溪。

堰塞湖将连接巴中街和南江街的那座石板桥淹没后，米苍

高桥的老街道

山古道被河水隔断。乡绅带头出资,在石板桥原地修起了雄伟壮观的大石桥。大石桥立有五个桥墩,每个桥墩两端各雕一个龙头,桥宽一丈,高数丈,是南江县首屈一指的大桥,峻工典礼上,神潭溪更名为高桥。

自修好大桥后,每逢发暴雨,小河里的水再也没有从桥上翻过。高桥商贸繁荣,业余川剧社远近闻名。每逢开戏时,周边几十里范围内的人都扛着凳子,打着火把,到这里来过戏瘾。解放后,南江县将高桥川剧社全班人马收编进了县川剧团,一帮业余川剧票友,个个成了县川剧团的名角儿。

第一次到高桥,真是让人大开眼界。

在我的印象里,高桥确实是个很大的码头。仁和场只有不足百米长的一条独街,而高桥有好几条街,哪条街都比仁和那条独街长。仁和场虽然也叫"街",可没有一户吃商品粮的居民,街上的居民是农民户口,不种粮食就没有饭吃,而高桥街上吃商品粮的居民有好几十户,他们一年四季不下田也有饭吃。仁和没有国家粮库,农民缴统购粮得肩挑背扛到下两。农民对吃商品粮的居民很忌恨，当仁和农民挑着粮食路过高桥时，见街道上的居民躺在凉椅上，悠然地摇着大蒲扇，喝功夫茶摆龙门阵，心里愤愤不平，骂道："这些狗日的街上人，吃了耍，耍了吃，早晚都要得'癞子'！"

癞子，即麻风病，大巴山一带曾广为流行，传染性很强，是很难治愈的皮肤病。人一旦患了"癞子"，就四肢溃烂，脚成"马蹄"，手成断掌，目成兔眼，形象恐怖。山里人如果咒骂谁是癞子，可是相当恶毒。

高桥位于场镇的上场口。站在桥下河滩上，抬头望去，帽子望掉了还似乎没有望到桥顶，只见桥悬在半空，犹如一道彩虹，飞架在朵朵白云间，桥上人来人往，细如蚂蚁，看得我们头晕目眩。熊老师一边领着我们参观高桥，一边给我们布置任务，要我们回学校后以《高桥》为题，写一篇作文。那是我第一次看到那么大那么高的桥。

高桥的吊脚楼也给我留下很深的印象。为了躲避洪水，靠河边的房子正屋建在岩石上，厢房除一边建在岩石上与正屋相连，其余三边皆悬空，屋内铺上木板，下面用木柱支撑，成为独具特色的吊脚楼。这种吊脚楼高悬地面，既通风干燥，防毒蛇野兽，又能抵抗洪水侵犯，被称为巴山建筑文化的"活化石"。

第二天上午预赛开始，我参加乒乓球和引体向上比赛。

早餐吃的是肉包子、面条、稀饭，还有豆瓣、腌萝卜干。肉包子可是难得一见的好东西，面对几大竹筐暄腾腾的包子，谁还能忍耐得住？我们口里的唾液直往外涌。

"同学们，我已经给你们打了预防针，你们不要吃得太饱了。吃得太饱会降低体力，影响身体灵活性，影响比赛成绩。"熊老师再一次咬着耳朵叮嘱我们。

"嗯。"我们嘴里答应着。

"开饭啦！"值日老师口令一下，大家就一齐冲向装包子的竹筐，碗里能装多少个装多少个，肚子里能撑下多少个算多少个，同学们个个撑得食道发直，嗝儿不断。老师的话平时是圣旨，此时成了"狗屎"。几筐包子吃光了，又去抢面条。我吃了好多个包子，又吃了一大碗面条，才心满意足地放下饭碗，抹抹嘴，走出饭堂。

熊老师看着我们那一副吃相，一脸苦笑。

吃得太饱，身体灵活度大受影响，严重阻碍了技术水平的发挥。我的乒乓球在仁和小学本来是打得不错的，算是校队主力之一，可当我与下两中心校一名队员交手时，挺着个大肚儿，撑得弯不下腰，连球都捡不起来。我抽抽不准，他抽我又接不住，还一边打球一边打嗝，弄得裁判老师看着我都哈哈大笑，直落三局，很快败下阵来。打乒乓球不争气，引体向上也是洋相百出，平时引体向上，至少能连做十多个，这时肚子里装的包子实在太多，我往上引，肚子往下坠，连十个都做得不太标准。

中午开饭前，熊老师把参赛同学叫到操场一角，狠狠地训了一顿。

"我给你们说过多次，吃饭要文明点，不能像从牢房里放出来的一样。你们八辈子没有吃过包子吗？饿痨饿虾的，丢人现眼。中午吃饭哪个再那样饿怂怂的，罚站半小时。如果你们下午表现好，我请你们吃红桔和米凉粉。"

中午吃饭又吃出了"状况"。中午是白米干饭，同学们没有露出早晨抢包子吃的那种饿相，一个个都表现得斯斯文文，特别是男同学，连摆在桌子中间的一小盆炖猪脚都不伸筷子。

"这么好的菜你们怎么不吃？"熊老师觉得奇怪，用汤瓢搅了搅菜盆子里的炖猪脚。"是不是我批评了你们，你们就不吃菜了？我批评你们是要你们别吃得太饱，不是要你们不吃菜啊。

该吃的菜还是要吃。"

"怕'猪岔子'岔脱了'干妹子'。"有同学红着脸笑着回答。

南江一带把未婚妻叫干妹子。南江农村有订娃娃亲的风俗，女孩子几岁就许配了人家，男孩子几岁就有了干妹子。订了亲的娃娃往往在一个学校上学，有的还在一个班读书。猪是偶蹄动物，两趾间分岔，大人说，吃了这个岔岔，干妹子就要被岔脱。熊老师一听，黑黢黢的脸上露出了少见的笑容。

"哪有这么回事啊？如果吃个猪岔子就把干妹子岔脱了，只能说明那个干妹子不是你的，是别人的。干妹子会不会被岔脱，绝对不在于你吃没吃猪岔子，而在于你们长大成人后是不是有出息。只要你有出息，干妹子不但不会被岔脱，漂漂亮亮的干妹子还会主动往你身边靠。大人说吃了猪岔子要岔脱干妹子，我估计是家里好吃的东西太少，猪脚猪肚要留着待客，怕你们从小就养成馋嘴巴的坏毛病，故意用这话来吓唬你们的。吃吧。这么好的菜不吃可惜了。"熊老师说着，用汤瓢将猪岔子分别舀到大家碗里。

熊老师说这些话的时候，就像平时给我们讲课，声音不高，语速很慢。我那时已有个干妹子，也一直都不敢吃猪岔子，听了熊老师的话，我把熊老师舀进我碗里的猪岔子几口吞下了肚去。猪岔子炖得很烂糊，吃着很糯，很香，那是我记忆中第一次吃猪岔子。

下午的决赛成绩相当理想，仁和小学夺得第三名。

熊老师说话算数，比赛一结束，就自掏腰包买来几斤桔子，给我们每人发了两个。

吃过桔子，熊老师又把我们领到"岳家米凉粉店"。记得米凉粉一角钱一碗，十多个参加运动会的同学一人一碗，一下就让熊老师破费了一元多钱。

回家路上,我打了好几个米凉粉的嗝。几十年过去了,似乎还余香绕喉不绝。

受伤以后

熊老师还有一件事让全班同学铭记终身。

有一次上体育课,他教我们打篮球,给我们作三步上篮示范,第一步,第二步,第三步!第一步是大跨步,第二步也是大跨步,第三步飞身跃起,将篮球托举过头顶投向篮球筐。第一步跨得很猛,第二步也跨得很猛,第三步跃得很高,他身轻如燕,头顶上的双手举着篮球,像头顶举着个太阳,飞向篮筐,正当熊老师把球投入篮筐,落地的一瞬间,他身体突然失去平衡,头撞到了压篮球架的石条上,嘴唇摔出了一个豁口,血从伤口冒了出来……

"熊老师摔了!熊老师摔了!呜——"我们一见熊老师被摔成那样,哭的哭,叫的叫。

"快去叫饶医生!快去!快去!"哭喊声惊动了赵子章校长,他一看熊老师被摔成这样,急得直喊。

饶医生就是熊老师的爱人饶东芳,她工作的公社卫生院就在我们学校旁边。

"上嘴唇摔破,牙齿摔掉了几颗,脸部被擦伤,可能是他低血糖病又犯了,突然昏厥,才从空中给摔了下来。"饶师娘飞快来到现场,俯下身,先用一块纱布按住熊老师被摔裂的上嘴唇,简单止了止血,接着翻了翻熊老师的眼皮,听了听熊老师的心跳,探了探熊老师的口腔,还从口腔中摸出几粒血糊糊的断牙,抬起头接着说:"先让他平躺,我给他掐一掐人中,再给他弄点白糖开水灌下去。"

严重低血糖休克若不及时处治,可能要死人的。

熊良栋老师老当益壮

经过饶师娘简单救治,熊老师苏醒过来,开始哼哼。

"得马上组织人把老熊送到区医院去,他这上嘴唇必须做缝合手术,我们医院做不了。"饶师娘对赵校长说。

听饶师娘这样说,赵校长马上组织几位年轻老师,将一张凉椅绑上两根竹子,做成一副担架,准备将熊老师往下两区医院抬。从仁和到下两五十多里地,送重病号一般都靠人抬。即使由几个年轻力壮的人轮换着,也要抬六七个小时。

"不抬,我自己走。"熊老师坐起身。

"你伤得这样重,不坐担架怎么行?别犟了,上担架。"赵校长坚持道。

"学校本来就一个萝卜一个坑,如果抬我上医院,全校老师都要耽误上课。"熊老师不答应。说着,一手拿一大团纱布和药棉捂着嘴,一手扶着饶师娘的肩膀站起身来。血很快将纱布和药棉浸透,从手指缝往外冒,顺着胳膊肘往下流,滴得衣服裤子上全是血。

"你摔成这个样子,还能自己走吗?走不了嘛。"赵校长坚持要熊老师上担架。

"你放心吧。我走不快就走慢点。一边走一边歇,肯定能走到下两医院的。"说完,试着走了几步,真还勉强走得。

"饶医生,既然熊老师不愿意坐担架,那就辛苦你一趟。我再派一个老师跟着,送他到下两,你看路上还要作些什么准备?"

"带一壶开水,再带点白糖,我再回去给他拿两支葡萄糖,怕他在路上再发生低血糖休克,要多给他补充水分。"饶医生说。

"那就赶快准备,抓紧时间早点出发。"

听送熊老师到下两区医院的周老师回来讲,熊老师确实伤得不轻,嘴被摔成了"兔唇"不说,牙齿掉了四颗,还伤及牙龈,估计至少要住半个月医院。我们也作好了熊老师在医院住一段时间的思想准备。可仅仅过了两天,熊老师就在饶师娘陪同下,出现在操场上了。

"熊老师回来啦!熊老师回来啦!"全班同学一见熊老师的身影,情不自禁地欢呼起来。

"熊老师,你怎么不在医院多住几天?"赵校长握着熊老师的手问。

"唉,住不惯啦,这么多学生等着我呀,我回来一边上课一边休养。"熊老师平时说话就轻言细语的,现如今嘴唇上的伤口缝合才一天多,还要过好多天才能拆线,兔唇又红又肿,翘得老高,两个眼眶青紫,说得难听点,活像电影中的那个猪八戒,要多难看有多难看。最让人看不习惯的,还有他那缺了四颗门牙的豁嘴巴,黑洞洞的,说话跑风漏气,更是声细如丝了。

"饶医生,这就是你的责任了。熊老师摔得这么重,你怎么就不让他多住几天呢,至少也得等他把线拆了才回来啊。"赵校长责怪起饶师娘来。

"他那个倔牛脾气能听我的?到医院刚把伤口缝合上,输液瓶才吊一天,他就吵吵着要出院。医生不准他走,我也不准他走,可他就是要走,说学生要等着他回来上课,好像离开了他这个老师,你们学校就要黄台子似的。"饶师娘把熊老师狠狠地白了一眼,向赵校长诉苦。

"这事确实不能怪她,是我自己坚持出院的。到下两医院把伤口一缝,把液一输,头也不晕了,嘴巴也不那么痛了,住在那里总感到磨皮擦痒。反正公社医院也能输水,需要输水我去吊几瓶就是,伤口长好了需要拆线,这事饶东芳能办,让她把线一拆就完事。所以,我就回来啦。"熊老师对赵校长说。

"你呀,真是的……虽然回来了,可伤口还肿得厉害,课先不要上,还是以休息为主。"赵校长边听边摇头。"饶医生,那就辛苦你啦,好好帮我们把熊老师照顾好。"又转身向饶师娘交代。

熊老师肿着嘴回到了学校,赵校长让他先好好休息,可他一天都没有休息,回来后该上课时给我们上课,自习时陪着我们自习,晚上还要照顾住堂生睡觉。至少半个月后,他那翘着的嘴巴才逐渐消了肿,可留下了一道明显的疤痕,而他那缺了的四颗门牙,直到过了一个月才装上一个活动的塑料义齿。

也全靠熊老师身体底子好,摔那么重,虽然破了相,但没伤着骨头,连轻微的脑震荡都没有留下,真是福大命大。

聋子"李总务"

1976年9月,我初中毕业,离开读了七年书的仁和小学,被推荐到下两中学读高中。

下两中学以前只有初中,1973年开始设立高中部。那是下两区每年五百多名初中毕业生心中向往的圣地。

下两这个名字取得很随意,因为有两条河在这里汇合,这条河就叫下两河,两条河的交汇处有人建了渡口,盖了房子,这地方就叫成了下两。而在下两上游一百多里远的地方也有两条河交汇,那两条河交汇处也建了码头,盖了房子,那里就被叫成了上两,交汇后的河就被叫成了上两河。上两河的水流到下两,再往南流五十来里,流到巴中,汇入巴河,到达州三汇,与州河相汇,成为嘉陵江的重要支流渠江。

下两建了渡口,房子越盖越多,慢慢繁华起来。1953年,下两区应运而生,下辖八个乡,近十万人口,区公所就设在下两。下两不但有条终年流淌的下两河,还横贯着一条广巴公路,下通巴中、重庆,上通广元、西安,是方圆几百平方公里的重镇。

当时的下两中学,虽然名气不小,但教学设备很差。最好的教学楼是两栋两层高的灰砖房,照明全靠煤油灯,也没有自来水。全校师生每天起床的第一件事,是用脸盆到河里去端水。河道离学校五百多米,中间隔条公路,每个学生端两盆,维持全校一天的生活用水。到了冬天,河里起雾,路上滴水成冰,溜溜滑滑,端水摔跤是家常便饭。

除了早晨到河里端水,还要上劳动课,背石头,烧石灰,烧砖瓦,种麦子,种蔬菜,用榔头碎石嵌路挣班费。学校提的口号是:"突出政治,坚持无产阶级专政条件下的继续革命!"

上学靠推荐。小学升初中靠推荐,初中升高中也靠推荐。下两中学的学生都由各公社校推荐而来。而推荐的标准主要是讲政治,推荐"红五类",被推荐的学生,成绩差异相当大。一些成绩很好的同学,因为家庭沾上了"地富反坏右"的恶名,失去了被推荐上学的资格。

我们家兄弟姊妹多,父母省吃俭用,供我们上学实在不易。从一年级开学,爸爸和娘就告诉我:"儿子呀,我们家条件就这个样子,你也很清楚,我们既没有关系,也没有钱财,要跳出农门,要吃上商品粮,只有你认真读书啰。"我从小就知道没有靠山,只有靠读书改变命运,学习也比较自觉,学习成绩都是班里前三名。上了高中,学习自觉性更高,成绩在班上也一直名列前茅,上学不久就当上了学习委员。

全校管总务的是一个老头,高个子,黑瘦,成天不声不响,既很少听到别人与他说话,也很少听到他与别人说话。他似乎是一个哑巴,随时拴一个蓝布围腰,默默无闻地做着他的总务工作。总务,其实就是学校伙食管理员。

管总务的老师姓李,叫李向荣,他是耳朵完全失聪的聋子。过了一段时间才知道,在失聪以前,他是下两中学教得最好的语文老师,也是下两中学的开拓者和创始人。

下两中学是李向荣于1958年受命担纲筹建的。建校伊始,没有校舍,他就走"先治坡,后治窝"的自力更生老路,先在下两街上租了几间民房,打扫打扫,招生上课。学生招起来了,老师调进来了,教学逐步走上了正轨,建设校园的事才提上议事日程。

县上原先计划把下两中学建在下两街上，便于学生上学。李老师经过认真考察后提出，学校不能建在下两街上。学校需要安静的环境，建在街上，不利于学生学习。而且，下两街道地形狭窄，两山夹一河，要建一所像模像样的学校，那是板凳上哈（搓的意思）麻将——摆不开。李老师把眼光瞄准了阳光坝。

阳光坝因阳光充足而得名，是山区难得见到的一个小平坝，离下两街道五里远，一面靠青山，一面靠下两河，最可贵的是山上有股泉水，冬暖夏凉，四季长流，足够几千人使用。这里不但环境清幽，远离喧嚣，而且未来发展的空间也足够大，是建学校最理想的地方。县里接受了李老师的建议，决定下两中学就在阳光坝落地生根。

李老师立即组织师生员工平整土地，上山伐木，烧砖烧瓦，修建教学楼。经过两年努力，两栋青砖青瓦的二层小楼在阳光坝耸立起来了。接着盖食堂、宿舍、体育场，栽植果树，美化校园环境。在李老师的组织指挥下，下两中学白手起家，完成了从无到有的蝶变。李老师虽然没有被正式任命为下两中学的校长，只是临时负责人，但大家都从内心尊敬他的胆识和才能，喊他"李校长"。

李校长是大学本科毕业生，他不但眼光敏锐，组织能力强，教书也是一把好手。教语文是他的强项。他写得一手好字，钢笔字、毛笔字、粉笔字，样样拿得上手。写大字标语，一个字一米见方，他不用打底样，拿起排笔直接往纸上画，中规中矩，神采飞扬。他教过的学生，好几个后来都成了各个学校的骨干老师，比如前面讲到的杨映忠和下文将要讲到的赵益忠，都是下两中学第一届初中毕业生。李老师语文虽然教得好，可不幸耳朵聋了，没有办法，他主动申请退出教学岗位，当了一个管理全校师生吃喝拉撒睡的勤杂人员。

李老师的耳聋,他的学生都知道是因延误治疗造成的,所有人都感到惋惜。

1965年5月,李老师早上起床时感到头昏头痛,他意识到自己得了感冒。他从小没有生过大病,没有吃过药,遇到小感冒,只要出一身汗就好了。李老师坚持起了床,煮了一大碗面,放了很多生姜和葱头,吃得热乎乎的,背着背筐就出了门。

学校正在建礼堂,砖是学校组织师生用泥巴烧制的。砖窑离礼堂工地有两百多米远,李老师平时一次背二十五匹砖,为了发汗治感冒,他每次背三十匹。背了一上午,确实出了很多汗,按照往常经验,吃了饭睡一觉就好了。这一次,李老师睡了一觉之后,人不但不轻松,还感到头重脚轻,他觉得自己可能是得了重感冒。

得知李老师病了,几个老师马上到山上去采治感冒的草药。学校没有校医,学生感冒拉肚子,老师就到图书室去翻书,寻找治疗方法,久而久之,老师们个个都懂一些常见病的处治方法。老师们扯回桑叶、茅根、柴胡、鱼腥草,加上生姜、葱白、鲜薄荷,熬汤让李老师喝。

李老师喝了几次汤药,症状一点也没有缓解,耳朵还开始胀痛、闷响。李老师到区医院找夏医生。

"真是重感冒,咽鼓管发炎。"夏医生说,夏医生是区医院的权威,她给李校长开了阿斯匹林、头痛粉和几副中药。

吃了夏医生开的药,李校长的头不痛了,可耳朵还是很痛。李老师又去找夏医生。

"你这耳朵已经流脓水了,恐怕吃止痛消炎的药解决不了问题,还是尽快到成都的大医院去好好诊断诊断。"夏医生认真检查了李校长的耳朵,发现他耳朵里的问题很严重。

"这段时间我走不了,我教毕业班语文,他们只有一个月就要升学考试了,我走了他们怎么办?"李校长不愿意上成都。

为了快速消炎,李校长请求给自己打青霉素加链霉素。青霉素和链霉素都是抗生素,既有消炎作用,也有毒副作用。特别是链霉素,对有些患者的听力会造成不可逆的损害。这类抗菌类药物问世不久,一般都当作特效药使用。打了一针未见效果,李校长又要求增加剂量,

又各加了半支青霉素加链霉素,连续打了一周。结果是耳朵不痛了,但听力一点没有改善。待到他把毕业班送走,耳朵听力越来越差。眼看两只耳朵快要成为摆设,他才不得不到成都大医院找耳鼻喉科专家。

专家得知治疗情况后,对着陪同看病的家属直叹气。"耳朵炎症不能用链霉素、卡那霉素和庆大霉素,用了不但治不了耳病,还会造成不可逆的损害。他该早点到我们这里来哟,现在我们也没有什么好的办法,回去吃点中药,看能不能恢复一些。"

李校长的耳朵就这样逐渐报废。由于无法与同学交流,他只好告别讲台,卸掉校长职责,主动干起总务工作。

他不直接教学生了,但他还是在教老师。接替他的语文教员遇到拿不准的地方,备课时就拉住聋子老头问长问短。他听不见,向他请教的老师把问题写在纸上,用笔提问,他就将这堂课该怎么讲和盘托出。

总务工作不好干,生活困难,物资紧缺,极容易产生对物资的占有欲,不少学校的总务因贪污而被关监。自打李校长干上总务,他胸前就扎一条长围腰,天天在伙房转悠,卡得极严。吃饭用碗蒸,每碗下三两米就是三两米,一锅菜用几两油就是几两油,上灶时全都过秤。怕炒肉时有人偷嘴,李校长请学生当"值厨",从买肉、加工到装盘出售,实现全程监督,让肉全

都能吃进师生嘴里。

李总务是下两中学的奠基人，也是下两中学的实际负责人，他干了好多年一校之长的工作，退休的时候，李向荣并未拿到校长的退休工资，而是拿的普通教员的退休工资。理由是，上级虽然宣布他是下两中学负责人，但并没有下达任命他为校长的红头子文件，计发退休工资要以红头子文件为准。

改革开放后，教育系统评定专业技术职称，李校长教过的学生不少都评上了中学高级教师，相当于副教授，有的还当上了中学校长、教育局的科长。他们见李校长一直拿着普通教员的退休工资，心里过意不去，除他们自己去找上级部门为李校长打抱不平外，还鼓动李校长去找上级讨个说法。

"算了，不找了。我不去找，你们也别替我去找了。能领取教员的退休工资就不错了啊。我就是一个教书匠嘛。当校长的辛苦，当教员更辛苦啊。"

李校长至今仍领取着普通教员的养老金。

"曲线上学"

经常给我们训话的是谭维明主任。准确地讲，谭维明是下两中学革委会副主任。

工人阶级领导一切，各级政府、人大、政协都隐退了，统统叫作革命委员会，县里叫县革委，地区叫地革委，省里叫省革委，学校叫校革委，工厂叫厂革委。下两中学革委会主任是县林场一位姓李的工人，因为他个子大，没读多少书，人呼"李大汉"，被派到下两中学来"领导一切"。幸运的是，李大汉品质好，对人忠厚，知道自己领导不了那些知识分子，就干脆什么事都不管，一切都由谭副主任说了算，谭主任也就当仁不让，成了下两中学实际上的一把手。

谭主任1944年出生于南充市一个山沟沟里，父母都是一字不识的农民，从小学到高中，基本上都是打光脚板。在南充读书时，一百多斤红苕吃一个月，全靠哥哥挑进城，几年的学杂费，全靠助学金。1963年考入四川大学数学系，入学不久就当了班长，入了党，1969年初被分配到南江县。

正值四川武斗高潮，炮火硝烟，人心惶惶，路都没法走了。分配到达县地区的几百名大学生，无奈之下向重庆警备区求援。警备区派出部队护送，荷枪实弹，军车上架着机枪，将他们送到各地。南江当年分来一百三十多名大学生，其中有许多来自名牌大学。分配工作时，全部下到最基层。北大物理系的到农具厂铸造锅儿罐子，重大电机系的分到电器修配厂，北大汉语系的被分到县火电厂。分到中小学的,因为停课闹革命,也没有机会执掌教鞭,全被安排到北极牧场放牛放马放羊,谭维明就在北极牧场石鹅寺当了羊倌。

石鹅寺山高林密,冬天大雪封山,山上的人下不来,山下的人上不去,有时没有一粒米,没有一颗盐,全靠吃红苕洋芋活命。有的大学生见前途无望,就天天拱猪、打百分。那时不兴赌博,就在额头上贴纸条,谁输得多,额头上的纸条就贴得多,一天下来,有些人额头上的纸条贴得花花绿绿。谭维明坚信乱哄哄的局面不可能永远下去,知识一定会有用武之地,他抱着大学课本一页一页地读,把老师没有教的内容全啃了下来。其他人甩了几个冬天扑克,他学习了几个冬天的文化知识。复课闹革命,谭维明来到下两中学当了校革委会副主任。

谭维明三十岁便成为下两中学实际上的当家人。我第一眼就被他威风凛凛的气质震慑住了。一米八五的个子,戴一付金属框圆眼镜,往讲台上一站,双目在镜片后闪来闪去,不怒自威。学生见到他,都像老鼠见了猫。全校开师生员工大会,别人讲话,下边"嗡嗡嗡"响成一片,谭讲话时会场清风雅静,秩序井然。为什么呢?主要是他讲话重点突出,逻辑严密,干脆利落,没有废话。如果把他讲的内容听漏了,工作就可能遇到麻烦。

"他讲话的时候,下面的人尿胀忙了,都是提起裤子小跑,生怕听漏了,从来没有撒假尿、屙假屎的现象。"有人说。

教材突出政治,物理、化学全都是为工农业服务,《工业基础知识》和《农业基础知识》是学生必读的两本书。南江县没有什么工厂,学工没地方去,主要是学农。每到农忙季节,学校就放农忙假,组织学生和老师下乡劳动。

我上小学和初中那会儿,学校都要放农忙假,到生产队去支农,而到了高中阶段,其他中学都放农忙假,下两中学却不

任教时的谭维明老师

放农忙假。"城里孩子分不清小麦和韭菜,到农村学农应该,我们学校本来就建在偏远山区,这些从农村来的学生,五六岁就在家里放牛割草,拿得动锄头就帮助父母下田种地,本身就是农民的后代,也就是农民,他们还用得着再下乡学农吗?他们到学校的主要任务就是读书,就是学习科学文化知识。不管形势怎么变化,社会怎么发展,文化知识总是有用的。"谭主任这样说。为了应付上级检查,学校辟了两块实验田,种植水稻、小麦及蔬菜。

谭主任见上面发的教材没有多少科学内容,就将文化大革命前的高中教材找出来,只把那些明显不合时宜的内容删去,让老师给学生传授。

谭主任认准了一条理:喊破嗓子,不如作出样子。他自己带头上公开课,给其他老师作出榜样。他本身是高材生,教数学特别有一套,逻辑性强,而且上课从来不拿什么圆规、角尺,要画圆,拿粉笔随手往黑板上一画,顺时针旋转一周,一个圆就画成了,比别人拿圆规画还要快;要画个角,随手在黑板上一画,需要45度的角就正好45度,需要画90度的角就正好是90度,学生拿角尺去验证,角度不差分毫。

谭主任因为自己有本事,所以特别喜欢成绩好的学生,发现一个学习好的苗子,千方百计也要保住。有个叫戴进的同学就是他保下来的。戴进的爷爷是川北有名的大地主,曾多次暗中接济过地下党,解放后却被镇压了。戴进的父亲戴朴元从师范学校毕业后,在元潭小学当校长,母亲张恒圆也是师范学校毕业生,在石庙小学当校长。1957年反右,戴朴元成了被引出洞的蛇,戴上右派帽子,撤销校长职务,妻子也受到牵连,也被免去校长一职,双双被调到平岗小学当老师。戴进跟着父母在平岗小学读书,一直都是班上第一名。小学毕业推荐上初中时,就因为戴进的家庭,堂堂第一名竟被卡在"戴帽初中"班门外。

高桥乡有个戴帽初中,父母就托朋友把戴进送到高桥,到那儿当了旁听生。课本是一个萝卜一个坑,被正式推荐的学生才有,旁听生没有。好在老师对他这个旁听生格外同情,讲过课后,再将自己的课本交给戴进复习。老师不改他的作业,不公布他的考试成绩。他的学习成绩一直在班里冒尖,初中毕业时,班主任老师和校长很欣赏戴进,都极力举荐他,想把戴进塞进下两中学。

下两中学本来就僧多粥少,几个小学校的校长,都想找理由把其他学校的学生拉下去,把自己学校的学生推荐上来。名单报到区革委,区革委专门开校长会进行审查,一个一个拉出来比。当念到戴进的名字时,马上炸了锅,戴进不出名,可他的父亲、母亲和爷爷全都是"知名人士",攻击他的钢鞭材料摆在那里:"贫下中农需要上学的孩子那样多不推荐,偏要推荐戴进这种复杂家庭出身的学生,阶级立场哪里去了?他成绩再好,就是新科状元,也不行!"戴进被活生生刷了下来。

"那娃儿不读书实在太可惜了。谭主任,你能不能破个例,做个好事,把他给收了?"一散会,高桥小学校长就找到谭维明主任,想给戴进开后门。

2016年本书作者在下两中学

"你说那个戴进真是个读书的料?"

"哎呀,我还能糊弄你呀。戴进连课本都没有一套,可成绩一直是全班的第一名。他不但初中的课学得好,好多高中的课他都自修了。"

"他是在会上被卡下的,有目共睹,记录在案,这个例谁敢破?我看这样,先把他弄到长赤中学去当旁听生,等过一段时间,再转到下两中学来。"谭主任想出了一个主意。

谭主任给在长赤中学教书的同学打了个招呼,事情就办妥了。

戴进在长赤中学读了一个学期,谭主任将他正式转学到下两中学,插进我们班,与我成了同班同学。就这样,戴进取得了正式学籍,达到了"曲线上学"的目的。戴进珍惜这来之不易的机会,刻苦努力,语文、数学、物理、化学,门门功课都在全班前列。1978年南江县恢复高考第一年,他一举考上重庆大学机电系,成为下两中学文化大革命后首次被录取的两个学生之一,为下两中学争了光。如今,戴进是山东科技大学的名教授。

一匹赛出来的良马

从 1958 年建校到 1972 年，下两中学一直只办初中班，后来才招收高中班学生。

我进入下两中学读高中时，教师构成很复杂，一是文化大革命前毕业的正牌大学生，人数极少，是教学力量的中坚；二是师范毕业的中专生，大部分是初中毕业考上的，也有小学毕业考上的，这些老师有一定教学经验，教高中很吃力；三是文化大革命前考上大学，进校没多久就开始搞文化大革命，文革中才分配到学校来的，即所谓"红卫兵大学生"；四是文化大革命中被推荐入学的"工农兵大学生"。

谭主任注重学历，但更注重授课效果。没有学历的他敢重用，右派分子他也敢起用。谭维明向县上打报告，将右派陈联邦调到学校教高中历史，将陈秀碧调到学校教高中语文。但即使进行了补充，科任老师还是捉襟见肘，特别是化学，一直没有找到理想的老师。

原先教我们化学的老师姓蒋，是工农兵大学生，他教书很卖力气，备课认真，改作业仔细，还是想把书教好的，但因为基础不牢固，加上教学经验不够，讲课干干瘪瘪，照本宣科，教了一个学期，同学们都喊他讲的课听不懂。

赛马台上出好汉

化学老师必须换。换谁？

凉水乡一个叫纪道清的村小教师引起了谭主任的注意。

纪老师是巴中人，1964年中学毕业考入北京师范大学化学系，本该1968年毕业，可毕业后，全国十万大学毕业生无法分配，不得不留校两年，直到1970年才被分配到南江县赶场乡中心校。纪老师的妻子杨姨在凉水乡医院上班，两地分居，生活不便，多次申请，纪老师才调到凉水乡，因凉水中心小学老师已满，他只好被安排到村小当了孩子王。

谭维明主任才不管你是哪所大学毕业的呢，检验老师教学水平最有效的一招就是上公开课。谭主任在全区共请了五个化学老师来给我们讲课。上公开课那天，前面坐学生，后面坐老师，听过老师讲课后，先由学生和听课老师提问，上课老师当场解答。纪道清老师虽然当时不是化学老师，但他在大学读的是化学专业，也破例请他给我们讲了一堂化学公开课。

公开课上，纪老师也许是因为第一次面对这么多老师和学生，心情紧张，开始讲课时声音很小，眼睛不是望着窗外就是望着教室后面的天花板，很少与同学交流互动，只管自己呱呱呱地讲，不管学生听懂没听懂。过了半个小时，讲话速度慢了下来，声音也大了不少，逐渐找到了讲课的感觉，进入到从容不迫的状态。

到了提问环节，学生提的几个问题，纪老师都准确地进行了回答，还引申出其他容易忽略和容易犯错的问题。

"摩尔是怎样规定的？"教我们化学的蒋老师，有意对纪道清老师提了这样一个问题。

"国际上规定，1摩尔任何粒子的个数与0.012千克碳-12中所含的原子个数相等。"纪老师不慌不忙地回答。

"蒋老师能不能告诉同学们这样一个问题：为什么要引入摩尔？"回答完蒋老师提的问题后，纪老师反问蒋老师。

纪道清老师外出游玩

"我记不起了。"蒋老师想了想,红着脸回答。

"摩尔就是物质的量,引入的作用,是把宏观物质的质量与微观粒子的个数联系起来。"纪老师的自答引起了全场师生的热烈掌声。

"纪老师肚子里有货,就是声音小了些,如果讲课时声音再大一点,增加一些与学生的交流互动,会是一个很好的化学老师。"教化学的左老师这样点评。

通过上公开课,谭主任把全区化学老师的底细摸清楚了,立即给县文教局打报告,准备将纪老师从村小直接调到下两中学,接替蒋老师教我们化学,准备把蒋老师调到凉水去教初中。

蒋老师很不服气,直接找谭主任论理。最终还是被说服了。

通过"赛马"配齐了教师队伍,教学迅速走上了正轨。

纪老师接手教我们的化学,确实是"临危受命"——就在他来我们学校报到没几天,全县举行了一次高中一年级的化学统考,下两中学考试成绩最差。

首先需要解决教材问题。纪老师到处寻找文化大革命前的课本,找了两周,化学教材仍未找齐。废品收购站也许有?他专程赶到巴中县城,询问负责废品收购站的亲戚。

"你们收没收过学生课本之类的书刊?"

"我们废品收购站废铜废铁收,废书废报也收。收购来的书刊,到一定的时候就拉到造纸厂去化成纸浆。至于仓库里有没有你要的东西,你自己到仓库里去翻吧。"亲戚性格豪爽,快人快语。

"好好。我们马上去仓库。"纪老师立即拽着亲戚到废品收购站的仓库去淘宝。

"你自己翻,要什么,拿什么,找完后把门锁上,到家来吃饭,我们整几杯。"亲戚把他领到仓库门口,将门打开,说完话就走了。

废品仓库收购的废书废报堆积如山,上面的灰尘铺了厚厚一层,纪老师就像搬运废品的临时工那样,将废品搬来搬去,看看有没有需要的东西。灰尘扑面,空气浑浊,纪老师一找就是几个小时,连把中午到亲戚家"整几杯"的事都丢到爪哇国去了。

"你怎么连饭都不来吃?还在这里翻啦?脸上弄得花里胡哨的,连我都认不出你啦。"那位亲戚在家把菜炒好,把酒温好,等不来纪老师,匆匆赶到仓库一看,只见纪老师正找得起劲,头发、眉毛都沾满灰尘。

"怎么就到吃饭的时候啦?嘿嘿。"纪老师抬起头,望着亲戚,一脸憨笑。一张嘴,露出两排洁白的牙齿。

"看你这个样子,是不是翻出点有用的东西?"

"收获大大的。哈哈。"纪老师指着被他选出的一堆书籍,哈哈大笑,声震仓库。"你找人给过过秤,看有多少斤?我给钱。"

"你需要拿去就是了,过什么秤?两分钱一斤的破烂,能值几角钱?我都懒得找人给你开发票。快收拾收拾,到家里喝酒去。"那位亲戚豪爽地一挥手,把收费的事免了,还找来绳子,帮助纪老师把选出的书刊捆扎起来,提着朝家里走去。

人逢喜事千杯少,因为高兴,纪老师那天与亲戚对饮,放开了喝。苕干酒微酸中略带苦涩,口感很不好。纪老师平时不是好酒之徒,那天却酒性大发,很畅快地干了四五两。天黑时像驼子一样背着一大捆书刊回到学校,还满嘴喷着酒气。

纪老师不但背回了一批文革前出版的化学辅导材料,解了自己的教学之急,还背回一些物理、语文、数学参考书,送给了其他科任老师。在那个资料紧缺的年代,这可是雪中送炭,夏天送扇,救了大急啊。

纪老师的课越讲越好,我们的化学成绩慢慢跟了上来。高二下学期,达县地区组织全区高二学生进行化学竞赛。临考的头天下午,我们几个参赛人员还拿起书复习。纪老师不准我们看书,说:"考试主要是检验平时的基础知识扎实不扎实,临时抱佛脚没有用。考前要放松,别紧张,平时我怎么教你们的,明天你们就怎么答。"

他带我们参观校园,逛公园,晚上又领我们看了一场川剧。考试结果,我们班在全地区属中等偏上,宋敏智同学还一举夺得全区三等奖。达县地区辖十三个县市区,有省级重点中学和百年老校十多所,小小南江县的下两中学,竟然冒出个全地区三等奖,这让人们不得不对下两中学的化学教学刮目相看。"红卫兵教师"纪道清崭露头角。

两件小事

还有两件事同样让我铭记一生。

南江县山高林茂,是重要的木材供应基地。各区乡要道口设有木材检查站,对来往车辆进行检查。我在四川医学院读书时回家探亲,返程从下两坐班车到广元,每次车费要花去四元一角,是个不小的数目,纪老师的父亲在木材检查站上班,为了帮我省车票钱,纪老师经常找他父亲给我拦车。

"停车检查!你车上拉木材没有?"纪老先生立在木栏杆前,见有大货车驶过来,驾驶室里有空位置,老远就把手一伸,等车停稳,上前问话。

"纪大伯,没拉,没拉。"

"没拉吗?好吧。帮我带个人到广元行不行?"

"行!行!请上车。"驾驶员马上打开车门,把我让进驾驶室。我平平安安到了广元。

1990年,纪老师退休定居成都。有一天,他突然来到达州,说是准备在我这里耍几天。师生见面,自然是欣喜万分。

"北平,我退休后没有事做,一个朋友上门动员我搞直销,说是只要我投资买两台摇摆机,花7800元,就可以成为正式会员,以后我推销一台,就返回我两千元,如果我发展两个下线,还可以在他们的业绩中抽成。我的上上线给我说,他每个月单靠抽成就可以得两三万。这个摇摆机对治疗腰肌劳损、骨质增生、椎间盘突出都有很好的效果。你接触的人多,抽业余时间推销几台,肯定比你的工资还高。"晚上,几杯酒下肚,纪老师向我说明来意。

"纪老师,既然卖一台摇摆机都可以得两千元,那说明它不值这个钱。我在医学院学了五年,内外科都系统地学过,腰肌劳损、骨质增生、椎间盘突出的病因不同,治疗方法也不同,单独'摇摆'一下,也不可能有什么效果。"我泼冷水给他。

"那你劝我莫做啰?"

"纪老师,我劝你莫做。光卖机器又没有什么技术含量就能赚大钱,这里面肯定有问题。如果你腰部有问题,可以买一台试一下。"

"家里人有的说这事做得,有的说这事做不得,说得我也心上心下,所以特地跑来找你,就是想听听你的意见,我干还是不干?"听了纪老师的话,我心里涌出一股感动,他亲属都帮他拿不定主意时,竟想到我这个学生,说明我在他心中的地位,比他的亲属还重要。

"直销虽然是一种新的商业模式,但我凭直觉,感到你所说的这种直销不是个正经职业。它是以高回报为诱饵,推销低价值的单一系列流行产品,基本上是熟人赚熟人的钱。如果产品质量不好,熟人老来找你,你也感到心烦,到时还把朋友得罪了。"

"那好。北平,我听你的话,坚决不去参加什么直销了。老实说,我这次到达州来,问计于你,我还准备把你也拉进去一起做呢。我想,你的网网那样宽,只要你参加,你再发展几个下线,那我们可以坐在屋里挣大钱了,哈哈。"纪老师说罢,哈哈一笑。

纪老师在达州住了两天,高高兴兴回去了。后来,国家把所谓的直销都定为传销,对其严厉打击,一心要拉纪老师参加传销的那位老兄,就被关进笼子里了。

"黄北平,你阻止我参加直销算是阻止对了。如果你不阻止,说不定现在关进监狱的传销骨干分子中,就有我的名字呢,哈哈。"纪老师后来在电话中又送来一片哈哈声。

校园中的李子

教师配备好之后,谭主任大力整顿校风,先拿乱摘校园李子的行为开刀。

川北盛产李子,下两中学校园里有不少李子树,李子还是青疙瘩就被人揪了,校园里由此流传开一句"下两中学的李子——长不大"的歇后语。

"学校是传授知识、传播文明的地方,下两中学的李子长不大,表面上看是李子的问题,实际是校风校纪差,这是下两中学的耻辱。从今年开始,谁也不准摘李子,我们不能让下两中学的李子成为短命鬼,要让李子长大,长成熟,长得又脆又甜,等李子成熟后,全校师生员工再一起分享。我今天在这里宣布,凡是发现有人摘李子,我就让他立在李子树下,为李子站岗放哨,当李子的警卫员。"谭主任把禁止摘李子当作一件大事来抓,在李子树刚刚冒出嫩白嫩白的花骨朵时,他就在全校师生员工大会上公开下了这样一道禁令。

"李子长在树上,李子没长腿人长着腿,学校不可能在每棵李子树下派一个人守着啊,我看这事要放空炮。"谭主任在会上公开了自己的主张后,有的领导颇为担心。

"我去过洛阳,行道树是苹果树,可洛阳行道树上的苹果没人摘,不成熟时没人摘,成熟了也没人摘,连被风吹下地的落地果都没人捡。每到秋天,行道树上的苹果红艳艳的,成为洛阳城里独特一景,一张影响甚大的名片。洛阳行道树上的苹果为什么没人摘？那是教化的结果。我相信刚开始恐怕也是有人摘的，只是经过长期的教育，人人修炼出了一种视公物为生命的精神。洛阳的苹果树长在大街上都没人伸手，我们的李子树栽在校园里，管理再难也比洛阳大街上的苹果树好管吧。我相信下两中学的李子也可以成为一道让下两中学师生感到骄傲的景观，不妨一试。"谭老师非常坚定。

第一年，真还有人手贱，坏了谭主任定下的规矩。

此人是我们年级的学霸肖永生。肖永生的脑袋比计算机运转速度还快，智商高得出奇，语文数学样样拔尖，一直受老师器重，连谭主任都特别欣赏他。他竟一时心血来潮，准备去闯谭主任划定的红线。

"走，我们去摘李子，礼堂后边那里的李子熟了。"那天中午，肖永生怂恿我陪他去摘李子。

"抓住了怎么办？"想到谭主任下的禁令，我胆突突的。

"谭主任现在应该在睡午觉，其他老师看到了问题不大。"肖永生鼓动道。

"我还是有点怕。"

"我爬上去摘，你在树下放哨，看看有没有老师来。"

"那好吧。"我答应了。

来到礼堂后面的李子树下，树顶上的几串李子个头大，已经发黄。"你等着，我就去摘那几串。"肖永生指着树顶，说完像猴子那样，"唰唰唰"几下就爬了上去，一手抓住树干，一手摘李子，一把一把往兜里塞。

正在这时，我看到谭主任从远处朝这边走来，喊了一声："谭主任来了！"撒腿就跑。肖永生一听"谭主任来了"，吓得赶紧往树下蹦。两条腿刚落到地上，谭主任已经看到他了。

"肖永生，你给我站住！"

"还有谁和你一起来摘李子?"谭主任厉声问。

"没……没有别人。"

"你要吃李子,就先给这棵李子树当哨兵吧!给我好好站着,没有我批准,不准离开。"谭主任对肖永生说。

"听……听见了。"肖永生心虚了,两条腿禁不住直打抖。

肖永生立在那棵李子树下。他就那么老老实实地站了一下午。下午放学,谭主任才向肖永生挥了挥手,说了句:"你走吧。"

肖永生狼狈地回到宿舍。

说来也怪,自此以后再也没人去碰树上的李子。下两中学的李子就那么密密麻麻地吊着,高个子从李子树下路过,李子都直碰脑袋。到了李子成熟的季节,万绿丛中片片黄,树上果实累累,真的成了学校一道别开生面的新景观,学生自豪,外人称奇。谭主任组织学生采摘李子,既是上劳动课,也是在享受丰收的喜悦。摘回李子后,再将一筐一筐李子分到各班,给大家品尝。

好多年以后,大学毕业的肖永生,先回南江中学当了几年物理老师,成为赵益忠老师的嫡传弟子,后来下海经商,成了一位很有名望的企业家。他到成都拜望谭老师时,谭老师突然想起摘李子的事,问他:"肖永生,你有次中午摘李子,我还罚过你的站,你记得那事不?"

"记得,哪能不记得。"肖永生红着脸回答。

"哈哈!你是不是还在恨我?"

"不恨您,不恨您!那是我不遵守纪律,罪有应得,怎么会恨您呢。哈哈!"肖永生听到这话,回想起当年的尴尬事,也情不自禁地拍掌大笑起来。

"谭老师,只是有一点我当年哄了你,去摘李子的还有黄北平呢,他放风,我上树,他当时跑得比兔子都快,您没有把他抓住，我也没向您坦白交代，让他成了漏网之鱼，哈哈。"

"我当时大老远的看到有个人影跑了，怀疑你有同伙，问你你又包庇他，让他捡了个便宜。不过，有你这个学生中的知名人士为大家做反面教材，就够了，哈哈。"

谭主任用铁的手腕治理校风，还表现在严令不准学生私自下河游泳。

巴河河势险峻，水流湍急，险滩一个接着一个，沿河学校的学生因私自下河游泳，年年都有淹死的，严禁私自下河游泳，成为每个学校夏天的重要任务。可是再怎么禁，总是禁不绝。在谭维明当主任前，下两中学也曾发生过学生游泳被淹死的悲剧。

"不准私自下河洗澡，这是一条铁的纪律，任何人都不能违背。一旦发现，将严惩不贷！"谭主任气势逼人。

仍然有不信邪的。肖功明、邓黎明、宋敏智、陈方军四位同学，都是班干部，成绩清一色好，也会游泳。那天，几个人搞勤工俭学背沙，弄得一身汗、泥，就邀约着下了河，游了个痛快。

"你们几个自以为学习成绩好，要上天了，敢私自下河游泳，如果被淹死了，我们怎么向你们的妈老汉交代？"谭主任怒吼道。

"我们会凫水，淹不死。"肖功明嗫嚅着。

"你还敢跟我犟嘴？会凫水就不会淹死啦？河里淹死的都是'水鸭子'，你们知道吗？我命令你们四个，给我站到那上面去！"谭主任指着一张用水泥筑的乒乓球台。

几个人只得乖乖地爬上乒乓球台，低着脑袋站成一排。

"覃老师，你去给谭主任说说情，让我们别站在乒乓球台子上，我们以后再也不敢下河游泳了。"数学老师覃祥寿从乒乓球台前经过，肖功明向他求情。

"我可不敢找谭主任。他那么歪,谁找他谁都得挨起。你们就乖乖站在这里吧。"覃老师说着,绕开乒乓球台走了。

开晚饭的时候,覃老师打了四份饭菜,给他们送了去。

快上晚自习时,谭主任才发话:"可以不站了,你们每人写一千字以上的检讨,明天交给我。如果以后还私自下河游泳,加倍惩罚!"

从此,再没有一个学生敢私自下河游泳了。

严禁私自下河游泳,可学生又不能不洗澡。巴河本来就是两岸男人们的天体浴场,每到黄昏,河边礁石上,到处站着赤身裸体的男人,他们说说笑笑,洗尽一天的疲劳,荡掉身上的汗泥,尽情享受着巴河水的恩赐。下两街上的大多数女人,一年四季都打盆水躲在屋里净身,只有极个别胆大的,才在夜深人静的时候偷偷溜进巴河,洗个痛快。数百名学生,不可能人人都备一个大澡盆,所以,学校规定,晚饭后,晚自习前,男生由老师带队集体下河,在划定的浅水区擦澡,绝对不准进入深水区。

经常带男生下河擦澡的,就是我们的数学老师覃祥寿。覃老师水性是远近闻名的浪里白条。哪里有人溺水,覃老师就当义务打捞队员,再深的水潭,他都能钻到潭底把人捞上来,救过好多条人命。他带队到河里擦澡时,穿条游泳裤蹲在一块礁石上,两只眼睛像"鸬鹚"一样不停地扫视着河面,有谁越界了,他就高吼一声:"退回去!退回去!"不准学生越雷池半步。有一次,我们正在河边擦澡,有个同学不知是头晕呢还是营养缺乏,出现了低血糖反应,突然一头栽进深潭。覃老师一见,"扑通"一声扎进潭里,一个猛子钻下去,马上抓住那个同学,把他顶在头上,自己则憋一口气,顶着那个同学从深潭走到浅水区,将同学抱上岸。因为有覃老师保驾护航,我们擦澡一直都平平安安。

体育老师文光建水性特别好，蛙游、仰泳、自由式样样都会。他与覃老师轮流带我们下河擦澡。他是初中毕业推荐读的师范，总感到自己水平不高，文凭太低，在下两中学当个体育老师资格不够，准备通过自学，将来找个机会考大学，拿一张大学文凭。他雄心勃勃，主动到高中部当了一个没有注册的旁听生，只要没有他的体育课，我们上语文课他来听语文，上化学课他来听化学，上外语课他来听外语，没听懂的地方，他不但虚心向讲课老师讨教，还放下架子与学生切磋。文老师的好学精神，深深地激励着我们。但遗憾的是，1979年离我们参加高考只差几天，他下河游泳，往回游时刚过河中心，不知是腿肚子抽筋还是心脑血管出了问题，游着游着突然沉下河底。几条渡船和渔船赶过去搜救，也没把他找到，过了两天，才在下游一公里多的地方自己浮了起来。游泳技术高超、带着考大学的美好梦想的文老师，年纪轻轻竟葬身下两河，成为我们很长时间都无法治愈的一个心灵痛点。

肖功明、邓黎明、宋敏智、陈方军四位同学，或从政或经商，都卓有成就，是我们年级的佼佼者。

"谭主任罚我们站乒乓球台，当时觉得很伤面子，现在看来还是为我们好。如果我们那时不听他的话，偷偷下河游泳，如果像文老师那样万一遇到腿抽筋，就惨了。"后来高七九级同学聚会，讲起文老师被水吞没的事，肖功明深有感触。

他燃烧着自己的生命

谭维明主任在下两中学还做过一件功德无量的事——力主开设英语课。

在闭关锁国的年代，学外语经常会被人嘲笑。文化大革命中，好几件轰动全国的政治大事都由外语引发："不学ABC，照样闹革命！"在那样的政治气候下，很多学校干脆停办外语课。我读戴帽初中时，就没学过英语。

1973年，谭主任在下两中学主持全面工作时，学校虽然也开有外语课，但教的是俄语。随着美国总统访华，谭主任敏锐地意识到，中美关系解冻后，将来使用英语的机会可能比俄语多，因为英语是全世界流行最广泛的语言。他在会上大声疾呼："如果不会英语，出国就是会说话又说不来话的哑巴，是听得到声音却听不懂声音的聋子，是看得见字而看不明白字的睁眼瞎。这样的哑巴聋子瞎子怎么学习国外的先进技术？要把下两中学办成一所真正意义上的中学，要把学生真正培养成有现代视野的国家急需的人才，我们得马上开设英语课。"

不少人同意开设英语课，但又为缺老师发愁。全校似乎还没有哪个老师能拿得起英语课。

"没有现成的英语老师，培养啊。何云章考大学时曾考上贵州大学外语系，我看他就可以考虑。"谭主任点了何老师的名。

"可他考上的是俄语专业，不是英语专业啊。"一领导回答道。

"你们可能不知道,何云章读初中时学过英语,多少也算有点基础。把他送到英语培训班去学习深造一下,回来就让他当英语老师,先把课开起来再说。"谭主任拍了板。

多才多艺

何云章老师,是家里的独苗,从父亲一辈到曾祖一辈,何家全是男丁单传。山区农村,一脉四代单传,传宗接代的任务就显得特别沉重。高中一年级时,何老师的父亲就强迫儿子结了婚。要他早结婚的目的,当然是为了早日抱上孙子,可何老师结婚才三个月,身体病弱的父亲就撒手西去。父亲离世,生活愈加困难,为了能继续读书,何老师下了课就到饭馆里去帮工,饭馆老板有时给几角钱报酬,有时请吃一顿饭。寒假暑假,他就到建筑工地去打零工。他学习一直很好,毕业后以优异成绩被贵州大学俄语专业录取。为了上学,他母亲东借西凑,筹集到十三元钱、二十斤粮票。没钱买票,他准备步行到贵州。走了七八天,到了重庆,再也没有力气往前走了,钱也花得差不多了。在重庆歇了两天,不得不折回了家,就此失去了上大学的机会。回来后,何老师当了代课老师。第二年,他报考了不收学费的达县师范学校语文班,毕业后被分配到筹建中的下两中学。学校缺音乐老师,就让他教全校的音乐课。

何老师属于多才多艺的人物,二胡、笛子、手风琴无所不会,学校开联欢晚会,主持人往往非他莫属。何老师心灵手巧,会做多种乐器。他带领学生从山上砍来水竹,用竹管做笛管,用竹膜做笛膜,几乎为喜爱笛子吹奏的同学一人做了一支笛子。南江一带蛇多,他听说某人捉了条大蛇,就上门将蛇皮讨来,将楠竹蒙上蛇皮做成二胡,让喜爱拉二胡的同学人手一把二胡。不少学生摸着把二胡就能"鸡嘎嘎""鸭嘎嘎"地拉上一曲,摸着支笛子就能"多来米""米乃多"地吹上几句。

谭主任得知涪陵师专开办英语培训班,就要了个名额,将何老师送了过去。经过一年培训,何老师成了下两中学既教音乐又教英语的老师。

我到下两中学读书那会儿,何老师五十来岁,个子不高,黑瘦黑瘦的,眼袋下垂,眼窝深陷,戴一副茶色眼镜。他讲课时,听到下面有人小声讲话或哧哧发笑,回过头来,用眼睛瞄准传出声响的地方,不说话,不批评,就是那么拿眼睛瞄着。只要他回过头来拿眼睛那么一瞄,小声说话的人不敢再吱一声,哧哧发笑的人也赶紧把面皮绷紧。他那双眼睛不大,可看着瘆人。何老师还有一个独门绝技——他发现哪个同学上课不认真听讲,就将粉笔向那个同学扔去,每次粉笔都准准地落在那个同学的课桌上,不偏不倚,轻轻地发出"啪"的一声。当没有认真听讲的同学集中了注意力,他才回过头去继续讲课。刚开始接触何老师,他给人的第一印象是城府很深,有点拒人于千里之外的威严,但只要与何老师相处一段时间,就会发现他对学生同样很爱,只是表达爱的方式与其他老师不一样罢了。他外表冷淡,内心却揣着一团火,对学生的爱特别真挚。

何老师总觉得自己英语底子太薄,怕误人子弟,他就找了一台留声机,买了英汉对照单词、英语语法、英语歌曲的碟子,边学边教,现炒现卖,遇到实在弄不懂的地方,就走一百多里路,去向南江中学的英语老师请教。

初中高中所有班级的英语课全由他一个人教。没有教材,需要他编写,编好后需要刻蜡版,刻好蜡版后还得自己印刷,印刷好后再逐一分发给同学。何老师教好几个年级的英语,需要几套不同的教材,刻几次不同的蜡版,搞几次不同的印刷,就是刻教材这套活都得付出比其他老师多好几倍的精力,他为此得加更多的班，熬更多的夜。

几个年级讲的课程不一样，写的讲义不一样，还得避免把讲义拿错，把课讲错。何老师就用袋子的颜色进行区分，装高中毕业班讲义的袋子用红色，高中一年级的用白色，初中二年级的用绿色，初中一年级的用黑色。所以，只要一看何老师手中拎的袋子的颜色，就知道何老师要到哪个班级去上课。

何老师上课还有一个特点，手里经常拿两支粉笔，一支白色，一支红色，白色的用于书写，红色的用于打点和画线，以示区别。他的板书极好，落在黑板上的汉字美观大方，落在黑板上的英文也漂亮好看。不管是大写字母还是小写字母，字母的斜度均掌握得恰到好处，连笔写得相当快，一句话一笔就完成了，看起来圆润流畅。

文明导引

或许是何老师受英语环境的影响，或许是他看过不少英语原版书的缘故，在日常生活中对西方文明表现出一种天然的摹仿，听到谁说脏话就大发雷霆。

一些男人爱说"锤子"这个词，动辄"锤子兮兮的"。有些同学受家庭环境影响，把脏话带到了学校，常把锤子挂在嘴边。一天，有个男同学与另一个男同学发生争执，当着好多人的面说了一句锤子，恰巧被何老师听到了。他当时没有批评那位男同学，进了教室后，他用教棍指着那个男同学，喝道："站起来！"那个同学站起来后，何老师又说："把你的练习本拿出来放在课桌上！"那位同学莫名其妙，我们也都莫名其妙。"你刚才不是在教室外面说'捶纸'吗？你面前摆着练习本，练习本就是'纸'，你要'捶纸'就使劲捶吧，我们大家看着你捶，让你今天把'纸'捶个够。"啊，原来何老师设的机关在这里，他用"捶纸"替换了"锤子",目的是想让爱说脏话的同学长个记性,从今往后改掉说脏话的臭毛病。那位同学低着头,红着脸,用拳头捶了一下纸。"再捶,接着捶。"何老师催促着。那个同学又捶了一下,再也抬不起拳头,"我错了。"他轻声说。

"知道错了就好,请坐下吧。同学们,请大家记住这位同学今天的教训,校园是传播精神文明的地方,'出口成章'说明你口才不错,很文明,而'出口成脏'则说明你缺少教养,很野蛮。按照老祖宗对文人等级的划分,进了小学就是童生了,进了初中就是秀才了,进了高中就是贡生了,进了大学就算中举了,你们已经相当于贡生,算是有文化的人了,文化人说话得像个文化人的样子,我希望大家都能出口成章,不要出口成脏。"

何老师不准大家说脏话、随地吐痰。他的表率作用做得很好,衣兜里总是揣着几张纸,有了痰就摸出一张吐在上面,包好丢进纸篓。他最见不得有人随地吐痰,只要见着谁随地吐了一口痰,他必定出语刻薄:"你们不认识那个痰字吗?不会写那个痰字吗?那是病盖下面加一个炎字,有痰说明你的气管有炎症,出了毛病!随地吐痰就是传播细菌,就是对别人投毒!西方人也有痰,可他们有痰不随地吐,吐在纸巾上,丢在垃圾箱里。中国人没有养成将痰吐在纸巾里的习惯,使用痰盂。痰盂摆在公共场所,人来人往,看着本来就有失大雅,可有的人连痰盂都不用,想往哪里吐就往哪里吐,那样的人还没有开化,是野蛮人。有些人身为高中学生,还与野蛮人为伍,太可耻了。我不要求大家都将痰吐在纸巾里,起码也要吐进痰盂啊。你们想方便了为什么知道找厕所,要往厕所跑,怎么吐痰就不知道找痰盂,往痰盂里吐呢?"

山区来的孩子,习惯成自然,不是何老师批评那么一次就能改掉的。教室里仍然时不时出现片片痰迹。何老师一见,气不打一处来，语言由平时的温文尔雅变得尖辣刺人："如果我没有讲，那是我这个当老师的没有教好。如果我讲了一次甚至两次，有的人还是随地吐痰，那就不是我这个当老师的没有教好，是你们父母没把你们教好，是有些人从胎里带来的！这样的人，连牛都不如，只能永远与野蛮为伍，当一辈子野蛮人！"他黑着脸在讲台上讲，那些随地吐痰的同学坐不住了，一个个面红耳赤。下了课，他们悄悄将自己吐在地上的痰用脚擦掉。

说来也怪，经过何老师一顿猛剋，吐痰的人大大减少，我们班的地面很难看到痰迹了。

何老师也教我们学习西方人的礼仪。他讲西方人道别时，一般的规矩是，先退后半步，弯腰鞠躬，让客人走了自己再走。"礼仪在西方也是一块敲门砖，是表示一个人接受教育的程度，是文明养成的表现，其他地方做得再好，礼数不周到，那个人的人格也是残缺的。中国是东方的文明古国，历来注重礼数，可现在有些人不懂礼数，说话粗鲁，分不清长幼，这样的人走上社会，一定会遭受挫折。"何老师把遵守礼仪上升到前途命运的高度，让人震动。

何老师平常表情严肃，脸总是绷得紧紧的，哪怕在舞台上演奏乐器，也像一尊石膏像，脸部轮廓分明，不露笑意。但有一次，他也表现出了一点幽默感。

一个同学病了，住进了医院。何老师走进教室后，发现那个同学的座位空缺，询问班长得知缘故，便问了一句：

"生的什么病需要住医院？"

"胆道蛔虫。"

"嘿！胆大的蛔虫，还敢钻进我学生的肚子里去！气煞老夫也！"何老师嗓门突然提高八度，圆睁双眼，目光炯炯有神，像在舞台上表演京剧念白。同学们一个个睁大了眼睛，盯着何老师。他的这一表演让人吃惊。他平时严峻自持，不苟言笑，偶发一语，耐人回味。我听了何老师的"念白腔"，想笑而没有笑出来。何老师突然变调，接着说，"胆道蛔虫主要是吃了不干净的食物，虫卵进入肠道后生长发育，变成蛔虫，钻进胆道，发作时疼痛难忍，十分痛苦，甚至危及生命。希望同学们讲究清洁卫生，饭前便后洗手，不吃不干净的瓜果，勤剪指甲，不随地大小便。请同学们利用休息时间到医院去看看他，鼓励他把钻进胆道里的蛔虫抓出来！"放学后，何老师真的带我们去医院看了那位同学，还掏钱买了慰问品。

何老师的那次小幽默让我们记了一辈子。

不幸降临

何老师讲课的时候，不允许任何人打扰，包括他的家人。

有一天，何老师正在上课，大女儿何丽梅站在窗户外向他招手，何老师装作没有看见，继续上课。下了课，何老师走出教室，见她站在外面嘤嘤哭泣，就板着脸责问。

"妈妈把腰绊了！"

"把腰绊了？绊得厉害不？"何老师赶紧问。

"绊得不能动了，床都下不了啦。"女儿边哭边说。

"你怎么不早点告诉我？"何老师的妻子是农民，不但要照管一大家人的吃喝拉撒，还得参加农业劳动挣工分，把腰摔坏了意味着丧失劳动能力。何老师一听妻子的腰绊得那样厉害，马上着急起来，大声责问女儿。

"我向你招手你没理我！"

"你给我说啊，你哑巴啦？"

"你正在上课我敢说吗？我说话你又要'诀'（骂）我。"

何老师请了假，拉着女儿，到区医院请了个骨科医生。

"骨头没有问题,"医生说,"据我观察,你爱人早就患有腰肌劳损的毛病,这次绊了一下,导致了陈旧性腰肌劳损急性发作。这种病虽然没伤筋没动骨,可疼得厉害。贴膏药、吃消炎止痛或舒筋活血的药都有效果,可都只治标不治本。而治腰肌劳损本来就没有什么特效药,全靠卧床静养,以后一定要注意,再也别让你老婆干重体力劳动了。"

医生开了消炎止痛和舒筋活血的药,给何老师交代了注意事项。

何老师的妻子在腰上贴了两张狗皮膏药,又吃了活血化瘀的中成药,养了几天,病症稍有减轻,就又能下地劳作了。山区农村的家庭主妇,只要能动就得动,享不起静养这个福。

何老师是个很不幸的人。

妻子自那次绊腰之后又活了几年,何老师刚过知天命之年,她就撒手而去。何老师拖着几个孩子,日子过得很艰辛。有一次,他患胃溃疡,住院做手术,全班同学排了轮值,准备依次到医院守护。何老师坚决拒绝了同学们的一片心意,说,"不妥!不妥!你们不久以后就要高考,千万不要因为我生病耽误学习。"住院半个月,一直让大儿子请假陪护。

何老师本来精瘦精瘦,从医院回来,脸似乎显得又小了一圈,眼窝陷得更深,眼窝周围一圈黑色。但他没有卧床休息,又提着各色装教案的包,佝偻着腰,在各个教室间穿梭。

"川普"英语补习班

何老师教我们学英语时,国门才刚刚开启,就连万众瞩目的高考都没有把外语放在应有的位置上。第一次恢复高考时,除报考外语专业院校需要考试外语外,普通院校招生不考外语。第二次外语要考试,但不计入总分,只供参考。1979年以后,高考必考外语，但也是逐渐提升的：1979 年仅以 10% 的比例计入总分，1980 年为 30%，1981 年为 50%，直到 1982 年，外语才成为主课，100% 计入总分。所以，当时我们学习外语的积极性并不高。

"请同学们注意，现在英语虽然还不怎么吃香，但随着社会经济文化的发展，国家对英语的需求将越来越多，英语会越来越吃香的。请同学们不要鼠目寸光，眼睛要看远一点，要看到未来，如果你们现在不好好学习英语，将来会后悔的。"何老师经常给我们念这一类的经。

为了提高学生学习英语的积极性，也是为了发现热爱英语的人才，何老师在学生食堂大门前贴了一张海报："有对英语学习感兴趣的同学，请于星期天到周五晚上六点半到七点半，到我宿舍学习英语。有愿意者，找我报名。"他不收一分钱，还要倒贴开水，有些同学没吃晚饭他还要倒贴一顿晚饭。

海报贴出去后，有十五个学生报了名。开办没多久，人数逐渐减少，最后只剩下了几个。

我开始也进了那个学习班，但我见高考连分都不计入总分，就觉得学英语"没油水"，不如把学英语的时间用来学数理化，就退出了。1978 年我高考名落孙山。1979 年复读，何老师又动员我加入学习班，我得知这年的外语已被列入必考课目，但只以 10% 计入总分，仍然谢绝了邀请。1979 年高考，我英语只考了十九分。进大学后我后悔不迭，因为同学一个个的外语都很好，我外语考试却总是"邀鸭儿"。为了补上英语这一课，我把几年的业余时间都用来对英语进行恶补，但因为基础太差，再怎么努力，也是中等偏下，不但读外文专业杂志、听外语讲座困难，考研究生也因此大受影响。

张建国、蔡以强、廖蓉、王海秋四位同学则坚持了下来。

何老师对这四位同学下了硬指标：进入他的寝室，只准说英文，说不出来先查词典，写在纸上，再说出来。一年之后，他们都能用英语进行日常对话了。

一心扑在学生身上

何老师因为有过考上大学没钱读而弃学的经历，深知山区孩子只有通过好好读书才能改变命运，所以对山区农村孩子始终敞开慈父般的胸怀，这在他的两位高足——张建国和蔡以强的身上体现得最为明显。

张建国和蔡以强平时都是自己做饭吃，高考前几天，何老师突然要他们到老师的伙食团去买饭吃，"你们现在不要自己蒸饭了，这几天天气炎热，自己在家里带的咸菜很快就发霉了，稍不注意就会坏了肠胃，跑肚拉稀，影响高考。你们去我们食堂吃饭，饭菜票就记在我名下。"蔡以强和张建国也没有客气，一直蹭到高考结束。何老师一个月就那么四十来块钱的工资，二十七斤供应粮，还拉扯着几个孩子，日子本来过得紧紧巴巴，突然增加两个十七八岁的大肚汉，真是把他吃穷了，吃惨了。

1979年高考，英语考完后，何老师给我们每人买了一根冰棍，以表庆贺。冰棍叫冰糕，清水里放点糖精和色素，质量很差，但那是不少同学第一次吃冰棍，张建国回忆说当时的心情和那天的阳光一样明媚，终身难忘！高考结果，张建国一炮打响，考入中国人民解放军空军工程学院，即现在的空军工程大学。

张建国英语考了八十三分，帮了大忙。大学本科毕业后，他在空军部队从事翻译工作，用的主要是英语，很多时候都要从无线电干扰信号和各种方言俚语中沙里淘金。有此实践和功夫，听普通的新闻电视广播和互动交流就不在话下了。在后来的研究生考试中，也正是得益于其外语基础好，一次性考试通过，进入全军最高军事学府国防大学攻读战略学专业研究生,为其毕业后进入军队高级机关工作铺平了道路。张建国每次与我们相聚时,都深有感触地回忆说:他自拜何云章为师后,人生几个重要的节点都得益于英语基本功好,是何老师为他开启了走出大山、走向世界的语言大门,是英语学习为他插上了飞得更远、飞得更高的翅膀。

蔡以强,这位何老师的高徒,与英语的关系则更加密切,他终身以英语为业,英语成了他安身立命之根。

蔡以强家住偏远的蔡家山,家有五兄妹,他是老大,下面的几个弟弟妹妹有的读初中,有的读小学,母亲常年生病,全家靠父亲一个人在生产队挣工分养家糊口。1978年高考名落孙山,复读一年,1979又以两分之差被挡在了大学门外。这给了他沉重的打击,怄得两天饭都吃不下。

而恰在1979年高考结束,分数还没有公布,何老师被调回老家长赤区中学教英语。高考分数公布后,得知爱徒蔡以强又掉了榜,何老师心里也很难过。

"丽梅,你把家里照看好。我明天到下两去一下。"高考成绩公布的第二天,晚饭后,何老师对大女儿何丽梅说,他要去下两看蔡以强。

第二天清晨,何老师早早出发,赶在太阳下山前到了蔡家。

蔡以强正和父亲在山坡上给玉米施"攻苞肥",听到何老师来了,飞快跑回到何老师跟前,像个孩子一下,拉着何老师的手,"呜"地一声哭了起来。

"蔡以强,别哭,别哭。"见蔡以强失声痛哭,何老师也禁不住泪眼婆娑。

"何老师,我辜负了您的希望啊。"蔡以强痛哭不止。

"你学习是努了力的,别哭了。这次没考上,再考嘛。"何老师宽慰道。

"再考？不能再考了，我得在家干活，帮助父亲维持这个家。"听何老师说到再考，蔡以强回头拿眼睛看着紧紧跟来的父亲，直摇头。

"蔡以强这娃儿太不懂事，站在这里说话。何老师大老远来，快请进屋啊，有话进屋说嘛。"蔡以强的父亲过去经常听蔡以强摆过何老师的好处，还在给蔡以强送口粮时在学校见过何老师，也算认识，此时走上前来，把何老师往屋里领。"何老师是贵客，蔡以强，把那只花公鸡捉来杀了。"刚到院坝，又马上吩咐。

"要得。"蔡以强飞快地跑去捉鸡。

鸡刚归圈，蔡以强伸手从鸡笼边把家里唯一的一只梅花公鸡逮住了。鸡拼命蹬腿挣扎，"咯咯咯"乱叫。

"鸡不能杀！杀了我也不吃！"何老师从蔡以强手里一把将公鸡夺了过来，顺手把公鸡甩进了鸡笼里。大公鸡抖抖翅膀，"咕——咕——咕——"发出一声振动屋瓦的长鸣，似乎是感谢何老师的救命之恩。

"你这样的贵客到家里来，我们连鸡都不杀，怎么招待你呢？何老师？"蔡老汉见何老师将捉住的鸡给放了，一脸无奈。

"我来就是要和你们摆摆龙门阵，你们吃什么我就吃什么，地里的菜现摘现炒，我喜欢。把鸡留着，当特别需要钱的时候还能卖几个钱救救急。"何老师说。

"这可就太怠慢何老师了。"蔡老汉见何老师是个实在人，就真的从地里摘了一筐南瓜丝瓜茄子辣椒，炒了几个素菜，招待何老师吃晚饭。

"蔡以强这次又没考上，蔡大哥打算怎么办？蔡以强真的就不读书了？"晚饭后，何老师当着蔡以强的面问蔡老汉。何老师知道蔡以强虽然嘴上说不再参加高考了，心里还是渴求复读的,蔡以强能不能重回课堂,关键是蔡老汉的态度。

"何老师,蔡以强的书不能再读了,再读也没有用。他小时候我请算命子给他算过一卦,说他一辈子走不出蔡家山,是个扛锄头的命。去年他高考没有考上,我就没准备让他复读,要他认命,他不听,哭着要去复读,我依了他,结果怎么样?不是照样没考上?他命中注定考不上大学,人争命不争,就不勉强了。"

"蔡大哥,算命子的话可不能信。算命子要是真的能掐会算,他们也就不会坐在路边当算命子,吃那种靠耍嘴皮子骗人的饭了。蔡以强去年没考上,分数是差几十分,今年虽然也没上线,可只差两分,进步很大嘛,说不定再读一年,明年就上线了呢。如果因为信了算命子的话,让蔡以强丢掉了上大学的机会,真是太可惜了!太可惜了啊!蔡以强会痛苦一辈子,你也会痛悔一辈子。"说到这里,何老师哽咽起来。

"何老师,我又何尝不想把蔡以强供出来呢?当爹妈的都希望子女个个都有出息啊,可您看我家这个状况——他妈是个病壳壳,下边还有四个弟弟妹妹在读书,他读到高中毕业已经很不容易了,我不能为了蔡以强,让他的几个弟弟妹妹都当睁眼瞎哟。"蔡老汉听何老师说得句句在理,也泪溃溃地说起自己的苦楚。

"你家的困难确实大,但再大的困难只要咬咬牙也能挺过去,我的意见是家庭困难再大,也要让蔡以强再复读一年。蔡以强的强项就是英语,我调到长赤去了后,下两中学的英语课也开不下去了,你们看这样好不好,能不能让蔡以强跟我到长赤去,继续冲刺高考?"何老师爱才心切,在他眼里,只要蔡以强抓住英语不放,一定会搞出名堂的,他不愿意让一个很有发展前途的学生被埋没了。

"跟你到长赤去读书？那麻烦就更多了。过去在下两中学读书，他每周回家背粮食，有米时多背点米，米少时多背点红苕洋芋。长赤离家这么远，别说每周回家背，就是一月回家背一次都不现实。生活问题怎么解决？"蔡老汉还是摇头。

"蔡以强的生活问题蔡大哥不要担心。我的大女子丽梅因为跟着我学习，英语的底子打得比较扎实，已经安排到一个乡的戴帽初中当英语老师去了，我的负担减轻了不少，蔡以强就在我家里住，在我家里吃，如果有米呢，一学期给背点米来，没有米也就算了。一年时间，很容易对付。"何老师拿出了解决蔡以强生活的具体办法。

"这当然太好不过，只是给您添的麻烦太大了。我们家里的人多吃红苕洋芋，尽量多攒点米给蔡以强。"听何老师这样一说，蔡以强的父亲脸露笑容，点头同意。

"何老师这可真是救了我的命啦。"蔡以强更是喜出望外，感激涕零。在蔡以强眼里，这不是一根救命的稻草，是一条救命的保险绳。

就这样，蔡以强被何老师带到了长赤中学，一年三百六十五天，在何老师家吃住，白天在高中毕业班插班当旁听生，晚上就跟何老师学习英语。1980年，蔡以强英语考了89分，以优异成绩进入重庆师范大学外语系，毕业后先分配到达县地区教师进修学院当英语老师，后来又调到重庆大学任教，升任为重庆大学外语学院院长助理。

而在何老师英语学习班坚持下来的廖蓉和王海秋同学，也都一辈子与英语结缘。廖蓉高中毕业时，恰逢他父亲从下两区文秘岗位退休，那时参工实行顶替制度，她顶班到农业银行上了班。私人办学兴起后，廖蓉在成都办了一所双语幼儿园。幼儿园质量有保证，生员越来越多，规模越办越大，逐渐由一所发展到几所,成为成都很有影响的幼儿教育集团。而王海秋则考取了达县师范专科学校外语系,毕业后分配到一所普通中学当英语老师。因为他英语教得好,受到学生爱戴,被调往一所省级重点中学教外语,终身用外语为社会服务。

何老师不是神仙,不可能预测到每个学生的未来,但他心怀慈善,把每个学生都当天才去培养。在他的精心呵护下,好多学生,靠外语知识为自己创造出了美好的前程。

过度的操劳严重地损害了何老师的健康,2003年,他六十多岁的生命戛然而止。逝者长已矣,但何老师那善良的灵魂,一直活在同学们心里。校友相聚,讲到何老师,都对他赞叹不止,受过何老师大恩的蔡以强和张建国,只要一说到何老师的名字,就两眼发涩,语气低沉,不断地回忆何老师是怎么给他们开英语小灶,高考前怎么领他们到教师食堂就餐,"没有何老师的精心教诲,哪有我们的今天?"回忆起寄宿在何老师家的三百六十多个日日夜夜,蔡以强泣不成声。

何老师并不是一个非常拔尖的英语老师,特别是他的发音,再怎么听都带有浓浓的"川普味",乃至他教出的学生都有一个共同的缺点——笔试的能力强,听力和口语表达弱。就是他的高徒张建国和蔡以强进入大学后,天天跟英语打交道,前半年上外语课都觉得特别吃力,因为大学老师说的英语没有"川普味",开始时有些内容他们还听不懂。经过一年半载的磨合,才从川普味中走出,适应了标准英语的语境。但何老师这个并不特别拔尖的英语老师,竟受到学生最诚挚的尊敬,在他去世好多年后,他的学生还没有忘记他,讲到他时还激动万分,情绪难以控制。

人过留名,雁过留声,何老师虽死犹荣。

正直的杨校长

谭主任考上了国家教委委托四川大学办的进修班。当时还没有招研究生，进修班就是研究生班。1977年初，杨绍文从大河中学调到下两中学担任校长。

戒　烟

杨校长平时说话总是笑眯眯的，一脸慈祥，但对课堂纪律要求特别严，上课时手里总是拧着根教棍。教棍又粗又长，直溜光滑，因为使用时间太久，黑红发亮，油浸浸的。我没有看见他用教棍敲打过哪个学生，可我经常看到他用教棍敲桌子。只要哪个学生听课不认真，交头接耳，他也不点名批评，就用教棍敲讲台。见哪个学生上课打瞌睡，他也不说话，径直走到学生跟前，"啪！"的一教棍重重地敲在课桌上，让教棍代他发言。那"啪"的一声响，如县令击打惊堂木，打瞌睡的往往被吓得一激灵，眼睛一下睁得溜圆，清醒过来。不知杨校长手里的那根教棍，前前后后惊醒过多少梦中人。

杨校长的教棍敲得特别响，训起人来语言犀利尖刻，牙巴骨咬得咔咔响，放出的话特别狠："你不好好听课，也对不住你老汉给你背红苕洋芋嘛。你现在坐在这里读书，风刮不着，雨淋不着，你知道你老汉现在在干什么吗？正在汗流浃背地耕田呢！鲤鱼跃龙门，跃上去了，就成龙升天，跃不上去，就成蛇钻草。上课不好好听讲，上什么大学？跟你老汉一样，上一四七大学吧。扁担直直的像不像一？犁头方方的像不像四？锄头带个钩像不像七？你们谁愿意上一四七大学，现在就举手，我马上批准，你现在就可以回家向你老汉报到！"学生都怕杨校长，特别是那些调皮捣蛋的学生，一听说"杨校长来了！"马上就规矩了。

也有胆子大，不怕事的。有个叫曾志江的学生读初中时就偷偷抽烟，为此挨过不少次家长的耳光，可他就是打不怕，打得再厉害也照抽不误。学校当然不准学生抽烟，就连"文革"中的下两中学，校规中就有一条规定得很明确："禁止学生抽烟。"可曾志江对这条校规视而不见，不但继续抽烟，还变偷偷摸摸为公开抽烟。在他的影响下，好几个学生也偷偷摸摸抽起烟来。

为了刹住抽烟风，杨校长专门安排了一堂政治课，专门讲抽烟的危害。

杨校长知识非常渊博，他从烟草的起源讲起，把烟草对呼吸系统、神经系统、血液循环系统的种种危害讲得振聋发聩。他整整讲了两个课时，讲毕，又组织学生展开大讨论。

"有人抽烟！"那天，杨校长刚把抽烟的危害讲完，下了课脚才跨出教室门，背后就有一个女同学尖声叫了起来。

杨校长返身一看，只见曾志江嘴里叼着烟，屁股一抬，坐到了课桌上，正准备点火吞云吐雾。

曾志江见杨校长返回了身，马上把屁股从课桌上移了下来，俯下身，将烟从嘴里取了下来，站在课桌前，准备迎接一场暴风骤雨。

杨校长见曾志江主动将烟从嘴上取了下来，暴风没刮，骤雨未下，连教棍都没往他前面的课桌上敲一下，只对曾志江轻轻说了一句，"你到我办公室来一下。"转身走了。

曾志江作好了劈头盖脸挨一顿批评的精神准备，跟着杨校长来到办公室。"你坐下。"谁知杨校长并没有狠狠剋他,而是叫他坐下。

"我刚讲完吸烟对身体的危害,你为什么不听话,还要抽烟?"杨校长问。

曾志江看了杨校长一眼,没有回话。

"说说吧。"

"你要我说,那我可就真说了。"见杨校长催促,曾志江涨红了脸。

"你说。你是怎么想的就怎么说。"杨校长鼓励。

"你说抽烟又熏肺子又熏喉管,危害那么多,你自己为什么要抽烟?"曾志江圆睁双眼,死死盯着杨校长问。

这一问,真把杨校长给问得哑口无言。

杨校长没别的嗜好,就是爱抽烟,而且从参加工作抽起,一直抽到现在,算得上老资格烟民。由于烟瘾太大,不但在宿舍里抽,走路时抽,有时站在讲台上嘴巴里还叼着一根烟。看着曾志江那紧盯着自己的两只圆圆的眼睛,杨校长陷入了沉思。把抽烟的危害讲得天花乱坠,可自己总是抱着烟枪不放,那教育的效果还不是瞎子点灯——白费蜡?曾志江现在盯着自己,其他抽烟的学生也都盯着自己,这是逼上梁山啊,我为什么不借机把烟给戒了呢?

"我这个当校长的教育你们别抽烟,自己却当烟灰,没以身作则,确实不对。我们订个君子协定,从今天起,我不抽烟,你也别抽了,行不行?"杨校长向曾志江提出建议。

"你不抽烟?"曾志江摇摇头。

"我不抽,你也不抽。"杨校长回答得很干脆。

"好。那我们一言为定。"曾志江回答得更肯定。

杨校长从此不再抽烟了,曾志江也不再抽烟了,有几个跟着曾志江偷偷摸摸当"地下小烟民"的学生也将烟偷偷戒了。

"杨校长,你真是神人啦,为帮我家那个不争气的东西戒烟,我打过他,捆过他,还饿过他的饭,都没让他把烟戒掉,你一堂政治课就让他改邪归正了,你是曾志江的大恩人,是我们家的大恩人啊!"曾志江的父亲找到杨校长,要给杨校长下跪道谢。

曾志江从此不但没有再抽烟,也不再调皮捣蛋,学习成绩也慢慢跟了上来,邮电局参工考试的时候,他还考了第一名。

"妈,我考上了。"曾志江拿着录取通知书向母亲报喜。

"你考上了什么?"母亲不明白儿子说话的意思。

"我考上邮电局了,还考了第一名。"曾志江回答。

"考了第一名?"曾志江的母亲根本不相信自己的儿子会考第一名,用手摸了摸曾志江的额头,"你不发烧啊。"

"我不是在发烧说胡话,是真的考了第一名。你看,这是成绩单。"曾志江把录取通知书展现在母亲眼前,通知书上盖着鲜红的印章,假不了。母亲这才相信,昔日那个忤逆子果真变好了。

记过处分引发的故事

杨校长外表威严,叫有一副菩萨心肠,有关"001号"同学的故事,就很能说明杨校长的心地。

那时,学生吃的饭,因家庭条件不同,蒸的食物也不同,但不管蒸什么,都要自己装在碗里,放进学校的大木甑子里,统一蒸熟,开饭时自己去取。为便于区分,避免拿错饭,学生都在碗上下功夫,尽量让自己的碗有特点,弄得五颜六色。但几百个碗,不可能个个特色鲜明,特别是那些土巴碗,一个坯子铸的,大小相差无几,一个窑子烧的,颜色基本相同,端错饭的事时有发生。蒸的红苕被端错,留下一碗红苕,或许意见不大,蒸的一碗大米饭被端错,留下一碗红苕或苞谷,情绪就坏透了。很多时候，甑子边都因端错碗而吵吵嚷嚷。也是活该同学张月华摊上事，那天，他去得晚了些，偌大一个甑子只剩下两个碗，一碗是自己的红苕，一碗是红苕饭。那碗红苕饭主要成分也是红苕，大米没有几颗，可即使碗里只放了几颗米，那也提高了一个档次，叫蒸红苕饭，不叫蒸红苕。他把自己的那碗红苕端起吃了，感觉肚子还空空的，见这么晚了没人来取那碗红苕饭，猜想那碗饭的主人可能有别的急事离开了学校，中午不会来吃饭了，饭放到晚上就要发馊，不如干脆吃了，等有机会还那个同学一碗饭就是了，于是端上那碗饭吃了起来。

"你怎么偷我的饭吃？"张月华刚把那碗饭几口送进嘴巴，正准备放碗，一个同学急吼吼跑了过来。

"对不起，对不起。我晚上还你的饭，不放红苕，还你一碗白米干饭。"

"谁要你的白米干饭？走！到学校领导那里去说清楚！"那位同学根本不为张月华的那碗白米干饭所动，拽着张月华的胳膊直奔领导办公室。

学校领导正为一些同学端错饭碗的事而伤脑筋，早就想抓出一个乱端别人饭吃的典型，张月华恰恰撞到枪口上。学校领导一研究，决定给张月华记过处分。

布告栏里贴出了处分决定。那是当年下两中学贴出的第一份给学生记过的布告，排001号，所以，张月华同学也就有了一个很不雅的绰号"001号"。"记过"处分短短两行字，印在一张十六开的白纸上，装进了张月华的档案袋。

我佩服张月华的心理素质。若是别的人为吃碗饭而背个处分，闹得全校沸沸扬扬，不寻死上吊，也会被压得抬不起头，精神萎靡，可张月华该打球打球，该唱歌唱歌，继续努力学习，不为处分所动。

"张月华的处分我建议给他撤销了,不要让他背着个记过处分离开学校。"临近高考,杨校长提出动议。

"处分既然给了,还是不撤销的好。给了处分又撤销,显得学校对人的处理太不严肃了。"有领导不同意。

"处分是为了教育人,既然教育人的目的已经达到,那个处分本身的意义也就显得无足轻重了。用现在的眼光看,张月华为那点事而背个处分也太重了。从我们领导的角度讲,学生错端别人的饭吃,我们也有管理不善的责任嘛。如果我们工作做得更细一点,学生开饭时有个老师在那里执勤,端错饭的事是不会发生的。张月华是从我们学校走出去的学生,我们不应该让张月华走出校门时,背着个受了处分的政治包袱啊。"杨校长据理力争,最终说服了别人。学校出了一个红头子文件,撤销对张月华的处分决定,将那个"001号"当着张月华的面销毁了。

张月华昂首挺胸走出了下两中学校门。

关于这个001号,还有故事需要交代。

张月华没有考上大学,回农村不久,海军招兵,一下就入选了,可政审遇到了麻烦——有居心叵测者向接兵的人揭发,说他在学校品德有亏,受过处分,为了保护国家专政柱石的纯洁性,不能让盗窃犯混进部队。为了证实揭发的事实不虚,揭发信中还特别列举出张月华的处分号001号。

接兵的立即到下两中学调查。如果学校证明张月华确实犯过盗窃错误,他们只得忍痛割爱。

"张月华同学确实因端错一碗饭而受了个记过处分,但张月华端错饭的主要责任不在他而在学校,是当时学生食堂管理粗放,存在漏洞,学生端错饭的事曾多次发生。就在张月华端错饭后,学校总结教训,加强了对学生食堂的管理,端错饭的事就再也没有发生了。所以,张月华同学毕业前,学校就已发文正式撤销了对他的那个处分。张月华在学校的表现，我作为校长，可以负责地担保，他不但学习踏实努力，而且政治品质可靠。"杨校长作了这样的证明。

张月华由此顺利走进了军营。从军后顺风顺水，被提拔成了海军军官。

张月华没有辱没下两中学的名声，没有辜负杨校长一番苦心。

"捡落地桃子"风波

受到杨校长关照的学生远不止张月华，我也是其中之一。

杨校长叫杨绍文，我二舅也叫杨绍文。这种巧合，让我对杨校长有了一种天然的亲近感。在父亲"遭整"之后，我才体会到杨校长的慈悲大爱。

父亲黄国让本来是1948年加入中国共产党的，1950年参加抗美援朝，1953年底复员返乡。为了照顾寡居的奶奶，他放弃国家安排的工作，回乡务农，在生产队担任出纳。父亲生性耿介，说话不会绕圈子，多次抵制过上级的瞎指挥，无形中得罪了领导，个别干部总想找碴子收拾他。

农村常见的文娱活动，就是一帮人围在一起摆龙门阵。上下五千年，纵横数万里，大道新闻、小道消息，能端上桌面的，不能端上桌面的，都要拿出来摆。当然，男女之间的那点事是龙门阵最重要的内容，所谓"不讲男爱女欢，太阳下不了山"嘛。父亲识文断字，当兵出过远门，算得上见识广博，加上性格外向，往往是摆龙门阵的主角。他最喜欢摆的龙门阵是时事政治，特别是国家领导人的变动更迭。从广播听来的他摆，从报纸看来的他摆，小道听来的他也摆。为了增加素材，有时还特意多方打听，再加上自己的评论。父亲信口开河，口吐白沫吹，其他人神情专注,尖起两只耳朵听。

也是父亲合当出事。1976年,"四人帮"被粉碎,华国锋被选为领导人。群众议论纷纷,有人说四人帮早就该被"圈起来"了,有人说邓小平根本不该被打倒,也有人怀疑华国锋没有领导中国这样一个大国的能力。父亲在摆龙门阵时,除了表示对四人帮的愤慨,对邓小平的同情,还对华国锋说了一句带评论性质的话:"华国锋捡了个落地桃子!"

"捡落地桃子"是川东北一句俗话,意思是某样东西不该某人得,而某人却巧遇机缘,不该他得的东西被他轻松得到,好比桃子落到地上,某人一弯腰就捡到了手,别人费不少劲往树上爬,却没有摘得桃子,两手空空。有人将这事报告到上级,当时,正在"抓纲治国",追查"反革命政治谣言",开展"清渣渣""搬石头"运动,说"华国锋捡了个落地桃子",可是犯了"恶攻罪"啊。

上级派来了工作组。父亲多次挨批斗,可他一直没承认说过这句话。承认攻击"英明领袖",不被杀头,最低也要判三五年。父亲平时说话口无遮拦,我猜摸这句话他说过,但对这句话的利害,还是心知肚明的。定不了恶攻罪,工作组就另想办法,以贪污罪收拾他。他们给父亲安上了一个贪污八百多元钱和八百多斤粮食的罪名。一个生产队的出纳,每次分粮群众都在场,几斤几两,当场过秤,当场记账,怎么贪污粮食?一年经手的现金往来就那么一千来元,怎么能一下就贪污八百多元?但欲加之罪,何患无辞?工作组硬是给父亲戴了顶贪污分子的帽子,把他开除出党。

"贪污"的钱要赔,"贪污"的粮食要从生产队分的口粮中扣还。家里的日子原本就过得很苦,这下更是雪上加霜。

那时,学校星期二、星期五食堂卖肉菜,肉三角钱一份,每份有小小七八片，条件好的每周买两次肉吃，条件一般的一周一份，条件差的两个人合买一份，条件更差的则只能吃素菜。素菜大多为牛皮菜或青菜，都是各班实验地里种的，一份五分钱，用煮肉汤煮，还带有肉汤鲜味。

爸爸没挨整时我每周回家背一次粮，一般背三斤米，不够就背红苕或洋芋，红苕、洋芋管够，有多大力气就背多少。走时娘还给拿几角钱，娘拿的钱除来来回回的渡船费、买笔买本子，就是生活费，钱拿得多时每周还可以吃一次肉，有时吃两次肉。

爸爸挨整后，我的生活大受影响，有一周，娘竟然只给我拿了五分钱。

"北平，娘再也没有多的钱拿给你了，只有这五分钱，你这周先在同学那里借到用一下。"娘说着说着就落了泪。

"娘，五分钱也够了，只要够过河坐渡船就行了。"我见娘伤心，劝慰娘。

"你不吃菜呀？"娘说。

"不吃菜，我走时多带些咸菜，有咸菜吃就可以了。"我说。

"你体质本来就弱，只吃咸菜怎么行？"娘还是掉泪。

"有咸菜吃就很不错了，有些同学连咸菜都没得吃的，他们也照样过日子。"我还是安慰娘。

"那你走时多拿点米。"娘这样告诉我。

我走时不但没有多拿米，反而比平时还拿得少——我掀开米坛子，见坛子里的米已经不多了。大姐二姐出嫁后，家里还有奶奶、爸爸、娘，两个弟弟一个妹妹，大大小小六口人，那点米都不够他们吃了，我怎么能忍心多拿？我只拿了不到两斤米，背了满满一背篼红苕和洋芋就回学校。

离家时，娘用罐头瓶子给我装了一瓶咸菜，够吃一周。冬天咸菜吃一周没问题，夏天三四天就变味了，发酵起丝，难以下咽。我有咸菜时就着咸菜吃蒸红苕饭或蒸洋芋，没有咸菜就喝白开水下饭。吃的标准可高可低，山珍海味和粗茶淡饭都是喂肚子，"下喉三寸变恶物"，环境造就人，困难好克服。我当时觉得最难办的不是吃的问题，是过河的渡船费用。从仁和场到下两中学必须要过下两那道河，过河需坐渡船，船费过一次两分钱。娘给我五分钱，除去自己往返坐渡船的费还剩一分钱。这样，我就不敢与其他同学同路，只得一个人跑单帮了——我担心坐渡船时同学们争着掏钱买票，别的同学掏的都是一角两角的大票，而我掏出的却是一分两分的硬币。请别的同学坐船我没有实力，坐别人掏钱的船我又不愿意，没办法，那一周我只能踽踽独行，一个人往返于仁和与下两。

父亲由受人尊敬的农村基层干部，沦落为一个被开除出党的坏分子，我这个读高中的儿子，除了生活上直接受影响外，在精神上也受到了沉重打击。在阶级斗争年年讲月月讲天天讲的年代，父母的政治面貌决定着儿女的命运，父亲的政治污点，很轻易就将断送掉我的前途。我为此背上了思想包袱，吃饭不香，睡觉不甜，成绩急速下降。有一次考语文，我这个当学习委员的，成绩才刚刚及格。

"黄北平，你家里有什么事么？"杨校长把我叫到他的办公室。

"没有！没有！"我直摇头。

"家里没什么事，你的学习怎么垮得这么厉害呢？"杨校长怀疑。

"我学习努力不够，以后一定努力。"我极力掩护。

杨校长见从我的嘴里没有掏出什么，仍然不放心，就安排赵益忠老师回家时顺便打听一下我家里的情况。赵益忠老师是我们的物理老师，家就在仁和公社八大队，他星期天专门去了仁和小学一趟,找到杨益忠老师,杨老师是赵老师高中同班同学。赵老师找杨老师一问,一切都清楚了。

"黄北平啦,你先坐下,听我慢慢跟你说。"杨校长听赵益忠老师汇报了我父亲遭整的事后,把我叫进了他的办公室。

他先给我倒了一杯水,再开始与我推心置腹地谈心。"你父亲的事我知道了,不就是受了个处分,党籍被开除了嘛,又没有被送去劳改。哪怕被弄去劳改几年,他不是罪大恶极的杀人犯,不是人见人怕的抢劫犯,放出来不照样可以挣钱养活一家人嘛。就是那些被枪决的杀人犯、抢劫犯,他们的娃儿不也还是要在这个世界上生活下去?周总理生前早就教导我们,出身自己不能选择,但前途可以自己选择,你父亲的问题是你父亲的问题,与你无关哟。有些右派的子女,因为读书努力,照样考上大学,在政治上丝毫没有受到他们父亲的影响嘛。"杨校长见周围没有别的人,又压低声音对我说:"黄北平啦,根据我的看法,照现在这个局势发展下去,上大学肯定要考试,推荐的办法肯定要被废除。考试上大学与推荐上大学可就不同了,考试得靠分数,在分数面前人人平等,现在有的人还仗着出身好,学习不努力,想靠推荐上大学,他们不知道,这样的机会将来不会有了。你现在的基础不错,只要好好读书,将来有可能考上大学,走出农村。"

杨校长又停了停,接着说,"我觉得你应该感到高兴才对——幸喜你父亲的问题现在才发生,如果你读初中的时候你父亲就出了这件事,你连高中都没有机会来读了。不管怎么说,你现在上了高中,将来有机会参加高考。只要你考上大学,有了出息,也才有能力帮助你父亲解决问题,帮助家庭减轻负担啊。你想想是不是这个道理?"

杨校长讲得对。如果父亲在1976年上半年就遭批斗,被开除出党,我还能被推荐到下两中学么?简直不可能。我的头越埋越低。

"黄北平啦,任何情况下,人都得要有真本事,如果你为父亲的事总是背着个政治包袱不放,天天为这事发愁,不好好读书,影响了学习,不但对解决你父亲的问题毫无帮助,还把你自己的前途也耽误了,多可惜呀。北平啊,要放下包袱,自己学好本领啊!"杨校长语重心长,该对我这个学生说的话他说了,不该对我说的话他也说了,说得我心里热乎乎的。开始我强忍着,不哭,眼泪一直在眼眶眶里打转转,但后来实在忍不住了,眼泪像断线的珠子,一颗接一颗地滚了出来。

春风化雨,甘露润心。我放下了快要压得喘不过气来的政治包袱,把心思全放到了学习上。事情的走向正如杨校长所预见的那样,高考制度很快恢复,推荐上大学的历史结束了。我们这一代人很幸运,赶上了一个好时代,高考制度的恢复,为我们崭露头角提供了看得见摸得着的希望。后来,我终于考上了大学。

父亲的事也有了转机。父亲不停地申诉,经过党组织甄别,党籍得以恢复,泼在父亲身上的政治脏水得以清洗,被扣的粮食和被迫缴纳的贪污款得以返还。

如果没有杨校长的那次谈话,也许就没有我的今天啦。

需要再补充说几句的是,杨校长像杨桃老师那样,嘴里也镶了一颗"铁皮皮"大金牙,一开口就闪闪发光。我回达州当上牙科医生后,专门把他请到我开的私人诊所,给他做了一颗烤瓷牙,把那个铁皮皮大金牙换了下来。

严师的面孔

1958年全国大跃进，教育战线大干快上，达县地区建立了"达县大学"。覃老师是该大学招收的第一批学生，原定学制三年，只办了两年就寿终正寝，由大学降格成中专，改建为达县地区农业中学。

覃老师，南江县大河区新马乡人，他1961年拿了个中专文凭，分配到下两中学教书。起初，工资是按中专毕业生对待，覃老师和他的同学不服气，认为他们上的是大学，虽然只读了两年书，按理也应该按大专毕业生对待，就联名向地委书记李惠写信。李惠兼任过达县大学校长，接到覃老师等人的联名信，大笔一挥，指示同意达县大学那批学生工资按大专毕业生对待，实习期间每月42.5元。

覃老师魁梧健壮，游泳技术高超，还喜欢打篮球。他体力好，技术也很全面，无论是打前锋投篮，还是打后卫抢篮板球，都是一把好手，自然成了下两中学篮球队主力。下两区组织篮球竞赛，下两中学几乎次次取得名次，覃老师功不可没。

覃老师性格温和，说话慢吞吞的，是个大善人。

那时，从下两到长征和仁和两乡还没通公路，两个乡吃的盐、糖全靠肩挑背扛。学校为了增加收入，经常组织师生从区供销社往乡里背盐。一百斤一元钱，老师每次背八十到一百斤，学生一人背二三十斤。下两在河边，长征乡和仁和乡在山顶，五十多里山路，一步一步往上爬。一般是凌晨出发，天黑时回校。

上路时，大家还有说有笑，走起来不觉得费劲，走着走着，脚底板开始发烫，迈步就困难起来，慢慢就有人掉队了。覃老师和我们一起背盐，他见有的同学掉队了，就放下自己背的盐，返回去帮助背掉队同学的盐，背着背着，背上就不是一个学生的盐包，而是几个同学的盐包。覃老师知道有的同学体质太差，干脆一上路，他就将那几个同学的盐包放在自己背上。

覃老师性格温和，上课时，如果哪个同学没有听懂，可以随时举手，即使给他提批评意见，他也微笑着接受。

"肖功明，有什么事？"有一天上数学课，覃老师正在黑板上演算参考书上的一道数学题，题很深奥，算了好几遍也没有演算成功。见肖功明突然举了举手，似乎有话要说，他立即停下演算问道。

"覃老师，您的这种运算方法是错的，这样运算不可能得出正确结果。"肖功明站起来，不客气地说。

"你觉得该用哪种方法演算呢？"覃老师心平气和。

肖功明滔滔不绝地讲起来……

"请你到黑板上来做一遍。"覃老师说。

肖功明走上讲台，把覃老师留在黑板上的演算几刷子擦掉，重新开始演算，很快得出了正确的结果。

"肖功明这种运算方法是正确的，我们要向他学习。教学相长，师生互动，对提高大家的学习水平很有帮助。"覃老师将肖功明表扬了一番。

肖功明是我们班的数学天才，初中时就把高中数学课程自修完了，老师上数学课的时候，他有时看小说，有时自己演算一些高中课本上没有的自学题。他演算的那些题我根本看不懂。每次考试，他都是第一个交卷，成绩多为满分。

覃老师很少批评学生，但有一次，我挨过他一顿很厉害的批评。

那是个星期六，我们年级举行单元考试，交了卷就可以放学回家了。我先把题目看了一遍，觉得并不难做，也没有过多思考，很快就答完了，自认为没有什么错误，也没有检查，就第一个交了卷，心想最少也要得九十分以上。第二天下午回校，我和几个平时学习好的同学开始对答案，有几道题我与有些同学的答案不一致，重新算了一遍，发现真的把题答错了，心里特别懊恼。

试卷发下来，全班人的卷子都有，我的试卷却找不着。

"我的试卷呢？"我问覃老师。

"可能放在我办公桌抽屉里忘拿了，你跟我去拿一下。"我随覃老师来到他的办公室，覃老师拉开抽屉，我的试卷静静地躺在那里。

我一看卷子，试卷右上角用红笔醒目地写了一个数字：五十九。我的脑袋"嗡"的一下大了起来。

"黄北平，你说，这些题你不会做吗？"覃老师沉着脸。

"会做。"我轻声回答。

"会做为什么错了这么多？刚讲的公式定理都不会用，太不像话。"覃老师是个没有脾气的人，从没见他动过怒，此时竟将我的试卷往地下一摔，"你还是个学习委员，格都不及，丢人啊！"

"我错了，我错了，请覃老师原谅。我今后一定努力学习。您喝口水。"我当即认错不迭，还给覃老师倒了一杯水，恭恭敬敬递到覃老师手上。

"今天我为什么没把你的卷子拿到教室里去，你知道吗？这是给你面子，希望你好自为之。你平时成绩还可以，如果努力学习，考试的时候细心一些，是完全有希望考上大学的。如果马马虎虎，就只有一辈子当农民了。"覃老师情绪缓和下来，接着问:"你知道马马虎虎这个成语的来历吗?"

"不知道。"我摇头。

"人们都喜欢用'马虎'一词来形容某些人办事粗心大意,而马虎背后,就有一个血泪斑斑的故事。它说的是,宋代有个画家,画技虽然很高,但作画往往粗枝大叶,让人看不清他画的究竟是什么。有一天,他准备画一只老虎,刚画好虎头,恰巧有人来请他画马,他就随手在虎头后画上马的身子。来人问他画的是马还是虎,他答:'马马虎虎!'来人要的是马,不是马虎,坚持不要,他便将画挂在厅堂里。大儿子见了,问他画的是什么,他说是虎,二儿子问他画的是什么,他说是马。不久,大儿子外出打猎时,见田野有一匹马,他以为是虎,一箭将人家的马当老虎射死了,只好赔马主的钱。二儿子外出打猎,碰上了一只老虎,他以为是马,放下猎枪去骑,结果被老虎活活咬死了。画家悲痛万分,把画烧了,还写了一首自责诗:'马虎图,马虎图,似马又似虎,长子依图射死马,次子依图喂了虎。草堂焚毁马虎图,奉劝诸君莫学吾。'诗虽然算不上好诗,但这教训实在太深刻了,'马虎'这个词从此流传开来。画家画画马虎,不但赔人钱财,还让二儿子丢了性命,后果无法弥补。你如果学习马虎,平时做错一道题或许不可怕,如果是升学考试,犯这种马马虎虎的错误就无法弥补啦。你知道高考时差一分是什么后果吗?就可能被甩到千人之后,该上重点线的就上不了重点线。差十分、二十分是什么结果?可能一下就被甩出局!以后别毛毛糙糙的,做完题要多检查一遍,别抢着交卷。读书做题要细心,不做马虎学生,以后走入社会,也不做马虎先生,这话你记住了没有?"

"记住了,记住了。"

马虎的故事,在我心底刻下了深深的印痕。后来我成了一名牙科医生,时刻把老师讲的这个故事作为警钟。牙科医生最容易犯的马虎错误,是书写病历时在牙位上出错,把患者左边的牙位写到右边,把右边的写到左边。写错了牙位,如果其他医生接着治疗,就有可能出错。特别是正畸医生,常常因排齐牙列和调整咬合关系,需要拔除不同牙位的健康牙,如果开给牙外科医生的拔牙病历左右出错,上下出错,牙外科医生又缺乏正畸专业知识,按照病历拔牙,将出现不堪设想的后果。我从医已经三十多年,时刻如履薄冰,没有出过差错事故,就得益于覃老师讲的故事。

还有一次,因痴迷于发明永动机,也被覃老师好好教训了一顿。

高中二年级开学不久,物理老师赵益忠在讲能量守恒定律时,讲到了永动机,并断定永动机是不可能造成功的,因为它违背了能量守恒定律。

肖功明却对永动机入了迷。他认为自然界存在着磁力、浮力、重力、风力、太阳能,只要把数学和化学知识运用到物理方面,研究方法对路,就会研究出永动机。肖功明很想发明不需要外能的机器,一鸣惊人。一下课,他就关在寝室里研究永动机。我一直很佩服他,也跟着研究起永动机来。几天的工夫,我们就画出了永动机草图。

"覃老师,我们正在研究永动机,请你给我们看看。"画出草图后,肖功明和我去找覃老师。

"你们在研究永动机?这就是你们研究的永动机?"覃老师把我们绘制的简图认真地看了几眼问。

"是的。这是我们的构想,只差一步就成功了。"肖功明说。

"只差一步?这是多大的一步?这一步恐怕比登天还要难。年轻人敢想敢干是好的,想把书本上学得的知识用于实践更是难能可贵。但敢想敢干一定要建立在坚实的大地上，不能异想天开。你们知道吗？自八百多年前一个印度学者萌生了发明永动机的梦想后，世界上成千上万的发明家沉湎于永动机的研究，有的耗时终身，也没有搞出永动机。如果真能搞出什么永动机的话，那些大科学家或许早就研究出来了，你们一个高中生，与那些大科学家的知识无法相比，他们造永动机都竹篮打水一场空，这样的便宜事怎么会轮到你们呢？你们两人的学习虽然不错，特别是肖功明的数学潜力很大。数学被称为万事万物的灵魂，你——"覃老师用右手食指指着肖功明，"或许可以算作数学小天才，但不客气地说，你对这万事万物的灵魂接触得还是很肤浅，认识只算皮毛，理解最多只能算幼儿园水平，连高等数学都还没怎么接触嘛。高等数学包括高等代数、抽象代数、微分几何、统计概率、离散数学等，奥妙无穷啦，把这些学完得要好多年。你们如果有志于科学研究，将来可以考数学系，对数学进行更深入的研究，等把学问做好了，研究永动机才有基础。现在得脚踏实地，扎扎实实学好眼前的功课，不能好高骛远，花精力去搞那些不切实际的东西，耽误学习。你们说对不对？"覃老师没有发脾气，轻言细语给我们讲道理。

"对，对。"我点头应允。

"对。"肖功明想了想，也点了点头。

我们从痴迷了十多天的永动机之梦中苏醒。

肖功明数学成绩特别好，覃老师对他也就特别关爱。有一天，正在上数学课，肖功明突然脑袋一偏，趴到了课桌上，旁边的同学以为他上课睡觉，用胳膊肘拐了他好几下，想把他拐醒。可任凭那个同学怎么拐，肖功明就是不抬头。肖功明不但没抬头，还眯着眼睛，"哇哇"吐了起来。

覃老师见状，从讲台抽屉里抓起几张废报纸，走到肖功明的课桌前，见肖功明浑身汗水直流，脸色发白，用手一摸额头，滚烫。"感冒了！重感冒了！"覃老师大声说。他先用废报纸将肖功明课桌下的呕吐物抓起来，扔进教室外面的垃圾堆，再双手捏住肖功明的胳膊，提起一下甩在自己的背上，背着肖功明刷刷刷向下两区医院跑去。语文老师冷维高的妻子周师娘在区医院当医生，区医院离我们学校有五里路远。虽然覃老师平时加强锻炼，身体素质好，可背上背着一个十七八岁的大小伙子，当他把肖功明背到医院交给周师娘处置时，全身的衣服还是汗透了，湿得能挤出水来。因为跑得太急，流汗太多，覃老师生了一场病，吃了好多副中药，才慢慢调理过来。

1979年，肖功明参加高考时，覃老师怕他耽误时间，特地把自己的手表撸下来，让肖功明戴着掌握时间。

"这次数学题出得太简单了，两个小时的题我一个半小时就做完了。"肖功明戴着覃老师的手表走进了考场，数学题考过后，他一出考场就这样说，一副不屑一顾的样子。

"你检查没有检查？"覃老师见肖功明不到交卷时间就跑了出来，急忙问。

"我不但检查了，我还发现专家把题都出错了。"肖功明眉飞色舞地说。

"你说什么？你说试卷上专家把题都出错了？那么多专家学者出的题怎么会有错呢？"覃老师听肖功明说题出错了，很是惊愕。

"是啊。对数2本来为0.301，试卷上写成0.3了。"肖功明觉得自己正确，并指出错误的地方。

那道题是说美国的物价从1939年的100增加到四十年后1979年的500，如果每年物价增长率相同，问每年增长百分之几。题目后面还有括号，括号内写了一行字，"注意，取对数2

为 0.3"，可是我们书上常用的对数 2 为 0.301，肖功明认为专家把题出错了，应该取常用对数计算，他就把试卷上的 0.3 改成了 0.301，正确答案为百分之 4，他做出的答案是百分之三点九。

"肖功明呀肖功明，你这是聪明反被聪明误哟。你怎么能说专家的题出错了呢？那么多专家出了题后还要梳子梳篦子篦的审查，他们能把题出错？"覃老师痛心疾首。

"智者千虑，难免一失。专家怎么就不能把题出错呢？我们平时用的对数是不是'2 为 0.301'？"肖功明理直气壮地与覃老师顶嘴。

"平时是平时，考试是考试。括号里不是明明白白地提示了'取对数 2 为 0.3'么？你为什么要自作聪明去把考题给改了？还嘴犟！专家的考题就是出错了，全国都错，你按错的答，也不会扣你的分，你这样一改，这道题就是零分了。你呀！你呀！自以为是的毛病又犯啦。完了，完了。"覃老师摇头叹息，"我可是指望你在数学考试中不考满分也要考 90 分以上，在考试中为我们学校放一颗数学卫星的。你把一道 10 分的题稀里糊涂丢了，不但数学卫星放不成了，能不能上录取线都成问题了。马虎呀，你还是马虎呀。"覃老师泪水都差点滚出来了。

考试成绩公布，肖功明数学得了 83 分，他因为粗心大意，不但丢了最后那道 10 分题，还丢了那道"求第一个象限的值"的题。象限共有四个值，肖功明不但把第一个象限的值求了出来，还把第二个第三个第四个象限的值都求了出来。不要求的值也求了出来，画蛇添足，丢掉 5 分。

肖功明虽然数学只考了 83 分，但仍是下两中学第一名，南江县第二。如果他稍微细心一点，把那两道题答对，就能得 98 分，至少也是达县地区的数学状元。

英国谚语说得好,"怀疑为知识之钥匙""一无所知的人不会怀疑任何事物",肖功明没有放数学高考卫星,但他敢于怀疑教育专家把题出错了,并按自己的理解改正过来,这种怀疑精神,不正是做学问的人最可贵的品质吗?在我心里,肖功明放了一颗怀疑精神的卫星。

他上了本科录取线,被昆明工学院录取。

物理天才的人生高度

物理老师赵益忠是个怪才,不,应该说是个天才。

赵老师眼大有神,耳大有轮,头正脸阔,天圆地方,五官端庄,面皮白净,是一副当官的相。他讲课声音洪亮,旁征博引,生动有趣,炯炯有神的大眼睛不时扫视全场,与学生在感情上不断交流互动,课堂上不时响起欢快的笑声。

早婚毁了大好前程

赵老师也是经过赛马赛进来的。他与我同乡,家住仁和乡八村,即坡陡树茂的白鹤嘴村。

他原本姓何。幺姨生了七子,全天亡了,父母把他过继给了幺姨,改姓赵。

幺姨全家人对他视如己出,省吃俭用供他读书。从小学一年级开始,他的成绩就非常好。那时兴背课文,再长的课文他念两遍就会背了。初小四年级毕业考试,各门功课全是五分,被保送进高小。到了高小,年年全校第一。

1958年考初中,赵益忠是下两中学招收的第一届学生。那时正在建校,十二岁的赵老师,报名时携带一把锄头、一个背篼,平整地基,背砖沙。刚开始,学生户口转到学校,吃商品粮,国家给生活费,读书不要钱,三餐有保障。吃饭时八人一桌,依个子大小编席,他因为年龄小,个子矮,被编在第一席。很快,席桌散了。粮食得从家里背,钱得靠家里拿。

家里没有大米白面可背，只有红苕、洋芋。有一次，家里连红苕洋芋都没有了，实在没有办法，奶奶给他炒了一碗胡豆，从地里拔了几个白萝卜。当晚，全校搞紧急集合，慌乱中，他把奶奶炒的胡豆弄撒了。没东西可吃，就与同寝室的陈良伟等几个同学啃白萝卜。白萝卜啃多了反胃，睡到半夜，实在忍不住了，几个人只好偷偷摸摸溜进农民地里掏红苕。

饥饿年代，红苕叶成了重要食物。红苕叶当菜吃可以，当饭吃就困难了。顿顿红苕叶，没油没盐，真难下咽。但再难吃也得一筷子一筷子往肚子里塞，不吃红苕叶就得饿死人。

饿着肚子，照样搞勤工俭学。学校组织学生到煤矿给食堂背煤，清晨出门，天黑回校。早晨吃一碗红苕叶，中午粒米未进，又累又饿，差点虚脱。从山上往学校背柴，一天背两次。赵益忠力气小，两次才背66斤，没有完成任务。班长组织全班同学开他的批判会，说他"只专不红"，是个"白专生"。

1961年，赵益忠初中毕业，毕业考试八门功课考了五个一百分，全校第一。考高中得到县城，经高桥、石板滩、关门山到南江，一百多里路一天要走到。南江中学是省级重点中学，只收两个班学生。下两中学九十六个初中毕业生参加考试，只有十一人被录取，仁和乡的赵益忠、杨映忠和翁德昌榜上有名。

赵老师被分配在南江中学高64级一班。一班就是尖子班，赵老师从第二学期开始，成绩就一直名列前茅，属于尖子班中的尖子生。

老师公开说，只要考试不出意外，凭赵益忠的学习成绩，肯定上个好大学。

考大学正是农村孩子跳出农门的一条捷径。然而，一盆冷水兜头朝赵老师泼来——1963年初，国务院发了一个文件，规定大学不再录取已婚生。大学那道金光灿灿的门在他的面前残酷地关上了。

原来,就在赵老师读高二下学期的时候,养父养母相继过世,把他当成心肝宝贝的奶奶也突然走了,家里只留下爷爷一个人。爷爷身体不好,需要人照顾,就给他寻了一门亲,要他与一位姓罗的姑娘结了婚,那年赵老师才十七岁。

赵老师心灰意冷,学习松懈下来。

班主任张远达提出了一个锦囊妙计,建议他与妻子来个假离婚,毕业后再复婚。

赵老师回家后,哭着向妻子说了自己的苦衷,提出假离婚的请求。罗师母通情达理,心里虽然不愿意,可最终答应去办离婚手续。她提出,办离婚手续以前,得去见见她的父母。

"赵益忠!你阎王爷摆龙门阵——哄鬼哟。离婚还有真假?只要一办手续,离婚就是离婚,哪有什么假离婚!赵益忠,你这套鬼把戏只能哄哄我家幺女子,哄不了我!你把离婚手续一办,考上大学,将来找个城里姑娘把婚一结,我的幺女子怎么办?赵益忠,我告诉你,你以为你是谁?我当年把幺女子许配给你,老子就是看中你娃儿还比较聪明,将来或许多多少少有点出息,不会窝在农村握一辈子犁头。没想到你现在读了个高中就变心了,就要离婚了,没那么便宜。结了婚国家不准读大学就不读大学,老子没有读大学,粮站站长这碗饭不也照样吃得好好的?将来我能给你找个工作就找个工作,找不着工作你就格老子在家里背太阳,我女儿也活着是你赵家的人,死了是你赵家的鬼,再也不准说离婚的混账话!"岳父还没等女婿把话说完,就把桌子一拍,眼一瞪,好一顿臭骂。

岳父是巴中县玉山区粮站站长,也是打个喷嚏就有人问安,说肚子饿了就有人"请上坐"的角色,平时说话权大气粗惯了,他把赵老师骂成了蔫茄子。

赵老师心想，岳父的话也在理。人家凭什么把千金许配给你？还不是看上你赵益忠这个娃娃有出息。别人结亲男方都得备彩礼，你不但没拿彩礼，岳父家还倒贴银两，给女儿送了那样多的嫁妆。就连你读高中，岳父家也没有少出血啊，需要钱时拿点钱，需要米时给点米。你赵益忠读不读大学又有什么关系？只要你与干妹子好好过日子，凭岳父几十年积累的人脉，给乘龙快婿找个工作又有何难？

赵老师乖乖把罗师母领回白鹤嘴。

赵老师灰溜溜回到学校，读书再也提不起精神。

"赵益忠，离不成婚就离不成婚吧，书还是要好好读。你如果高考成绩特别突出，或许到时候政策还可以变通呢。政策是人制定的，政策也是人执行的嘛。如果成绩下去了，那就神仙也帮不了你的忙啦。再说，即使因结了婚真的上不成大学，你的高考成绩摆在那里，找工作也是一块敲门砖。你记住这句话，只要青山在，总会有柴烧。"班主任又给他鼓气。

听了张老师的话，赵老师的情绪逐渐安定下来，继续努力学习，争取冲刺高考。

1964年，赵老师参加高考，总分超过重点线好几十分。"你这分数，第一志愿可以填北大，也可以填清华，可以报文科，也可以报理科。但你有结了婚这一道坎，建议你第一志愿填北师大，这样保险些。"何从寿校长给他建议。

赵老师听了校长的话，第一志愿填了北师大，第二志愿填了重庆师范专科学校，第三志愿填了南充师范专科学校，志愿越填越低，梦想着总会有一所大学能网开一面，把自己网进去，只要能读上大学就行。

现实是残酷的。所有大学都坚决执行国务院规定，没有一家向赵益忠伸出橄榄枝。

此时，巴中师范学校正准备从高中毕业生中招一个班的短训生，培训一年，派到小学当教员。副校长杨元明听说了赵益忠的情况，决意接纳这个好苗子。在巴中师范，赵被选为学习委员，班主任夸赞说："赵益忠天天耍，学习成绩都是全校第一名。"短训班结业后，赵老师被分配到南江县石矿小学任教，教了一年小学后，改教戴帽初中的数理化。1976年，经过赛马，他也被选拔到了下两中学。我读高中时，他给我们教物理。

当心天上"下开水"

当时的物理课本粗浅，赵老师就以文化大革命前的物理教材为基础，自己编写教材，刻蜡版，油印，发给学生学习。晚上上自习，我们学到十一点，他也陪到十一点，遇到疑难，他随时解答。他搞不懂的，现场一时回答不了，就让同学讨论，边教边学，相互提高。他一不打麻将，二不下象棋，一有空就抱着大学物理课本啃，硬是啃下了大学普通物理学的全部课程。全省组织没有取得大学本科毕业文凭的教师到峨眉山市进行对口考试，赵老师的物理学知识完全达到了师范大学物理系毕业生的水平。

老师白天给我们上课，晚上陪我们熬夜，除了微薄的工资，没有任何报酬。唯一的待遇，是每天晚上十点多钟，学校食堂给加班的每位老师煮二两挂面，算是对老师辛勤教学的一点补偿。

有一次，赵老师感冒发烧，嗓子发炎，不停地咳嗽，眼睛都咳肿了，实在讲不出话了。学生给他递上一杯凉开水，他润了润喉咙，又接着讲。

赵老师讲课的最大特点是不照本宣科，讲课幽默风趣，入脑入心。

有一次，正在上物理课，天气骤变，冰雹呼啸而下，砸得屋顶乒乒乓乓。赵老师临场给我们出了一道题：摩擦产生热量，动能转化成热能，设定冰雹的温度是零度，如果冰雹从一千米的空中落下，温度会升高多少度？

答案有升高零点零几度、几度、几十度。我把质量的单位代错了，本来应该代成克，我代成了千克，使温度一下提高了一千倍，算来算去，冰雹升的温度最高，达一百零三度。

赵老师检查完所有同学的答案后，笑着说，"冰雹从天上落到地上，冰雹的温度仍然是零度，重力势能转化成动能和热能，使冰雹的表面化成了水，所以冰雹会越来越小。由冰雹化成的水，温度会比冰雹高，假定那滴水是从一千米的高空落下，水的温度会比冰雹高零点零几度。黄北平同学的答案是一百零三度，这个答案错得离谱，够大胆的了。大家想一想，冰雹是水凝聚而成，水的沸点是一百度，如果冰雹从一千米空中落下达到那样的温度，早就汽化了，就是没有全部变成水蒸气，也变成了沸腾的开水，温度这样高的雨落到地上，那世间的万物还不都得被烫死呀。你们计算出答案后还要认真推敲，既要推敲计算的方式是不是有问题，还要推敲这样的答案合不合常理。如果答案违背了最基本的物理常识，那个答案一定需要再次推敲。黄北平呀，你今后出门可得注意，别天上突然下开水将你烫着了。"

那堂课，我牢牢地记在了心中。

痛失爱子

赵老师把自己对大学的愿望全都寄托在了子女和学生身上。

他耐心细致，不分白天黑夜、课堂内外，百问不烦。学生记不住，他可以教十遍，自己的孩子教两遍没有记住，就骂儿子是笨蛋。待学生宽厚,待自己孩子苛严。大儿子赵明头脑灵活,考高中全县第一名,上了高中,考第三名要挨打,考第二名也要挨打,只能考第一名,才算完成任务。赵明脑瓜好用,又特别贪玩,一周都不交数学作业。数学老师杨达章将这事告诉了赵老师,赵老师一听,剑眉倒竖,拿一把火钳,一下叉住赵明脖子,将其顶到墙上,嘴里喊道,"老子今天叉死你!"动作大,声音也很吓人,但火钳并没有真正叉住赵明的脖子,他是故意做出凶狠的样子吓吓儿子。赵明吓得脸一下就白了,连话都说不出来。这一幕恰巧被我看到了,我都给吓惨了,离老远腿都跟着筛糠。我当时就想,赵老师对待我们和对待自己的儿子,简直判若两人啊。

赵明考大学有把握,对考哪类学校,父子俩有分歧。按赵老师的意见,赵明得考医科大学,他教育儿子说,当干部的看起来风光,可政治风险大;当老师也不错,可以耍寒假暑假,但一旦被打成反动学术权威,也照样关牛棚,挂黑牌游街;医生最受人尊重,下两的医生没有一个挨过斗。"下两医院的黄远鹏和夏正英来自上海医学院,两口子出身也不好,不但没有人去找他们的麻烦,还把他们奉若神明,不断有治愈的患者提着鸡和鸡蛋登门感谢。巴中县医院有个叫李辉初的,原是川东北第一个华西协合医科大学毕业生,是大巴山区最有名的一把刀,曾经当过国军中校军医。解放时,照他那种军衔,本该受到严厉处置。因为医疗技术好,被很多人保了下来。文化大革命中,对立两派都不整他,因为都得要仰仗他那把刀救命。在山区,就是当个赤脚医生,生活也会比一般人强,农村流传着这样的歇后语:三根指头一按,两个鸡蛋一碗面。走到哪个病人家,病家至少也要下碗面条,再在面条里窝两个鸡蛋。当医生多好啊!你就报医学院,毕业后当医生。"

赵明胆子小，怕见血，更怕见死人，他更愿意考物理系、化学系，就是读师范当老师也行。高考分数公布，赵明考了449分，赵老师要儿子第一志愿填报重庆医学院，赵明孝顺，从不与父亲对着干，虽不愿学医，也顺着父亲的意见填报了重庆医学院，并被录取。

有一天进解剖室，赵明磨磨蹭蹭走在后面，走在前面的一个同学知道赵明胆子小，想开玩笑吓唬吓唬他，一推开解剖室大门，突然一声高叫，"炸尸啦！"赵明吓得转身就跑，慌乱中脚下一滑，摔了一跤，后脑勺摔起一个大包，诊断为骨膜下血肿。住了半个月医院，批准他回家疗养，赵明趁机提出休学。他想休学后再参加高考，改报其他专业。休学期间，赵明抓紧复习功课。当赵明说出自己的想法时，却被父亲严辞拒绝。赵明只得回重庆医学院继续完成学业。

1989年，赵明从重庆医学院毕业。那年，上级下了一条死命令：大学毕业生必须下区乡，一个都不能分配到县级以上单位工作。赵明被派到达县地区新达水泵厂医院。

他虽然不喜欢做医务工作，可既然当上了医生，就得尽职尽责。他工作尽力，孝敬父母，爱护弟妹，一家人其乐融融。没想到，他突然患了白血病，不到四十岁就去世了。赵明的英年早逝对赵老师精神打击巨大，他把这归罪于过去对孩子的要求过于严苛。赵老师在悼亡诗中这样抒发悲情："儿是心头肉，牵肠又挂肚，白发送黑发，叫我咋不哭！"

赵老师和罗师娘共有两儿一女，他对后面两个孩子的教育，采取无为而治的策略,把两个孩子完全交给学校，交给其他老师，两个孩子都成了有用之材。"当老师的教自己的孩子，反而教不好。孩子就得让别的老师教哇。铁是恨不成钢的，铁只有炼才能成钢。"

赵老师在退休那年写了一首诗："风霜兼程六十年，一半苦涩一半甜；笑看桃李遍天下，喜伴儿孙度晚年。""一半苦涩"，指的就是大儿子赵明。

辉煌的人生高度

赵老师教物理结出了硕果。1978年高考，全县物理第二名和第三名由下两中学的戴进和张辉绪获得；1979年高考，全县物理的第二名和第三名又由我和肖永生获得。下两中学物理高考成绩平均比其他课高出整整十分。文教局局长在全县校长大会上对赵老师大加褒奖，"下两中学办学条件那样差，物理老师赵益忠还是个高中毕业生，教出的学生几年都考全县前几名，真不简单。我们是不是得好好去向他取取经？可惜赵益忠少了一张文凭，他要是有那么一张文凭，哎！"那意思是，赵老师如果拿着一张大学毕业证书，就可以得到重用，前途无量了。

达县市高级中学缺理想的高中物理教师，得知赵老师的佳绩，立即发商调函到下两中学，准备调赵老师去教物理，给出的条件相当诱人。达县市是达县地区首府，达县市高中又是川北百年老校，从深山沟调到那儿任教，算是一步登天。赵老师动心了。

南江县文教局领导坐不住了，马上发话，要重用赵老师。"我们大方点，给他个校长当！"一纸任命，赵益忠当上了下两中学校长。为了解决赵老师的后顾之忧，上级还给罗师娘安排了工作。后来，赵老师又被提拔到南江中学当了教导主任，享受副校长待遇，并被破格评为中学高级教师。

赵老师出名了，一些望子成龙心切的官员，慕名请赵老师去给他们的孩子搞家教。有两位局长允诺，只请赵老师每周给孩子开半天小灶，一个月给两千元报酬。

2017年，作者与赵益忠、杨绍文、冷维高、覃祥寿诸位老师在一起。

"对不起呀，我一周要排二十三节正课，还要跟二十一节自习课，时间安排得满满的，哪还有精力来做家教？谢谢啦，你们请别人吧。"赵老师婉言谢绝，仍把心思放在学生身上。

赵老师家境并不富裕，还要供三个孩子读书，可他不为那唾手可得的报酬而动心。"那些当局长的，孩子读书成绩不好也不影响他们找饭碗嘛。看看那些当官的，有几个的娃儿工作差？而农民的娃儿呢，没有靠山，除了好好读书，没有别的出路。家长把娃儿交给我们，我们拿着国家给的工资，肩上有一份沉甸甸的责任，不把那些娃儿教好，对不起他们，良心不安啦。我的阵地在教室，我的职责是教学。"

赵老师不种"自留地"，对那些把主要精力用来种自留地的老师也很反感，"天地君亲师，'师'是上了祖宗牌位的呀。

老师和同学间，情同父子，关系本来是最清白最纯洁的，正课不好上，搞补习班挣学生的钱，老师不像老师像商人，传道授业解惑变成了做买卖，这实在有辱师道尊严，有辱师格师德，这样做怎么对得起老师这个称号？"

赵老师赢得了无数学子发自内心深处的尊敬。赵老师退休后不敢到北上广这类大城市去旅游，因为他教出来的学生太多了，只要听说他驾到，排轮子争着当东道主，十天半月脱不了身。就是到了那些地方，也悄悄地去，悄悄地回，怕惊动在当地工作的学生。

川东北一带农民爱用"内瓢子不够，外壳子来凑"这句话批评那些金玉其外、败絮其中的人。如果把真才实学比喻成人的内瓢子，把文凭比喻成人的外壳子，赵益忠老师恰恰是"内瓢子足够，不用外壳子凑"。一个高中毕业生，在高手云集的教育战线，能够达到那样的人生高度，令人感佩。

2014年深秋，南江中学高六四级同学齐集南江。饱受忧患的老师们，虽寿登耄耋，志气依旧。赵老师即席赋诗一首："一别高中五十年，相聚暮年倍喜欢；寒窗三载铸故谊，七旬学友续新缘；功名利禄烟云散，生老病死弹指间；劝君莫道黄昏短，夕阳再红一万天。"再活一万天，那赵老师就是整整一百岁了。赵老师心地纯真，活过百岁，恐怕不是什么难事。

忧天下者得高寿

冷维高是我高中时的班主任兼语文老师。他1934年出生于四川省大竹县的月华乡，1951年初中毕业。本来考上了高中，可因为家境贫寒，不得不辍学回家。直到1956年，务了整整五年农后，才考上了不用交钱的大竹县师范学校，1959年毕业，分配到下两中学。

冷老师一米七左右的个子，前牙有点凸，一张嘴，前面几颗牙齿就显露出来，很彰眼，但还算整齐。小时候得了中耳炎，右耳膜穿孔，基本失聪，所以，向他请教学问时，他总是向你转过左脸，让左耳对着你，接收你的声音，有时还把左手半握成拳，放在左耳廓后边，借以提高收音效果。

冷老师似乎从不锻炼身体，也不进行娱乐活动。篮球场、乒乓球台旁从没有他的身影，他也不跑步、跳绳、玩单杠双杠。打扑克、搓麻将和跳嘣嚓嚓，就更不可能了。他不是在上课、改作业，就是在看书。

他有一股向上走的精神。因为自感底子薄，他备课特别认真，到处查资料，翻本本，一有拿不准的地方，就向别的老师请教。有的老师，备课讲义仅写两三页纸，他却要写十多页，字一笔一顺，中规中矩，写钢笔字也像写板书，横平竖直，方方正正。一个词的原义是什么，引申义是什么，他都要弄得清清楚楚。他改作业更不含糊，错别字他要改正，语法有毛病的句子他要顺过来，连标点符号都不放过。他给我们作文加注评语就像写文章，洋洋洒洒，有时竟长达几百字。有的老师一个小时改几十本作业，他却改不了几本，不少时候都改到半夜。

　　冷老师爱看书，只要拿上书，一坐就是几个小时。他看书有一个习惯，身上总带着笔和本子，遇到精彩的语言，有趣的故事，就随手记在本本上。看书累了，他常常用左手拈着眼镜左腿，右手掐住鼻梁轻轻揉搓着，双眼微眯，很享受的样子。由于鼻梁常年接受眼镜框的挤压，两边早磨出了两片红晕。冷老师的两只眼睛总是布满血丝，一年四季都显得疲惫万分。

　　文化大革命开始，学校停课闹革命，一些教师奉命到农村去割所谓的"资本主义的尾巴"，冷老师早就看穿了那套鬼把戏不得人心，工作消极应付，自己则找来一些大学语文教材，偷偷研究，暗中提高语文教学能力。下乡搞了几年运动，不但得到农民朋友的好评，语文知识还有了长足的进步。粉碎"四人帮"后，参加西南师范大学的函授考试，竟一举拿到毕业文凭。

难忘的《岳阳楼记》

　　冷老师特别推崇《古文观止》。

　　"这本书是清朝时发蒙学生的读物，请问你们这些高中生有几个人能读懂《古文观止》？有几个人通读过《古文观止》？我们今天学习的《触龙说赵太后》一文就选自这部书，其中'君子之泽三世而斩'这句话毛主席都很欣赏。现在，哪位同学能将这句话翻译成白话文？"他在讲课文前提出了这个问题。

　　"农村人有一句话，叫'富不过三代'，照我理解，'君子之泽三世而斩'就含有这个意思。"王亮同学站起来大声答道。

　　"王亮同学回答得有道理。触龙的意思就是要用这句话来提醒赵太后，别过于溺爱自己的孙子，要让孙子去经风雨见世面，为国家建功立业。出身高贵的人，如果躺在父母的功劳簿上睡大觉,过不了多少年,父母留下的老本就要被子孙啃光了,得自强不息,为国再立新功。这篇文章立意高远,有很现实的警世作用。"

"君子之泽三世而斩"共八个字,冷老师竟然给我们讲了一节课。光一个"泽"字,从基本字义、引申义、常用词组到名字用字,足足讲了半个小时。最后,冷老师话锋一转:

"听说有些同学对学习古文兴趣不高,这可是个大问题。古文是中国传统文化经典中的经典,古人千锤百炼,言简意赅,篇篇锦绣,字字珠玑,一个字往往当白话文几个字用,如果我们数典忘祖,让古文失传,那就是我们这些语文老师在犯罪!中文是数学、物理、化学、英文的基础课,一个语文都学不好的人,是不可能学好其他课程的。所以,我要郑重地告诉大家,偏了其他的科或许还不可怕,偏了语文这一科则肯定可怕。"

俗话说,当木匠的要把好斧子,当教书匠的要个好嗓子,冷老师讲课声音很小,这是当老师的一个致命伤。他还有一个缺点,就是对课堂讲话的调皮生批评不严厉。

有一次,冷老师患了重感冒,嗓门嘶哑,他讲的课下面更听不清楚了。

"您这样讲课太费力,今天别讲了,休息休息吧。"有同学向冷老师提建议,学校领导也给冷老师放假。

"你们的课程压在那里,农时耽误误一季,学生耽误误一生,你们耽误不得呀。"冷老师嘶哑着嗓子,坚持给我们上课。

那天讲的是《岳阳楼记》。

"同学们应该知道范仲淹这个人,他是北宋大文豪,官居参知政事,也就是副宰相。《岳阳楼记》开篇'庆历四年春'五个字,表示了哪些意思呢?庆历是宋仁宗赵祯的年号——这里我得对皇帝的年号多说几句。有的同学有误解,以为年号就是皇帝登基时用的纪年,一个皇帝只有一个年号,其实许多皇帝都有好多个年号。宋仁宗就很爱改年号,从1022年登基到1063年病逝,在位四十一年,他用了天圣、明道、景祐等九个年号。庆历年是1041年到1049年,庆历四年春是1044年的春天……"冷老师虽然尽量想把声音提得最高,但声音嘶嘶拉拉,像石头在玻璃板上磨挲。他担心大家没听清自己的话,便在黑板上写下"庆历四年春"五个字,打上一个破折号,在后面写上"1044年的春天"。

"您润润喉咙,慢慢讲。"有同学给冷老师递上一杯水。

"谢谢。同学们,很对不起,我今天只能连讲带比画。你们听懂了的,就点头,没听懂的,就摇头,我再重讲一遍,一定要让你们都能听懂。同学们是否知道,滕子京是个什么人呢?他与范仲淹是同科进士,1040年在庆州知州任上,因用公款大吃大喝,被监察御史弹劾,后被贬到岳州巴陵郡,谪守岳阳三年。请注意,谪念zhe,特指贬官。滕子京被贬到巴陵郡后,用从民间讨债追来的一万缗钱,重修了气势恢宏的岳阳楼。岳阳楼竣工后,他请范仲淹作记,范即应邀写下了为后世传诵的《岳阳楼记》,既完美地记叙了看到的美景,也抒发了'不以物喜,不以己悲'的情怀……"冷老师边说边写,写下"先天下之忧而忧,后天下之乐而乐"时,还在两句话下面画了两道重重的横线。

教室里出奇地安静,平常最爱讲话的几个"话篓篓"都支愣着两只耳朵听讲,手还不停地作着笔记。

他讲得颇为艰难,但我们听得非常专注。

"你们听懂了没有?"冷老师突然停下来问。

没有人答话,全都在轻轻点头。

冷老师重感冒整整一周,他就用那嘶哑的嗓子配合手势与板书,给我们上了一个星期语文课。那次感冒让冷老师受了大罪,却产生了出奇的效果——自此,每逢冷老师讲课,闹哄哄的课堂秩序竟一下子好了起来。

冷老师嘶哑着嗓子讲课的形象,深深地印在了同学心里,大多数同学至今都能将《岳阳楼记》背诵如流。冷老师给学生一碗水,却远远不止一桶水,是满满一大缸,不,是一股汩汩流淌的清泉!

一屋不扫何以扫天下

有一天,我值日,负责擦拭黑板和管理班上的卫生。

上完物理课后,我和几个同学忙着打乒乓球,忘记了擦黑板的事。上课铃响了,我奔回教室,见准备上语文课的冷老师已经抱着讲义站在教室门口,这才发现,黑板上还是赵益忠老师写的物理公式。我跑过去操起黑板擦,慌里慌张地擦起来。由于慌张,也由于个子矮,只擦干净了中间和下半部分。

"起立,老师好!"

"同学们好!请坐下!"

冷老师见黑板上花里胡哨的,就操起黑板擦,将黑板擦了一遍,足足擦了三四分钟,将黑板擦得光洁如镜。

"同学们,记得上一个星期,你们刚做完一篇作文,题目是《我的理想》。我全部批改了同学们的作文,大家都有高远的理想,有的想当文学家,有的想当科学家,有的想当医学家……这很好。如果你们的理想一个个都能变成现实,那社会上所有的'家'都将被我们这个班的同学包完,"说到这里,他话锋一转,"但万丈高楼平地起,做大事得从小事做起,连在大家眼皮底下的黑板都擦不干净,又怎么能做得好大事?在这里,我给同学们讲一个历史上的小故事。东汉的陈蕃,从小自命不凡,一心只想干大事业。一天,其友薛勤来访,见他独居的院内龌龊不堪,便对他说:'孺子何不洒扫以待宾客?'陈蕃回答,'大丈夫处世,当扫天下,安事一屋?'薛勤当即反问:'一屋不扫,何以扫天下?'问得陈蕃无言以对。陈蕃眼高手低,后来也确实没有多大建树。陈蕃有扫天下的胸怀固然不错,但错的是他没有意识到扫天下正是从扫一屋开始的,一屋都不扫,是断然不能实现扫天下的宏愿的。"

响鼓不用重锤。我下定决心,先把小事做好。只要看到黑板擦得不干净,我就不声不响地去再擦一遍;看到地上有纸屑,就会默不作声地捡起丢进垃圾桶。见我这样,不少同学也开始注意做小事,班上的黑板总是干干净净的。

我爱上了语文课,特别是对中国古典文学产生了浓厚兴趣。写作文也从华丽辞藻的堆砌转向真情实感的抒发,语文成绩从中等向尖子迈进。1979年高考,我语文考了六十九分,是全校第一名。得知分数后,我有点沾沾自喜,冷老师却给我兜头一瓢冷水,说:"考得很一般,如果你多读一些课外书籍,多背几篇古文,还可以考得更好些。"

"中午多炒两个菜,我和黄北平要好好喝几杯!"冷老师虽然嘴里说我"考得很一般",但心里比我还高兴,他把我叫到家里,一进门就吩咐周师娘。平时很少沾酒的冷老师,那天喝了好几杯酒,把个黑瘦瘦的脸喝得红彤彤的。

他是"永久牌"自行车

冷老师1959年来下两中学教书,一直教到1995年满六十周岁才退休,在语文老师这个岗位上一干就是三十六年。与他一道分配来的同事,有的因工作需要或找关系调走了,有的考上研究生远走高飞了,只有他一直没有挪窝。从一个毛头小伙变成头发花白的老头，一干就是一辈子，这在下两中学是绝无仅有的，这使人不由得想到口碑上佳的"永久牌"自行车。他的劳作获得了社会承认，他拥有中学高级教师职称。

冷老师退休后住在成都，我曾专程去拜望他。

在冷老师家待了一天，我惊奇地发现，他的生活习惯出现了惊人的变化。

最明显的变化是，他把烟戒了。以前，他整天烟不离嘴，熏得牙齿黢黑、手指焦黄。当时他和周师母一个月的工资加起来仅有七十多块，上要养老母，下要养三个孩子。即使抽最便宜的烟，一个月也得烧掉十几块。周师娘是医务工作者，深知吸烟有害健康，多次劝冷老师把烟戒了。

"要我戒饭可以，要我戒烟不行。"。

退休后，花钱不愁了，他却打算戒烟。

"我下午开始戒烟。"有一天，正吃午饭，冷老师突然对周师娘说。

"你要能戒烟，我就能戒饭。"周师娘不信，调侃。

"那你就准备戒饭吧。"冷老师笑笑。

从宣布戒烟的那天中午起，他就再也没有抽过一支烟。

另一个变化更让人吃惊。他这个从不参加体育活动的人变成了体育迷。

他早晨先在家做一小时操，接着跑半小时步，下午不是散步就是骑山地车。八十好几的人啦，每天都要做四十个俯卧撑、八十个仰卧起坐。

"过去我不参加体育活动，是没有时间啊。当老师的，备课讲课改作业，哪一点不认真都对不住学生，天天备课讲课改作业，一环套一环，环环相扣，还得要挤时间读读书，把人都搞伤神了，哪有时间锻炼身体？退休没事啦，不带徒弟一身轻，时间全都属于自己,生活又这么好,不指望活一百岁,争取活九十来岁,比中国男人的平均年龄多那么十来岁吧。过去把宝贵的身体交给学生,现在把宝贵的时间留给自己。"

冷老师精神也出奇地健康。他对社会样样都感到满意,认为不是这个社会亏待了他,是他对社会的回报还远远不够。他觉得国家对退休教员的待遇不薄,他的退休工资再使劲都用不完。他认为他教过的学生,个个都比自己强。某某某考大学语文考了多少分啦,考的是哪个学校啦,毕业后分配在哪个地方工作啦,现在在干什么啦,都能娓娓道来,如数家珍,"他们全都给我们老师争脸啦,给我们学校争光啦。没有一个比我差的。"

冷老师和周师娘育有三个儿子,一个儿子在交通部门当工程师,一个儿子在外派企业当经理,一个儿子与他一样在南江县当教师,他对三个儿子赞赏有加,说:"个个都走的是正道,都靠诚实的劳动吃饭,个个都比我有出息。"

在冷老师眼里,学生个个是好学生,儿子个个是好儿子,学校是好学校,领导是好领导,进而演化为同事是好同事,邻居是好邻居,社会是好社会,国家是好国家,他看到的一切全都是好的。在他心里,似乎永远有一轮金光四射的太阳。

心态决定体态,心宽才能体健。因为心态特别好的缘故吧,如今的冷老师洗尽铅华,回归本真,红光满面,手轻足健,笑声朗朗,说话中气十足,大有返老还童之态。

这个冷老师与记忆中那个成天板着脸、不苟言笑的冷学究相比,简直判若两人。老先生已到"富贵于我如浮云""不以物喜,不以己悲"的超然境界,过着"宠辱不惊,闲看亭前花开花落;去留无意,漫随天外云卷云舒"的退休生活。

我真诚地祝愿辛苦了一辈子的冷老师寿比南山,活过一百二十岁。

人生的关键时刻

人不能不讲运气。我这人的运气就特别好。

在我进入下两中学一个多月后的1976年10月6日,中国发生了剧变,1977年恢复高考。下两中学赶上了1978年夏季的考试。那时,下两中学的领导和全体老师,心里都憋着一股劲,他们提出一个响亮的口号:"高考不能剃光头!"下两中学第一次参加高考,就有两人被大学录取,这在区级中学算得上成绩显著。

复读班的那盏汽灯

第一次参加高考,我以九分之差名落孙山。回到仁和乡,由仁和小学校长赵子章推荐,当上了熊家河小学代课老师。物理老师赵益忠、语文老师冷维高、化学老师纪道清、数学老师覃祥寿等都觉得我有冲刺高考的潜力,听到这个消息后,很为我惋惜,担心我要在仁和乡那个深山沟里终老此生,多次带信要我回下两中学复读,继续冲刺高考。听到老师的召唤,我在当了一学期又一个月的"孩子王"后,回到下两中学复读。

回校第一天上晚自习,我就感到一阵惊喜。我们十多个同学被单独放到一间小教室里,头上悬挂着一盏汽灯。那时学校还没有用上电,上晚自习都点煤油灯。煤油灯不但光线微弱,很伤眼睛,而且煤油味刺鼻难闻,影响身体健康。让十来位同学在汽灯下上晚自习是杨绍文校长决定的。汽灯在那个年

作者高中毕业时留影

代是小城镇最时髦的照明工具,一盏汽灯相当于一千瓦白炽电灯泡的亮度,文工团下乡演节目就在舞台上挂两盏汽灯。杨校长咬牙挤出经费,让后勤主任买了一盏汽灯,将那些老实听话、有望冲刺高考的学生召集到一间小教室里,在汽灯下自习。

复读班已开了一个多学期的课,我半路杀回,落下的课程比较多,为了帮助我赶上课,几位老师放弃休息时间轮流给我恶补。他们不收补课费,没要我请客,烟没抽一支,茶没喝一杯,把给其他同学讲过的课给我重讲一遍,把给其他同学做过的习题给我重做一遍。我很快就赶上来了。

再次面临高考时,我又犯难了。那时大专和中专是分考分录,大专考题直接由国家教委出,中专考题由省教委出,大专和中专不能兼顾。

报考大专还是报考中专?我回家与父母商量。

"不要填得太高了,还是保险一些好,就报个中专吧。"爸爸率先表态。

"你先把饭碗找着再说,我们家娃儿多,出去一个算一个。要是填大学走不了,还得窝在农村。"娘一贯夫唱妇随,见爸爸表了态,马上搭顺风船。

"招中专的学校很多。有师范,毕业后当小学老师;有财贸学校,毕业后到某个单位当出纳会计;有技校,毕业后分到工厂当工人;有卫校,出来当医生。大专出的题难些,中专出的题简单些。为稳妥起见,我就报中专,中专招生最多的是师范,我就填南江师范吧。"我马上表态。

"如果读师范,将来能当个正式老师,也是祖宗保佑。"爸爸高兴,娘也笑呵呵的。

填报自愿时,我报了中专。

"黄北平,你为什么不报大学要报中专?"我报送志愿时,赵益忠老师到外地参加观摩教学去了,回校后看到了我填报的志愿,马上把我叫到他的办公室。

"黄北平啦,你去年没有考上大学,不等于今年就考不上,一次没考好不能把信心给打垮了啊,我觉得你今年的学习比去年扎实多了,通过几次摸底考试,凭我的经验,今年考大学不但上得了录取线,还可能上重点线。你报中专,将来读师范,可能没有问题,但是,跟你成绩差不多的都上了大学,你不觉得可惜吗?人最重要的是要有信心,没有信心,将一事无成!难道你娃儿就这么没有出息!"赵老师把我狠狠地骂了一顿。

"我到办公室把志愿拿回来。"听了赵老师的话,我一溜烟跑到办公室,将志愿取了回来,由报考中专改成了报考大专。

老师帮我定志愿

1979年,我第二次参加高考,成绩公布,考得305分。1979年的高考题出得特别难,录取分数线比1978年下降很多,1978年的录取线是290分,1979年的录取线才245分,重点大学录取线290分。我的考试成绩超过录取线56分,超过重

高中毕业时班级合影

点大学录取线15分，结果真如赵益忠老师所预料的那样，我不但上了录取线，还超出重点线。

"那我填哪所大学呢？"高考成绩公布后，我兴冲冲地问赵老师。

"具体填哪所大学，等我与其他老师再商量商量。"赵老师为了让我既能读上好的学校，又不掉榜，与在家的科任老师，根据《招生简章》，对各类大专院校进行认真比较。针对我的考分，给我备选了几个学校，供我选择。

"我觉得黄北平填北师大比较合适。读北师大有两点好处，一是在那里读几年书，就能说一口标准的普通话，有利于将来工作。二是北京的平台高，在北京读书能结交一些朋友，拓展开人脉，对将来走上社会大有好处。"化学老师纪道清首先向我推荐北师大。

"报川大。四川大学在西南高等学府中首屈一指，数学系名声不小，谭维明主任在川大进修班马上就要毕业了，他关系广，好几个同学都在川大上班，如果你毕业后想留成都，他还可以帮点忙，就报川大数学系吧。"数学老师覃祥寿说。

"川大数学系出名，物理系也很有名，黄北平物理全县考第二名，报考川大物理系有优势。学物理的大学生，毕业后能分配个好工作不说，就是替别人装电视机、修录音机，外快也能挣不少。听说川大物理系有个老师，利用休息时间给别人装黑白电视机，装一台就收入一百六十元，抵得上几个月工资。"敲锣卖糖，各喊一行，赵益忠老师鼓励我报考川大物理系。那时电视机还是稀罕物，买电视机要票，要开后门。

"各位老师，数学系好，物理系也好，可如果让我选报大学，最想进的是医学院，我特别想将来能当医生。"听了几位老师的建议，我说出了自己的愿望。小时候病病恹恹，多次高烧不退，抽搐昏厥，还是奶奶用嘴巴吸我的屁股眼才把我救过来的，自己遭罪，把父母也折腾得够呛，吃过缺医少药的亏，很想读医科大学，将来做个医生。

"你想学医，那就填北京医学院。北京医学院师资力量强，名气也大，毕业了有机会分配在北京工作。凭你的分数，应该能被北京医学院录取。"纪道清老师在北京生活多年，对北京医学院也有所了解，又鼓励我填报北京医学院。

"北京医学院当然好，可离家太远了，想回家看一次爸爸和娘都很难。"我说出了自己心中的顾虑。

"那倒是，从北京到南江得走四五天，来回火车票，恐怕就得卖头大肥猪。全国重点医学院有四所，除北京医学院外，还有上海第二医学院、中山医学院和四川医学院，既然你想离家近点，那就报考四川医学院。成都离家近，四川医学院的名声并不比北京医学院小。"语文老师冷维高建议。他的妻子在医院上班，对全国医学院校的情况略知一二。

"要得，那我就报考四川医学院医学系，从头医到脚。"我马上表态。

"你哈戳戳的哟。俗话说'一招鲜，吃遍天'，学医要精要专。填四川医学院，得填口腔系，川医口腔是中国第一个以培养现代口腔医学高等人才为目的的牙医学高等学府，全国口腔学科的人才大都从这里毕业，被称为中国现代口腔医学的发源地和摇篮，要进川医，必须进川医口腔！"冷老师一听我要报医学系，立马打破锣，极力推荐四川医学院口腔系，拿出一副我不报川医口腔，他将不依不饶的架势。

其他三位老师都表示同意。这样，我决定填报四川医学院口腔系。

后来，我如愿被四川医学院口腔系录取，成了仁和乡恢复高考制度后第一个大学生。

　　事后想起来，真是感到万分庆幸。假如赵老师不到办公室查看学生填报的志愿，假如赵老师看到了我填报的志愿漠不关心，假如我没接受赵老师更改志愿的忠告，假如其他老师没有当好我填报志愿的参谋，假如我真被南江师范录取，那或许将在南江县某所小学当一辈子教员……幸好生活是真实的。我选择了最理想的大学，进了最理想的专业，成了一名医生。我不是鄙视小学教员，他们为国家基础教育作着伟大的贡献，功高至伟，而是觉得我更适合当一个医生，我能当上医生是人生的最大造化。

　　追求自己最大造化是人的本能，也是社会前进的动力。

　　下两中学在 1979 年的高考中，除我之外，肖永生、张建国、刘小芳、邓黎明、赖春明、肖功明也都上了大学。那年全国共有 468.5 万人参加高考，录取 28.4 万人，录取率仅为 6.1%。一个区中学一年就考走七名大学生，这个高考成绩，比县重点中学一点都不逊色。

　　我们七个人都是享受过那盏汽灯照耀的学生。

　　那盏汽灯在我心中永不熄灭。

下篇
华西坝的钟声

中国现代意义上的大学,是随着西学东渐而逐步建立的。

大学是学生告别稚嫩、走向成熟的重要阶段,也是专业定向、决定人生命运的最后准备阶段。人生的理想将在大学成型,并因为知识与人脉的准备而不再遥不可及。

1979年秋至1984年夏,我在四川医学院(即后来的华西医科大学、现在的四川大学华西医学中心)口腔系读书。大学五年,老师言传身教,同学无私帮助,校园的滋养让我受益终身。

历经百年的华西钟楼仍能准确报时

星光辉映的校园

1979年9月3日，我如期到四川医学院报到。

这分明是一座大花园。

校园坐落在华西坝上，占地一千余亩，建筑面积四十八万多平方米，原名私立华西协合大学，1951年更名为华西大学，1953年又更名为四川医学院。

它的前身是一所教会学校。大学正式成立于1910年，因校址座落在华西坝，又由国内五个基督教会联合协议开办，故定名为"华西协合大学"。是全国十三所教会大学之一，教员多为英、美、加三国人，是四川真正意义上第一所与国际接轨的大学。抗战时期，大学内迁，中央大学医学院、金陵大学、金陵女子文理学院、齐鲁大学、燕京大学等五所大学齐聚华西坝，借用华西协合大学校园开课。大师云集，陈寅恪、钱穆、梁漱溟、朱光潜、顾颉刚、张东荪、吕叔湘、吴宓、冯友兰、董作宾……一位位声誉卓著的教授学者，在此传授心得，耕耘学术，华西坝成为大后方文化教育中心。

华西协合大学的校舍建筑是英国人罗楚礼的杰作。中西融汇的校园建筑，被誉为中国古典传统复兴的开山之作。设计师以清流小溪分界，将校园划分为对称的两部分，两边以一大一小、一拱一平、有鸳鸯桥之称的两座桥相连，象征沟通东西方文化。坐落在中轴线两侧的建筑物，以中西合式作为整体风格，将中国古典形式（飞檐、斗拱）嵌入西洋建筑，将中式屋顶与洋楼融为一体，青砖黑瓦，清一色的歇山式大屋顶，屋脊、飞檐上点缀以远古神兽，给人以强烈的东方神秘美的感觉。

地标性建筑钟楼，由美国纽约柯里斯捐建，原名就叫柯里斯纪念楼，修建在河渠纵向轴的端点上，河渠笔直细长，强调了轴线的视觉效果，突出了钟楼的地标作用。钟楼高三十多米，钟面离地二十七米，直径两米多。钟楼以中国传统的青砖黛瓦、重檐翘角为主体基调，檐下饰以红色的博风板，勾勒出每道重檐的飞动形态，气势恢弘，又给人以庄重、平衡、简洁的视觉之美，在建筑界有"高、大、雄、峻"之誉。

钟座上镌有铭文："为了纪念基督，我们的指引者和救世主。光荣属于至高无上的神和世界和平，人类明天更美好。"

大钟声音洪亮，远播十几里，当时可为成都全城报时。它无意间将成都这个鸡鸣晨起的农耕城市，带进了计时精确的近代社会。

钟楼前后凿有荷花池，拟孔庙中的"泮池"而来。古代的学宫一律设在城郊以外，四周须有三面环水或者四面环水，使之与尘嚣隔离。荷花池周围栽有优雅的银杏树。周围植被茂密，常见野兔跑，野鸡飞。夏日碧叶红花，鸟鸣蛙鼓，鱼翔浅底；隆冬时节，梅花怒放，松涛阵阵。

诗人流沙河认为，华西坝为成都五大标志地之一。他说，华西坝是成都非常重要的标志，成都其他地方皆市井景象，唯华西坝为人文气象，为近代文化增添了重要内容。

校园大师云集，口腔系的许多教授都是世界牙科医学界的巨星。

口腔系前身是华西协合大学牙学系，开创者是加拿大人林则，他毕业于多伦多大学牙学院，获得牙医学博士学位，他是被教会派往中国的第一位牙科传教士。林则学识渊博,技术精湛。他于1907年来到四川,在先期来华的加拿大医学博士启德尔的帮助下,开办了仁济牙科诊所,仁济牙科诊所也是中国第一家有现代诊疗技术的"牙症医院"。1917年,林则在牙症医院的基础上,建起了华西协合大学牙学院,这是中国第一个以培养现代口腔医学高等人才为目的的牙医学高等学府。1929年,他在美国牙医学杂志发表了论文《下齿槽神经阻滞麻醉直接注射法》,文中提到的方法后被称为"林则方法",得到普遍采用。

牙科博士、医学、药学博士刘延龄是国际口腔组织病理学家,曾担任国际牙医学会副主席,他应林则的邀请加入华西口腔。他提出,中国是最早发现牙病并有文献记载的国家。1926年,他把牙病分为三型:风牙就是炎症,虫牙就是龋病,牙疳就是牙周病。

牙医学教育家黄天启,1928年任华西协合大学牙学院教授,1938年任中央大学医学院牙科主任、教授,1941年任华西、齐鲁联合大学牙症医院院长、教授。

1930年毕业的席应忠博士,创建了上海第二医科大学口腔医学院。

1930年毕业的陈华教授,创建了第四军医大学口腔医学院。

1930年毕业的毛燮均博士,成为北京大学口腔医学院的创建人。

1937年毕业的夏良才教授,曾任四川医学院口腔系主任,后来又领导创建了武汉大学口腔医学院。

1937年毕业的邹海帆博士,创建了我国牙周病学研究室,是中国牙周病学开拓者。

1938年毕业的魏治统教授,一直从事牙体修复学的教学工作,是我国牙体修复学教学的先锋人物。

1985年5月14日,四川医学院更名为华西医科大学。

1939年毕业的宋儒耀在美国取得博士学位,回国后开创了中国口腔颌面外科和整形外科,成为中国整形外科的开拓者,国际上称他为"中国整形外科之父"。

……

在世界牙医学史的天穹上,来自华西坝的大师可谓群星璀璨。华西口腔的教学一开始就建立在国际水准的基点上,华西协合大学的牙医学教育闻名海内外,被称为中国现代口腔医学的发源地和摇篮,代表了中国口腔医学教育的最高水平,为中国口腔医学教育事业作出了巨大贡献。

如果四川是人间天堂,华西坝则是天堂中的天堂。我从大巴山深处的仁和乡来到如此优美的校园学习,能沐浴大师的清辉,真乃三生有幸。🖋

入学第一课

师生见面会是新生入学第一课。

"同学们,欢迎你们加入这个大家庭,祝贺你们从数百万考生中脱颖而出,成为一名四川医学院口腔系的学生!"

见面会由口腔系主任陈安玉主持。参加见面会的共有二十多位要给我们上课的老师。在陈主任一一对他们介绍之后,有三位教授对我们发表了演讲。

第一位是王翰章教授。老师都叫他"老王院长",也有人叫他"王大刀"。在当时的川医,"王大刀"有三把,分别是王翰章、王模堂、王大章,他们都是颌面外科专家。

王教授1919年出生于北京顺义,1949年华西毕业,获牙医学博士学位。他是林则和夫人亲自教授过的学生之一,林则教授他口腔技术,林则夫人教授他西方礼仪。他毕业后留校,在二十世纪六十年代初期创建了华西口腔专科医院,是中国口腔颌面外科学创始人之一。

王翰章教授直奔主题,讲了四川医学院口腔系的光辉历史。

"我们得记住华西的先辈,特别是加拿大多伦多大学牙学院林则博士,是他将现代口腔医学带到华西,开办了牙科诊所,又在牙科诊所基础上建立了华西协和大学牙学院,这是中国第一个以培养现代口腔医学高等人才为目的的牙医学高等学府。

林则院长申明自己的建校宗旨,'我们的教育方针和教程是站在西方牙医学校前面的。要学生受过与医科学生相等的基本生物学和医学的训练，再学牙科各种专业课程。这里的毕业生完全可以和美国、加拿大和其他国家牙学院的毕业生相媲美'。

华西口腔的办学理念是'选英才，高起点，严要求，淘汰制'。我在这里要特别强调，华西口腔的毕业生之所以全球闻名，关键在于其严苛的管理。华西口腔实行了极其严苛的淘汰机制，绝不让一个废品流入社会。也正因为考上华西口腔的学生只有一部分人能够拿到毕业证，所以，从1917年牙学院成立到1950年的三十多年间，拿到华西口腔毕业证书的学生仅一百五十二名。一届毕业生很多时候只有一二个能拿到毕业证：1921年的第七届，只有黄天启一人；1929年的第十五届只有向壁光一人；1931年的第十七届只有费承先一人；1927年的第十三届，只有陈武祥、陈华清二人；1933年的第十九届只有龙哲三、周鲁二人……招一届学生，只有一两个人修成正果，可见华西口腔的毕业证含金量之高。

早在1934年6月，美国纽约州大学管理委员会就给华西协合大学董事会发来公文，决定同时授予华西协合大学毕业生纽约州文学士、理学士、药学士、医学博士、牙医学博士学位，那时，华西口腔毕业生都是中美两国的双料学士或双料博士，这是极其罕见的。

华西口腔良好的教学环境和教学质量蜚声海内外，校友的很多科研成果和临床手术在国际上都有巨大影响。蒋介石、于右任、张群等民国政府大佬都到这里就医，吉士道博士还成了蒋介石的专职牙科医生。

十年动乱，专家教授被揪斗，规章制度遭废弃，教学科研质量下降，拉大了与国外的差距。现在，科学的春天来到了，我们得到了第二次解放，你们获得了公平竞争、择优录取的高考机会。你们是祖国的未来，是赶超世界先进水平的中坚，我们的希望寄托在你们身上,中国口腔医学的振兴寄托在你们身上!"

接着演讲的是王大章教授。他1935年出生于成都,1956年毕业于四川医学院口腔系,留校在口腔颌面外科从事教学和科学研究,后到哈佛大学口腔颌面外科系、麻省总医院口腔外科当研究生,注册为口腔颌面外科医师,被日本齿科大学授予荣誉博士学位。他讲学习方法。

"昨天,有位学生家长问我:'你们学口腔主要就是治疗牙病,人就三十二颗牙齿,就是每个月学一颗,学三十二个月就可以了,怎么要学五年?'我回答他:'错。口腔除了三十二颗牙齿之外,还包括颅骨、颌骨和颜面部。医学系开设的课程,口腔系学生都要学,还要学习口腔专业的七八门课程,所以,口腔系学生的录取分数要比别的系高出几十分。华西口腔的目标,是培养博学多才的专家、医德高尚的医生,不是只会补牙拔牙镶牙的匠人。'

同学们,医学是一门自然科学,拥有一套由生命科学、化学、物理学、数学、基础医学和临床医学等多门学科相互联系、有机合成的现代体系。医学知识环环相扣,药物的作用机理和体内物质的相互作用需要化学进行展现,流行病学的分析需要数学进行统计……你们考入四川医学院,实现了人生的一个重要转折。你们是同龄人中的佼佼者,是时代的幸运儿。但学医是一个艰苦、繁重、枯燥、长期的过程,你们要付出比别的学校的同学几倍甚至几十倍的辛劳,不能有丝毫松懈,必须尽快调整好心态,严格认真对待每一门学科。

我作为你们的学长,谈一点我的学习心得。

首先要热爱自己的专业,爱好是学习之母,只有对专业有兴趣才会越学越有味,越学越有劲,才能将功课学好。

王大章教授和学生陈绍陟

第二是要认真听好老师的讲课。老师在课堂上讲的,有些是重点中的重点,有些是他们几十年实践经验的结晶,必须熟练掌握背诵。不把老师讲的课烂熟于心,学习难免走弯路。而同学们五年大学所读的书,摞起来至少得有三米高,这就要求你们掌握正确的学习方法,不能读死书、死读书。有的章节可以一目十行,甚至一目一页,但是重点内容要反复读,要十目一行。会读书的人要能把厚书读薄,融会贯通,装进心里。

我在这里还要特别强调一点,许多知识过几年就会被淘汰,为了不被淘汰,同学们要紧紧跟上现代科学技术飞跃发展的脚步,不断地学习新知识。为了读懂原版,你们必须学好外文。学好外文是读懂外文杂志的必经之路,是学好当代牙医学的敲门砖。这点请同学们记住。希望你们博览群书,在川医度过充实、愉快、值得回味的大学生涯。"

接下来演讲的是肖卓然教授,他讲医德医风。他生于1908年,十七岁考入华西协合大学牙学院,二十四岁获得牙医学博士学位,是华西口腔第三任院长,牙周病学和黏膜病学专家,主持编写了全国高等医药院校试用教材《口腔内科学》。七十一高龄的老教授神采奕奕,声音洪亮。

"同学们,人们都亲切地称呼我们为'白衣天使',把我们比作生命的使者、健康的卫士、爱神的化身。再年轻的医生，在病人眼里也是长者，他可以向你倾诉一切；再无能的医生，在病人眼里也是圣贤，他认为你可以解决一切问题。一个病人愿意在全身麻醉失去知觉的状态下，让医生在他的肉体上动刀，这是对医生最高的信任。

要成为一个好医生，首先要有良好的医德。你们从今天开始，就得立悬壶济世之志，树立'视病人为亲人'的思想意识。给大家讲一个林巧稚大夫的故事吧。1921年，林巧稚参加协和医科大学入学考试，在参加笔试的最后一场考试时，有位考生晕厥倒地，生命垂危，其他考生视而不见，仍然沉稳地坐在那里答题。林巧稚见状，马上放下试卷去抢救那位倒在地上的考生，由此而耽误了考试。眼看就要失去入学资格，但校方被她救死扶伤的高贵品质所感动，破例录取了她，林巧稚最终成为中国最著名的妇产科医生。这说明医德永远是当一个医生的灵魂。患者是医生的上帝，患者是医生的父母，患者是医生的兄弟姊妹，医生一辈子都要严于律己、不受利诱，永远把患者摆在心中至高无上的位置。"

最后讲话的，是口腔系主任陈安玉。

她是四川医学院教授、口腔医学研究所所长。她对口腔疾病的发病机制、口腔缺损的临床修复、胎儿口腔形态的发育等颇有研究，是中国开展种植牙手术第一人，口腔种植学创始人，华西口腔医院第六任院长。

陈主任中等身材，披肩短发，和蔼可亲。她口才极好，说话慢条斯理，不急不躁。她强调锻炼身体的重要性。

"同学们，我们干口腔的，属于半体力劳动，粮食供应，机关干部每人每月二十七斤，牙科医生每人每月定量三十四斤半。有人形容牙科医生是女人当男人用，男人当牲口用，这话很传神。

四川医学院口腔系主任陈安玉

有时做一台手术,四五个小时很常见,遇到难度特别大的颌面外科手术,有时要做十多个小时,中途只能在手术台上临时补充点牛奶。如此大的劳动强度,没有强壮的身体是坚持不下来的。生命在于运动,健康在于锻炼,希望同学们每天保证一个小时锻炼时间。

除了学习好、身体好外,也要积极参加学校各项业余活动。开学后,我们还要请四川大学、四川师范学院的老师和社会上的知名专家,到校开办音乐、绘画、书法、摄影、诗歌等多种讲座。同学们要全面发展,会唱的唱,会拉的拉,会画的画,会写的写。吹拉弹唱,写字画画,既锻炼身体,又让心灵有高尚的情趣。我们系的刘延龄教授,不但是世界牙医学顶尖人才,还是一位出名的音乐家。他会弹琴,善歌咏,精通乐队管理,担任过五所大学的乐团指挥,是当时华西坝上的大名人。要想成为一个优秀的口腔科医生,也应该像他那样,不但要学好专业知识,还要通过艺术熏陶,提高审美能力,修身养性。希望大家有一个良好的学习习惯,有一个强壮的身体,为人民健康工作五十年!"

"为人民健康工作五十年!"我们会牢记一辈子。

雄得起的"口七九"

口腔系七九级原定招生九十名，有一人不知什么原因未能来校报到注册，所以，全年级实有八十九名同学。共分三个班，即口七九一班、口七九二班、口七九三班，我分在一班。为了记忆方便，同学们将"口腔系七九级"简化成"口七九"，但入学不久，口七九就被带有调侃性质的另一个绰号代替——"瘟七九"。

说起瘟七九，就得说说"乖七七"和"扯七八"。

乖七七，指七七级，他们是文革结束后通过考试进入大学的第一届学生，大多是老三届，年龄普遍偏大，生活自理能力强，有历史紧迫感，在学校特别听话，乖巧伶俐。

扯七八，指七八级，他们是正式参加高考的第二届学生，他们中有的是老三届，有的是应届生，很早就适应了自己管理自己、自己保护自己的生活。性格独立，不盲从，遇事讲道理，爱扯白扯皮扯淡。

瘟七九，就是指我们这个年级。我们大多数是应届生，入校时不过十七八岁，少数是复读生。不温不火，不骄不躁，老实肯学，埋头读书，不逞一时之口舌，不争一时之短长，温和温良温暖温情温柔温馨，所以有人把我们叫温七九。样板戏《杜鹃山》有个很讨人嫌的反派人物"温其久"，有人就用此谐音给我们冠名，把温七九写成了瘟七九。

温七九绝不是瘟七九。一个铁的事实将永远留在口腔系的史册上——在大学实习期间,七七、七八级都有出事故的,或因拔错牙或钻错牙而受到处分,而我们七九级却没有一个同学出过差错。踏上社会后,温七九更是以温良恭谦立世,以温文尔雅待人,留在国内的也罢,出了国的也罢,都是业务骨干,全是受人尊敬的"白骨精"——白领、骨干、精英。

为了给瘟七九正名,我认为还有必要多举几个例证,用事实服人。

记得入学不久,全校举行运动会,在进行排球选拔赛时,一班PK二班。听说二班男子排球水平很高,有几个同学在入大学前就是高中排球队的主力,而我们一班呢,虽没有悍将,但谁也不敢小觑我们的战斗力,不说别的,一班的身高就占优势。廖和平,身高一米八几,细长细长的,全系身高第一,点名时站队,他总要把腰杆故意弓起,要不弓腰,更要显得鹤立鸡群。夏田、张卫远、叶志坚身材高挑,也接近一米八。打排球既是比技巧,也是比身高,有廖和平那样的几个巨人在场上撑起,掌握了制空权,没开球就先赢了几分。

比赛那天,全班同学都去扎场子,当啦啦队。

"廖和平!雄起!""廖和平!雄起!"

不少人都知道"雄起"是从四川吼起的,从成都吼起的,但或许没有几个人知道,雄起是从四川医学院开吼的,具体地说就是从一班和二班的那场排球选拔赛中开吼的,而且是一班啦啦队率先吼出了春雷般的第一声。

廖和平向啦啦队挥挥手,眯眯眼,咧咧嘴,报以他那很有特色的"廖和平式微笑"。

"廖和平!雄起!"啦啦队吼得更起劲了。

廖和平雄得起,跑得快,跳得高,拦球拦得住,扣球扣得猛,给我们班争得好几分,其他同学也都雄得起,我们班赢了第一局。

打到第二局,其他同学还勉强雄得起,而廖和平却率先抽了底火。他爱睡懒觉,缺少锻炼,还抽烟,身体很弱,一旦真到排球场上去见真功夫,很快就原形毕露。任凭"廖和平雄起"的吼声震天动地,球到了他跟前,他本该跳起来狠扣,却跳不起来,挥手扣球也绵软无力,球轻飘飘一过界就被对方给拦了回来。

"你们这些男子汉怎么一个个蔫不拉叽,这么不中用?下来下来!我来!"眼看一班就要败给二班了,女班长吴兰大声吼叫起来。

她做事干练,虽然长得玲珑剔透,却是一条咬钉嚼铁的"女汉子"。她身手灵巧,排球打得好,她要求裁判换人。

她就穿着一件花格子外衣进入了赛场。她还接了队长的指挥权。就这样,一班男排队员中,出现了一个女队员。

"吴兰!雄起!"

在吴队长的带领下,落后的比分缩小了,几个主力队员重新振奋起来了。遗憾的是,一班与二班实力差距确实太大,二班以兰鸿作为主攻手,以盛康、王伟作为副攻手,罗良、王虎穿插传球,吴友农、张有愚、赵大国三点防守,特别是那个赵大国表现得特别活跃。赵大国入学时才十六岁,身高不到一米五,差点被学校拒录,因而得了个"根号2"的诨名。哪知道赵大国入学后一个劲疯长,短短时间就冲到了一米七,加入了二班排球队,成了让一班排球队畏惧的二传手。最终轻松地干掉了我们一班,代表口七九排球队出征。

四川医学院组建女子排球队时,吴兰一举入选,并成为当之无愧的主力。我们学校的女子排球队在全省大学生运动会上,打遍大学无敌手,获得四川省大学生女子排球赛冠军。

说到排球赛,就不由得使我想起另一件与排球比赛有关的趣事。

1981年11月，中国女排以亚洲冠军的身份，参加了在日本举行的第三届世界杯排球赛。16日晚，中国队三比二战胜日本女排，以七战全胜的成绩首次夺得世界杯赛冠军。我们系有一台21寸彩色电视机。为了让更多同学看见女排夺冠的盛况，同学们把桌子垒起来，将电视机放得高高的，全系几百名同学，个个伸长脖子，边看边发疯。

"扣！扣哇！使劲扣！"当球传到郎平手里时，全体同学攥着拳头站起来，高喊着给郎平加油。

"顶住！顶住！一定顶住！"当球场上出现对我国女排不利的局面时，同学们也跟着咬牙切齿。

排球场上的袁伟民着急，同学们也跟着着急，袁虽着急脸上表情却很平淡，有大将之风；我们着急一个个大喊大叫，都沉不住气。宋世雄那尖利的解说词爆豆子般在电视机中炸响，我们嗷嗷嗷的惊叫声在电视机前轰鸣。

当判定中国女排夺得第三届世界杯冠军的哨声最终吹响时，发奖仪式结束，中国女排捧得了奖杯。同学们跑回宿舍，敲碗敲盆，有的干脆将暖瓶摔在地上，为的是听那声响。

夜深沉，心难平，人难静，校园沸腾。同学们相约走出川医，与邻居四川音乐学院的学生会合，沿着府南河，步行到九眼桥，再与四川大学学生会合，又到天府广场毛主席塑像前，呼口号，唱歌曲。天府广场激情燃烧，邓礼辉同学竟脱下身上穿的衣服，点燃了。要知道，邓礼辉烧的，是一件八成新的蓝色斜纹帆布工作服。那是他上学时朋友送的，是他的礼服，平时舍不得穿，此时竟变成了一支小小的火炬，照亮夜空。

如果口七九真是所谓的瘟七九，能为国家女排的一场胜仗而彻夜躁动、不休不眠吗？

二班排球比赛实力超群，音乐舞蹈人才也不少。全校举行年级合唱比赛，由二班代表口七九出征。演出比赛在学院大礼堂举行，合唱由姚恒瑞老师指导，戴霞飞担任男声领唱，谢红担任女生领唱。戴霞飞有口腔系"小帕瓦罗蒂"之称，谢飞被同学们誉为"百灵鸟"，这一男一女，美声加民族，中西合璧，又有全班同学的深情配合，赢得满堂喝彩，合唱第一名也无可争辩地被口七九拿走。

口七九还有一个在全校大名鼎鼎的绝活儿，就是黑板报办得呱呱叫。我们年级的刘格林、陈绍陟、吴友农、郭英、徐峰、许彪强强联手，文字优美，图画清新，书法精妙，同学课余饭后争相参观。我们轻松夺得第一。以后每次评比，其他系只争第二名，不争第一名，因为他们再怎么努力，也办不出口七九那样高水准的黑板报。

口七九不是在某一方面雄得起，是方方面面都雄得起。吴兰参加全校七项全能比赛，夺得第一名，全省大运会第二名；路琦的掷标枪，夺得全校第一名；刘格林的三级跳远，夺得全校第一名；刘格林的书法，夺得全校第一名；吴友农的绘画，夺得全校第一名；陈绍陟参加诗歌大赛，夺得全校第一名……我也在同学的指导下，有三次获得四川医学院演讲比赛第一名。

恼人的微积分

四川医学院口腔系和四川医学院口腔医院是两块牌子一套班子，实行的是教学、医疗、科研三位一体的管理模式。口腔系的教授也是口腔医院的医生，在课堂是教授，到医院实习是带习老师。那时，口腔系设有口腔内科、口腔外科、口腔修复科、放射科等科室。随着口腔医学的发展，分科越来越细，口腔内科分设了牙体牙髓科、牙周科、口腔黏膜科、儿童牙病科和预防保健科，修复科分设了活动义齿科、全口义齿科、固定义齿科、种植义齿科、正畸科。每一个科又分了好几个组。

大学既有家一样的温暖，也充满激烈的竞争。在下两中学，我的成绩算好的，进了大学，与来自全国的同学比，我就顶多算个缺少见识的井底之蛙。从进入教室的第一堂课开始，我就努力学习，力图缩小和同学们的差距。但第一次微积分考试，就遭遇到重大打击，只考了五十八分，得补考。

微积分是大学一年级的基础课，城市里的高中大都开设过这门课。下两中学在偏远农村，老师本身都不懂，更别说教我们了。我虽然很努力，但还是感到很吃力。教微积分的老师叫毛建中，四川大学数学系毕业，与谭维明是同班同学。

当年，国家教委委托四川大学数学系招收三十名进修生，为大学培养老师，时任下两中学校长的谭维明一举考中，结业后分配到四川教育学院办公室，后来逐步迁升，从处长晋升到副院长，后来又升任四川音乐学院党委书记，四川省政协教育委员会副主任，官至正厅级。我考入四川医学院口腔系时，他刚分配到四川教育学院办公室当差，得知我考上大学后，他很高兴。我在成都最亲近的人就是谭主任，他也对我特别关照。四川医学院与四川教育学院仅一墙之隔，谭主任家里做了好吃的总忘不了我，让我去他家打牙祭。他经常骑着一辆自行车到学校来叫我。

有一天，他说，"你的微积分学起来肯定吃力。这样，我请毛建中到家里来坐坐，让你们认识一下，你有弄不懂的地方好直接找他请教。"

他做了几个菜宴请毛老师，叫我作陪，目的是让我认识毛老师，能给毛老师留下印象。

其实，我早已领教毛老师的厉害。数学中经常会用到"斜率"，高中数学老师都是读的 xielü。而毛老师教我们时读 xiashuo。我还以为他这个大学老师在读别字呢。开学后的一个月里，我都在纠结这两个字。直到有同学告诉我，在这里"斜"字就得读 xia，如果读 xie，刘禹锡的《乌衣巷》就不押韵了。所以，我对毛老师早就心存敬畏了。席间，我数次向毛老师敬酒，与他套近乎，幻想着有和谭主任这层关系，将来微积分考试他能高抬贵手，让我顺利过关。

考试成绩公布，全年级有三人不及格。毛老师并没给我添两分上去，就让我差了那么两分，进入补考者行列。

"你平时听课还是认真的，这些我都看在眼里。判分过后，我见你只有五十八分，还再次审查了你的答卷，看有没有地方给你改错了，很遗憾，还是只有五十八分。微积分是大学基础课，以后统计学还要用得很多，写论文也要使用微积分。一个医科大学的学生如果不把基础课学好，想学好其他课也很难，将来走入社会，也很难成为一名优秀的医生。"正在我沮丧至极的时候,毛老师把我叫到他的办公室,他说,"我这次给你五十八分,就是想告诉你任何学科都要学懂学好,希望你利用这个假期好好学习,有不懂的地方,可以随时来找我。"

当时,我还真有点怨恨毛老师。到后来,我逐渐明白了,这就是毛老师,这就是华西医科大学的传统。

我还受到年级辅导员张之湘老师的严厉批评。她在班会上敲打说:

"有的人家里条件那么差,吃的是'双甲',还不晓得努力,微积分才考那么点分,还要补考,太不像话了。如果再不努力,补考还不过关,能不能继续吃'双甲',甚至能不能继续在我们学校读书,都要画一个问号。希望那位同学好好想一想今后该怎么办,怎么做到别拉我们班级的后腿。"

她两次说到的"双甲"这个词,令我痛苦万分。

我上学时只提了一个木箱子,里面装着几件换洗衣服和一床被子,没有棉絮,没有蚊帐,更没有钱。上学不久,学校开

口七九一班入学时留影

始评定"两金"——助学金和生活补助金。两金分甲、乙、丙三个档次,我享受的都是甲等,也就是甲等生活补助金和甲等助学金,我们叫它"双甲"。口腔系七九级只有我和邓礼辉、江章茂三人是双甲。甲等生活补助金每月13.5元,甲等助学金每月4元,总计每月17.5元。有了每月的13.5元生活补助金,生活花销基本上就够了。

我上五年大学,父亲对我的所有花费都记着账。老人家说,我读完大学,他一共给了我不到一千元钱,那些钱,我主要是用于五年寒暑假来往探家的路费。如果没有两金,没有给我双甲,我不一定能读完大学。

受到张老师的批评后,确实难受了好一阵子,心里在说,"张老师,你冤枉了我这个学生啊,微积分考试不及格,不是我没有努力,是因为我数学基础太差,加之考试前感冒发烧,没有认真复习,考场上没有发挥出正常的水准啊。"

心里喊冤,但转念一想,张老师虽然语言刻薄,但批评得并不是没有道理。那个假期,我留校补修微积分。不懂的地方,就去找毛老师,有时追到他家里求教。毛老师不在,我就去问谭主任。在两位老师的帮助下,我终于学懂了微积分,补考时,得了九十二分。毛老师表扬我说:"你不是偷懒的学生,有志者,事竟成。"谭主任更高兴,说:"好!一次失败不要紧,关键是不要放弃。以后遇着不懂的,就应该多下功夫。"

实事求是地讲,我学习再怎么努力,与同学们相比,成绩都属中等偏下。要承认天赋。由于我基础太差,天赋又不是特别好,虽然努力了,但我不得不遗憾地承认,笨鸟就是笨鸟,我这笨鸟永远落在那些灵鸟的后面。我的学习成绩一直没有达到理想的效果,只不过有一点,以后各门功课,我全都一次考试过关。

我还想说说辅导员张老师。

辅导员相当于中学时的班主任，是为我们学习服务的勤务员，生活习惯养成的监督员，监督作息制度的管理员，有时又像幼儿园的保育员，婆婆妈妈，唠唠叨叨。

张老师是我们年级第一任辅导员，她是军队转业军官，快人快语，不留情面，心地却极为善良。她那次把我批评得无地自容，可该关心我的，她还是一如既往地关心我。夏天蚊子多，她见我没有蚊帐，便向学校打报告，给我借了一床蚊帐。进入深秋，她见我没有毛衣，就向学校替我申请困难补助，学校给我批了六元钱，让我第一次穿上了毛衣。入冬了，她见我衣服单薄，又向学校打报告，给我借来一件棉衣。

上了半学期课时，我得了重感冒，咳嗽不止，高烧不退，住进了校医院。张老师和同学们都到病床前探视，罐头、水果、奶粉摆满了床头柜，感动得我直掉泪。

张老师在工作上特别认真负责。她经常在男女生宿舍转悠，发现谁早晨没按时起床，就使劲敲门，"起来起来！还睡懒觉！"说实话，我们宿舍的卫生在男生楼是最差的，因为明志强、廖和平、朱刚、谢流、唐勇都爱躺在床上看书，有时看着看着就睡着了。而明志强还边看书边抽烟，瞌睡虫一来，眼一闭，烟一丢，就和衣睡过去了，烟头把蚊帐烧出一个个指头大的窟窿。我们宿舍里还弥漫着一股脚臭味。张老师把我们寝室的同学骂了个遍，骂了之后，又拿着针钱，把明志强那个被烟头烧的蚊帐的窟窿补上，免得他遭受蚊虫叮咬之苦。

刀子嘴，豆腐心。张老师就是这么一个辅导员。

我的漆匠生涯

1980年春，第一学年第二学期开学时，我请爸爸跟我一起到成都去看看，散散心。爸爸非常高兴，娘也很支持。于是，爸爸就带着一百三十元钱和我出了门。

一百三十元钱里有爸爸往返成都的路费，还有给我的五十元零用钱。这是一笔巨款，是一头三百多斤重肥猪的价钱。爸爸怕我带着那么多钱有闪失，就将钱缠了又缠，裹了又裹，揣进了自己的内衣兜。

当时，从仁和到下两的公路还没有修通，我和爸爸前一天下午就来到下两，住了一晚上。第二天天才蒙蒙亮，我们就挤上了从下两到南江的班车。

"糟了！糟了！"车子从下两开出没多远，爸爸突然发出一声惊呼。

"爸爸，怎么糟了？"

"钱没了！钱被偷了！这可咋弄？这可咋弄？"爸爸慌慌张张地翻着装钱的兜儿，钱兜儿空空如也。"我怕把钱丢了，专门把钱放在内衣兜里，可还是丢了。"爸爸一脸懊恼。

爸爸只好带着我下了车。他准备到下两的街上找熟人借钱，爸爸人脉很广，五十元钱很快就借到了。

"北平，丢了那点钱也没什么，我再挣就是了，退财人安乐。这次，我就不去成都了，以后找机会再去，你自己上学去安安心心读书吧。"爸爸把钱交给我。

"我只要二十元钱。"我将三十元钱递给爸爸。

"出门盘缠得宽备窄用,把五十元都带着吧。"爸爸说这些话时脸上带着笑容,硬是把那三十元钱又塞进我手里。

爸爸带着漆家具的全套工具,本来准备一边看成都风景,一边找活干。现在既然不能与我一同上成都了,我就想带走这套工具,利用星期天搞勤工俭学,自己养活自己。反正家里还有漆家具的工具。

"那你带着吧。"爸爸同意了。

爸爸是有名的漆匠。当时做家具都是手工制作,做好之后都得上漆,漆匠的生意非常红火。爸爸当漆匠,还让我和二弟在假期中跟他学染漆,我和二弟黄义华由此学会了染漆技术。爸爸刚开始做漆匠时,从县土产公司购买生漆,自己加工熬制。土产公司的漆是从农民那里收购的,农民掺杂使假,生漆质量下降,漆的家具光亮度不够。为了把家具漆得光洁锃亮,爸爸只得自己上山割土漆。

割漆类似割橡胶,在树皮上斜着割一条口子,再插上半边蚌壳,接住滴下的生漆。夏天割漆很遭罪,为了避免割下来的生漆在高温暴晒下结痂凝固,爸爸通常五点钟就带着我或二弟出门了。土漆腐蚀性大,沾到皮肤上就会红肿疼痛,烂掉一层皮,半个多月才能恢复。出门割漆得长衣长裤,还要戴上手套。树林子密不透风,热得那汗像水珠儿一样"叭哒叭哒"往下流。漆树高大,有的高达几十米,爬上爬下都得特别小心。割漆最难受的是对生漆过敏。我第一次跟着爸爸上山割漆,就过敏得厉害,全身长出细如芝麻的红点,奇痒难受,浑身发肿,脑袋大如斗,眼睛都睁不开。川东北农村有一句俗话:漆者,七也。漆过敏打针吃药不管用,痛痒七天后会自行痊愈。七天后,我全身的红点果真慢慢消退。

我带着爸爸借来的五十元钱和漆家具的全套工具，回到了华西坝。

这样，我的大学生活又有了一项新任务——利用星期天漆家具。父母不但要供我，家里还有两个弟弟和一个妹妹正在读书，负担太重，我想尽我所能为父母减轻负担。

星期天，我到街上当漆匠，开始还怕被同学看到，就在离学校很远的一个街头摆上漆家具的工具，等着用户找上门来。运气还不错，刚把工具在地上摆好，就遇到了第一个雇主。他是一三二厂的符大哥。

"我只能星期天才能出来做漆活，你这些家具我需要一个多月才能漆完，你能不能等？"走进符大哥家，看到他家需要漆的家具有好几件，我就问他。

"为什么只能星期天才来？能不能快一点？"符大哥不理解。我就把我的情况老老实实给符大哥讲了。符大哥一听很感动，把漆家具的活给了我。我虽然是个"半罐水"，但做活特别卖

大三时作者登台演讲

力,刮灰磨砂,两次刷漆,道道工艺做得很仔细,漆出来的家具明亮似镜。符大哥很满意,还专门做酱肉给我吃,结账时还特意多给了我三元钱。

符大哥在朋友圈里为我宣传揽活。仅一三二厂就有好几家请我给他们漆家具。我给爸爸写信,请他给我再送些漆来。

漆家具虽能挣钱,对身体的伤害也很严重。熬漆时味道难闻,气体有毒有害,漆沾在手上很难洗掉,钻进指甲盖则使手指甲黑黢黢的,有碍观瞻。有一阵,我的手又肿了起来,胖得像馒头。到食堂打饭,大师傅两眼直瞪瞪地看着我那双手,怀疑我得了皮肤病,弄得我都不好意思把手伸进打饭窗口。

但为了多挣点钱,减轻父母的负担,我不得不坚持当漆匠。

华西口腔医院办公室主任张志君,家里做了书橱衣柜,想找人漆一下,一三二厂的人把我介绍给她,我拿着工具上门去了。

张老师见我的手肿得那样大,问我怎么回事。我给她说了。闲聊之中,她得知我是口腔系学生,很是惊讶。见我把活儿干得那样好,当面夸奖了我,还多给了几元钱,临走时还教导我:"你是学生,全部精力都要用到学习上。大学只有几年时间,很快就过去了,如果没学到真本事,将来出了学校怎么办?你要缺钱的话,就到我家里来借,将来毕业后挣了钱再还我,现在不用再去给别人漆家具了,那也挣不了多少钱,影响学习,伤害身体,不合算,你记住我的话了吗?"

"记住了,谢谢张老师。"张老师的话暖进了我的心窝,我听着都要掉泪了。

没几天,爸爸又给我送漆来,我带着他参观学校时,在口腔医院门口碰上张老师,执意邀请我们到她家吃饭。

我极力推辞。张老师说,"我有重要的事情与你爸爸说。"我们只好接受了。

张老师虽然做的是行政管理工作,但却是标准的业务专家。她1964年毕业于四川医学院口腔系,主编全国第一部《口腔设备学》教材,创建口腔设备学科,率先在全国为口腔学本科生和研究生开设口腔设备学课程,后来还担任过华西口腔医院副院长。她在家烧了好几样菜,知道爸爸能喝酒,还特意备了酒。她滴酒不沾,以茶代酒敬了爸爸好几杯。

"黄师傅,我今天请你来是想给你说一件事,就是请你把黄北平做漆活的工具拿回去,再也不要让他做漆活了。大学的学习任务本来就重,黄北平基础相对差一些,要赶上学习进度需要加倍努力,让他星期天上街当漆匠挣辛苦钱,不如复习专业知识。把专业知识学好了,将来当一个好医生,挣的钱肯定比漆匠多。现在黄北平利用星期天搞勤工俭学,精神应该表扬,但我觉得这会耽误他的专业学习,说严重点要耽误他的前途。不知道我说的这话黄师傅听明白没有?"

"听明白了,听明白了。我向张主任保证,马上就把那些东西拿走,再也不准黄北平摸漆了。"爸爸点头不迭,竟像下级领受上级交给的任务那样,下了保证。在爸爸眼里,华西口腔医院办公室主任已经是个很了不起的大人物,能亲自请他吃饭,本身就是一件很有脸面的事情,爸爸早在内心感到骄傲,又听张主任推心置腹给他讲了这样一番话,大为感动。

将我接下的漆活全部做完,爸爸就把那套漆家具的工具带走了。

五粮液的芳香

我们第二任辅导员是谢礼明老师。他是北京体育学院毕业，铅球专业。谢老师老家在农村，对我这个山区农村来的学生特别关照。

谢老师做政治思想工作不唱高调，不说空话，不转弯抹角，实实在在。他见我身体单薄，对我说："你记得陈安玉主任在开学典礼上讲的，希望你们能健健康康为人民工作五十年的话吗？"

"记得。"我点点头。

"陈主任的话语重心长啊。身体是革命的本钱，寿命的长度关乎事业的高度。当然，人活着是一回事，健健康康地活着是另一回事。如果身体不好，药罐罐不离手，生活难自理，不但不能照顾家庭，服务社会，还成为别人的负担，那样活着还有什么意义？没有好的身体作后盾，你想学好本事，也是心有余而力不足。希望你要好好锻炼，把身体练得棒棒的。"

几年间，他早晨都带着我一起出早操。那时广播里经常播送"漂亮的姑娘十八九，二十的小伙刚呀刚出头，如金似玉的好年华哟，正赶上创业的好时候"那首歌，我们听着那首歌，先沿校园足球场跑步，跑几圈跑出汗后，就一起练拳，我现在的身体能承担牙科医生的高强度劳动，与谢老师带着我在足球场跑了几年早操大有关系。

有一年放暑假，我与孙颖、王宇春、沃小蓉三位同学在成都开往西安的火车上不期而遇。火车上特别挤，连卫生间都挤满了人。恰逢下暴雨，车过绵阳，就在一个叫中坝的地方停住不动了。列车广播通知，前方铁路大桥都被洪水冲垮了，正在组织人员抢修。列车就像一条弯曲的死蛇僵在那里，为准备随时开车，列车员允许开车窗，但紧锁车门，全车人都像犯人一样被关在车上。

　　第一天，车上还有电有水，到了第二天，水没有了，汗臭味、屎尿味，熏得人直恶心。这些都还可以忍受，无法忍受的是饿肚子。我们上车前只带了几个馒头和咸鸭蛋，一天过去，带的东西已经吃光。好在周围出现了卖食品的农民。那时的鸡蛋也就三分钱一个，苞谷洋芋几分钱一斤，可他们喊的价格是煮苞谷五分钱一个，蒸洋芋一角钱一碗，煮鸡蛋一角钱一个，不讨价还价，要买则买，不买拉倒。刚开始两天，我身上还有点零钱，能够勉强果腹，第三天，我便身无分文，但我实在抹不开面子向女生借钱。孙颖察觉了我的窘境，拿出自己的钱买了几个苞谷请大家吃。第三天下午，因前方路未修好，列车只好原路返回。我们又回到了成都。

　　身无分文，举目无亲，我只好向谢礼明老师求助。谢老师并不宽裕，但他马上给我借了几块钱，又请示系领导，给我开了介绍信，说明火车遇阻情况，请求铁路部门特殊情况特殊对待，让我拿着失效的火车票继续完成探家旅程。我拿着口腔系开的介绍信和那张过期的学生半价票，到成都火车北站找到值班领导，值班领导二话没说，就让我挤进了开往重庆的火车。

　　那时，从成都到达县得从重庆转一个九十度的大弯，慢车一般要走将近一天一夜。用过期学生票上车没座位，就靠两条腿站。幸好书包里有两张报纸，我将坐在凳子上的人腿扒开，侦察座位下有没有空余地方，总算寻到一个三人座长椅子下面没有人，立即弯腰把报纸铺好，钻了进去。在火车车轮与钢轨的隆隆摩擦声中，在脚臭、汗臭和屁臭中，沉沉睡去。人是最能适应环境生存的动物，此时此刻，哪怕是皇亲国戚，也不会觉得火车的座位下面有多脏多臭，而是觉得那个廉价卧铺太舒服了。车轮与钢轨摩擦的哐当哐当声，成了送我入梦的摇篮曲。

见我回到家，全家人惊喜万分。特别是老娘，更是高兴得热泪盈眶，说，"我就知道北平没事，会回来的。感谢菩萨。"原来，全家人根据我信上告诉的放假的日子，计算着哪一天我该到家，可该到家几天都没到家，以为我在路上出了事，着了慌，母亲还找到了一个神婆子到家里给我算了一卦，神婆子口中念念有词："父母大人请放心，儿在山上救良民。"老娘听神婆子这样一说，半信半疑，天天在我回家的路口等待，终于把我等了回来。

谢老师善饮。毕业前，想到谢老师对我的关照，我准备买瓶好酒送给他。五粮液紧俏得很，想买都买不着。恰巧，同学许燕的父母在五粮液酒厂工作，我托她给我买瓶五粮液，她满口答应，不久，真给我把酒带了回来。

星期六下课后，我把那瓶五粮液用报纸包着，夹在腋下，走进了谢老师家。谢老师见我给他送了瓶酒，马上对妻子朱姐说："黄北平既然把酒拿了来，让他再拿回去也不妥，不如你炒两个菜，我和他把这瓶酒就地消灭了。"我们把那瓶五粮液给彻底解决了。那是我第一次喝那样高档的白酒，感觉真香，真的是沁人心脾。

二十世纪九十年代末，我下海办起了私人口腔诊所。谢礼明老师则当了华西口腔器材服务部经理，不知是业绩欠佳还是别的原因，没多长时间就"下课"了。他闷闷不乐，到我这里来住了几天。

"公家不要你干，您就自己出来干。"我就鼓动他下海。

"我下海能干得起来?"谢老师没信心。

"怎么干不起来?有好多外行都在搞器材销售,凭着您那么多的学生,凭着华西口腔那样广博的人脉,我不信您干不好。我需要的器材肯定从您那里进,我们同学需要的器材也会从您那里进,众人拾柴火焰高,有这么多的同学给您扎起,生意肯定做得走。"我为谢老师打气。

"好。我回去就办手续,有你们这些同学'筹和'(支持的意思),我就甩胳膊甩腿干一场!"谢老师信心满怀。

遗憾的是,谢老师在我这里激动了一阵子,回到成都后,就再也没有听到他要下海的消息了。或许,从大学老师跃身商海,毕竟转的弯子很急很大,难免顾虑重重。或许他没有投身商海的经济实力,开办一家私人公司,至少也要投入几十万元,他可能一下子拿不出那么多钱,而投入的钱能不能收回来也是一个未知数。或许谢老师本身就没有成为商人的潜质,经商得天天与顾客打交道,脸皮需要有足够的厚度,谢老师生性腼腆,见人说话就脸红,很难放下那个身段。言而总之,直到退休,他都没有下海。

谢老师,您是我的好老师,您没有下海,我尊重您的选择。我只希望您过得好。

吴教授的魔法

教我们固定修复的老师叫吴德全，主要教牙体缺损的修复。他说话风趣幽默，讲课引人入胜，但也有一个缺点，脾气大，爱发火，喜欢摔东西。

吴老师抽烟，牙齿熏得黢黑，人精瘦精瘦的，经常自嘲"我是口腔系老师，应该带头戒烟，给学生做不抽烟的榜样。我这一辈子天天都在喊戒烟，下了几百次决心，戒了几百次，戒烟几十年，都还没有把烟给戒掉"。

他陈述抽烟的诸多危害，首先是经济上吃亏，一年至少要抽掉一辆永久牌自行车。其次在社会上讨人嫌，在家里地位低下。"我这口牙齿黑得像刷了漆一样，抽烟都抽成了严重的牙周病，满口牙齿都松了，牙不好，吃饭不香，消化不良，所以我长得像根豇豆，细条细条的，如果我不抽烟，牙齿好，消化好，那我就不是一条豇豆，而是一管胡豆。"

吴老师是四川人，川南口音特别重。上第一堂课，他就说，"我讲课不会用普通话，我一讲普通话要吓得你们腰杆痛。"

吴老师爱开玩笑，往往用玩笑的方式把枯燥的教学变得活跃。有一次，有患者六龄牙缺失，我给他做了个活动桥，可他戴着总说不舒服，我左看右看，没有发现问题，就向吴请教。

"你这牙做得很好，没有任何问题，可牙齿是有活力的，你的这颗假牙就是缺少点灵气，只要我给它施点魔法就行了。"他一边说一边把那个活动假牙拿在手上，手指压在卡环臂上，举到嘴前，装模作样哈了一口气，递给我，说，"你去洗一洗，消消毒，然后请患者戴上。"我真的去将假牙洗了洗，消过毒，让患者戴上，"怎么样？"

"这就对了，很舒服了，您的魔法很灵。"患者戴上假牙咬了咬，对吴教授心悦诚服地说。又前后左右使劲咬了咬，觉得很舒服，连声说："好了,好了,谢谢！谢谢！"心满意足地走了。

"吴老师，您这是施的什么魔法？"患者走后，我带着一脸的惊奇和不解问。

"我有鬼的魔法！你做的那颗假牙本来很好，只是活动桥的对抗臂高了一点，对抗臂要在观测线上，游离端过高，患者戴着必然不舒服。我趁你们不注意的时候，用指头将对抗臂的游离端稍微往下压了压，患者戴着当然就舒服了。那不是魔法，是技术，是经验。你连做好的活动臂都不知道调试好，高了的都不知道压一下，要不是有患者在场，我都要给你扔到窗外去。"吴老师黑着脸教训我。

吴老师手还特别灵巧。我们读大学时用的是台式牙钻机，电动机带碳刷，要通过八个轴轮，用线制车绳才能将动能传导到机头。牙钻机传导系统复杂，不但转速慢，而且很容易出现故障，机头上的三瓣簧片沾上油污或粉尘就容易打滑。牙钻机一出故障，我们就喊："打电话，叫修理部派人来修。"打完电话就坐在那里等。有时要等很长时间修理部才派来维修人员。有时修好用不了多久又坏了，又得打电话，又得慢慢地等，很耽误工作。吴老师带我们的队，遇到牙钻机出现故障，他都是自己动手修理。他用自制的两个卡子一卡，将机头的轴心卸成两块，再用废弃的长柄砂石针柄将三瓣簧敲出来，用煤油清洗干净，再将三瓣簧放入轴心，调好松紧度，然后装配到位。吴老师修理之后，牙钻机非常好用，管的时间还长。

他还教我们自制简单的工具。将废弃不用的钥匙头上开一个小口，就是一个很精巧的小扳手。修补假牙剩下的自凝树脂，他也都物尽其用，他在废长柄车针尾部捏成一个椭圆，再将其一端细致打磨，就成了一把袖珍改刀，用于拆卸维修口腔科的牙钻机头。

吴老师要求学生都要学会修理机器，自制小工具。有的同学手懒，吴老师严肃地批评说："有些人心里可能这样想，这种事，似乎是补锅匠干的，一个堂堂牙科医生，干这种事耽误时间，不值得，买小扳手、小改锥也花不了几个钱。有些人大事做不来，小事不爱做，这是钱不钱的问题吗？是解决救急的问题。"

他特意给大家讲了一个故事。有个牙医，家里有一些金耳环金戒指之类的首饰，文化大革命来了，家人担心那些金首饰被红卫兵抄家抄走。全家人急得团团转。牙医用一晚上时间，将金首饰融化，铸成了几枚大小不一的毛主席像章，大人胸前挂大的，孩子胸前挂小的，全家老小，人人有份。那时，除了每人一本红宝书和跳忠字舞外，胸前还以能挂枚毛主席像章为荣。牙医凭借那双巧手，造的金像章美轮美奂。虽然造反派怀疑牙医家藏有金子，但却从来没有怀疑戴在牙医全家人胸前的毛主席像章就是金子做的。一家人戴着用金子铸的毛主席像章，上学、上班、参加批斗会。那几枚像章，成了真正意义上的保护神。

这个故事生动有趣，还直接关联到口腔系的学生，大家听得津津有味。

见同学们听得入了迷，吴老师马上言归正传，"牙科医生为了避祸用金首饰铸像章的事以后恐怕不会遇到了，但牙科医生把手儿练得巧一些却永远需要。你们将来毕业后有可能分配到基层医院，恐怕不会有专管机器设备的维修工，设备出了问题，自己会修理，就用不着求人。这里我再向你们提一个问题，你们谁能回答，当牙医的，为什么最逗女孩子喜欢？回答不出来吧？因为牙科医生手最巧啊。凡是技术工人能做的，牙科医生都能做，女孩子与这样的男人组成家庭，男人可以万事包，女人不用操心。修理机器，制作小工具，动手动脑，还能锻炼耐性，改掉心浮气躁的毛病。干口腔，你不要把它看得很神秘，就像翻砂工、铸造工一样，只是要做得精细一点。"

随着口腔医疗器械的更新换代，那种台式牙钻机早被新式汽动马达代替，只有在母校的口腔博物馆才能看到它了。但吴老师教我们拆洗修理台式牙钻机的情景一直历历在目。

在所有教授中，吴教授的脾气是最孬的。他批评起人来言辞如刀，几个同学都曾被他骂得狗血淋头，他还多次把学生做的不合格样品扔到窗外去。

王虎是我们年级公认的学习好手，有一次，他给一位患者做四分之三冠时惹怒了吴教授。做这种冠体的技术难度很大，因为是要放在前牙的位置，稍不合适，不但戴着不贴合，还直接影响患者的形象。王虎做得很精心，可接连做了七次，都没得到吴教授的认可，吴教授竟两次把王虎做的牙冠扔到窗外。直到做了第八次，才点头放行，这时已是晚上十一点。

被吴教授将假牙直接扔到窗外的远不止一个王虎，级长张卫远被扔过，学霸胡静也被扔过。我没看见他往窗外扔过女同学的铸件，但他把女同学当众批得大哭的场面可不止一次。

女同学汪自蓉刚从外科转到修复科不久，有一天，同学之间互相练习取模。取模得先调打样膏，调打样膏科技含量不高，但需要经验累积，熟能生巧。华西那些老护士，右手持调拌刀，左手摊握调拌碗，粉液按一定比例放入碗中，调拌刀顺时针搅拌，在左手上利用五个手指的灵活运动，使调拌碗逆时针旋转，海藻酸盐老老实实在碗里起舞，像是一场漂亮的杂技表演。海藻酸盐调拌均匀，膏体细腻，取出的模型准确、清晰。调拌碗干干净净，像是彻底清洗过一样。

由于第一次调打样膏，她不免有点紧张，调拌中调拌碗掉到了地上。吴教授当着我们的面说她："调打样膏连碗都拿不住，你还能干什么？"汪自蓉学习很好，自尊心又强，她含着泪，捡起调拌碗打整干净，又继续调。

当时打样用的是学校配制的海藻酸钠，用熟石膏粉混合调拌取模，打样膏的凝固速度与粉液比例、气温高低、调拌快慢密切相关。她认认真真进行第二次调拌，却由于不熟悉打样膏性能，调好的打样膏刚放到托盘上就开始变色，到口腔之后，还没压到位，就凝结成形了。吴老师看到之后，更生气了，"你这是怎么搞的？怎么这样笨手笨脚的？"她呜呜地哭开了。

第三次取模很成功，可灌注时或许抖动力度不够强，模型翻出来之后有两个气泡。吴教授见状，又把她批评了一顿。羞愧难当，她又哭了起来。

为练习取模型，她被吴教授批评了三次，哭了三次。医生开处方嘱咐患者一天服药次数，为书写方便，经常用英文字母代替，qd 表示一日一次，bid 表示一日二次，tid 表示一日三次，qid 表示一日四次。汪自蓉同学一天哭了三次，同学们就给她取了个绰号，叫 tid。

汪自蓉现在旧金山行医，医术精湛。硅谷那些大佬享受她娴熟而高超医术的时候，绝对不会知道，她的成就来自于中国教授近乎严苛的教诲。

闲不住的小易老师

教牙周病学的易新铨老师，和教口腔解剖生理和颞颌关节的易新竹老师，是一对同胞兄妹，来自四川省开江县新太乡燕子沟。哥哥易新铨 1955 年考入四川医学院口腔系，妹妹易新竹 1958 年考入四川医学院口腔系，这曾是轰动开江县的大新闻，有人称兄妹俩为"易氏双杰"。他们毕业后又双双留校，成为口腔教授。为了区分，同学们一般称哥哥为"大易老师"，称妹妹为"小易老师"。

小易老师被誉为中国颞颌关节第一人。她温文尔雅，平时话不多，可一旦说起专业来，便滔滔不绝，几个小时不停嘴。

她对教材烂熟于心，讲课非常认真。乳牙 20 颗，恒牙 32 颗，不管是上下左右哪颗牙齿，从口袋内随便摸出一颗，不用看，她只要把牙齿拿在手里四面一捏，就能说出这颗牙的名字，长在口腔的哪个位置。

她讲课生动有趣，讲到下颌第一双尖牙时，就用"举头望明月"来形容颊尖，用"低头思故乡"来形容舌尖，让我们过耳不忘。

除了教书和读书，她似乎没有什么个人爱好。她不进歌舞厅，不搓麻将，白天上课、看病，晚上备课、修改论文。有一次，同学吴友农感冒发烧，耽误了几节课，小易老师硬是用了几个晚上，帮他把课程赶了上来。

1983 年，我们正在读大四时，江西医学院筹建口腔系，请川医口腔系派人去指导，小易老师受命担此重任。到了南昌，她白天给老师和学生上课，晚上讨论修改图纸，半年时间，就帮对方把口腔系建起来了。

为了表示谢忱，对方领导专门留出两天时间，要派车送她上庐山转转，竟被她婉拒了。她利用那两天时间，为新组建的口腔系开学作了最后的准备。

"小易老师是个工作狂，她最好说话了，口腔医院任何人找她加号，即使忙到晚上七八点，她都要加。"这是人们对她的评价。

她也为家庭付出很多心血。1972年到1982年间，她的丈夫在贵州航校工作，一双儿女都小，全由她拉扯。她背上背一个，怀里抱一个，拖着两个孩子上夜班，接急诊。

毕业之后，我很少到成都，有时出差到蓉也是来去匆匆。有一次，我到成都办完事，中午专程去看望她。小易老师很高兴，执意要我在她家里吃饭。她说一点半还约了病人，中午只能将就着吃面条了。

她也有七十多岁了，怎么还不退休呢？

"小易老师，您退休了还要准时去上班吗？"我禁不住问。

"每天都有病人老远来找我，我退不了啊，还有很多学生的论文等着我修改啊。"

她确实退不了。她心里永远装着两种人，一是病人，一是学生。她天天准时上班，看门诊，带学生。一个大专家，上耍耍班，每周上两个半天课，坐两个半天的门诊，完全可以嘛，可她不，偏要天天上满班。不但天天上满班，好多时候中午还要拖班，拖到下午一点才下班。下午四点半下班，有时到了七点了她还在上班。有的专家一天就挂几个号，她一天挂二十个号，连星期天都不休息，一年三百六十五天，她要上三百六十天的班——那五天学校和医院放假，必须关门。

有人说，老年人的生活得五有：有一个窝，有一点钱，有一个伴，有一点爱好，有几个耍得来的朋友。小易老师其他都有，就是没有别的爱好，不善交际，至今连个舞友歌友牌友都没有，天天不是上班，就是宅在家里看书。二十多年，她连春熙路都没有去过。

"小易老师，您满七十岁了吧，该休息休息了。"我劝她。

"我早就年过七十了，岁月催人老哇，时间不等人啊，我得抓紧时间做点事，等将来老了，不忙了，就好好休息。"她笑着说。

"现在，我们那里的退休干部时兴'一看、二打、三跳'，就是上午看书看报，下午打麻将，晚上跳坝坝舞。你也可以看看书打打麻将跳跳坝坝舞嘛，不能除了工作就是工作。"

"北平，现在还不行啊，有那么多的学生要我指导，有那么多的病人找我诊治，我天天都有做不完的事啊。你没当过老师，体会不到老师的感情，不把学生教好，误人子弟，总觉得那是犯罪呀。你是医生，肯定体会得到医生的感受，有病人找你，你不得不看吧？有些从农村来的患者，如果让他们按先来后到的次序等下去，在城里多待一天，又要吃饭，又要住店，得多花多少钱呀？有些患者虽然不缺钱，可从福建、广东等地大老远跑来找我，如果让他们排着队等，等到排上号，义齿再由加工中心统一安排，技工再一拖，好多天就过去了，我加个号，利用晚上的时间给他们把假牙做好，让他们及时把病看了，让那些大老远跑来找我的患者早日解除病痛，受点累又算得了什么呢？有些人觉得我生活残缺，其实我觉得我生活很美好，高兴得很呢。北平，我给你讲一个例子。二十年前，我给一位患者做了一颗义齿，他戴着特别舒服，后来他下海到了西安，不小心把那颗义齿折断了。他找到西安一位牙科医生，说，'你给我做颗最好的牙齿。'医生告诉他，'可以做最好的，可最好的也是最贵的。'他一拍胸脯,'贵不要紧,只要能给我做好,钱不是问题。'医生就给他做了一颗'金钯合金',两万元。可戴着就是不舒服。他不得已取下那颗高贵的金钯合金,请医生给他将我镶的那颗折断的半节牙粘上,粘上的断牙竟比那颗金钯合金戴着舒服。没过多久,那颗断牙又坏了,他又找到我,请我给他再做一颗牙齿。我的号此时已经排到一个月以后,那位患者排上号,准备返回西安,一个月后再来。我二十年前给他做颗牙齿,他至今还记得我,信任我,宁愿坐飞机在西安成都间往返两趟,也还要我给他做,这是多大的信赖。我觉得让他这样来回跑很不忍心,就利用中午休息时间,给他赶制出一颗牙齿。他一戴上就说,'舒服了。义齿不是贵不贵的问题,是戴着合适不合适的问题。'对我千恩万谢,高高兴兴地乘飞机回西安去了。你说,这样的班我该不该加?"小易老师细声细语。

"该加,该加。"我应声不迭。

"北平,你们那时的学生特别珍惜来之不易的学习机会,一个个学习都很努力,尊重老师,肯学肯问,现在条件好了,有的学生的刻苦劲头就差远了,写论文抄网上的,这怎么能成为一个好医生呢?

"医生给人治病,不精心可不行,必须认真又认真,谨慎又谨慎,战战兢兢,如履薄冰呀。我一生中看了不计其数的患者,做过不知多少例手术,值得欣慰的是,没有出过一次差错事故,没有一个患者找我说过聊斋。是患者的厚爱和宽容成就了我易新竹的今天,我感谢患者。"

"小爬虫"的愧疚

大易老师教我们牙周病,虽然只讲一章,但这一章却占了口腔内科学三分之一以上的篇幅,是大学五年中教我们专业课最长的老师。

"同学们,能听懂四川话的请举手。"大易老师第一次给我们上课,走上讲台就来了这么一句话,一下就缩短了和同学们的距离。

大家全都唰唰地把手举了起来。

"既然大家都能听懂四川话,那我就用四川话上课。憋椒盐普通话,我憋得难受,你们听着也难受。我讲课的语速可能快,如果有同学没有听懂,请马上举手示意,我可以再讲。"

大易老师一头银发,声音洪亮,风度翩翩。他从牙周病讲起。

"牙周病是指发生在牙龈、牙周膜、牙槽骨和牙骨质的疾病。患牙周病后,轻者牙龈发炎、出血、口臭,重者牙齿松动移位,牙根暴露,咀嚼无力,甚至脱落。牙周病是人类普遍罹患的疾病之一,成年人中患病率高达90%。牙齿既事关人体健康,也事关美容。再漂亮的人,一旦成为'无齿之徒',那漂亮就一定大打折扣。无论是普通人还是大牌明星,谁都希望自己的那副牙齿整齐迷人。希望同学们好好学习,把牙周病消灭在早期阶段,让更多的人远离牙周病的折磨",……

大易老师是牙周病学权威,他主研的"牙康",使用方便,对治疗牙周袋、牙周脓肿有显著疗效。他和张举之教授共同研究的中成药"补肾固齿丸",受到普遍欢迎。

我们读大学的年代,改革在如火如荼地进行,刚从牛棚里放出来的教授,放下了牛鞭拿起教鞭,一心想把被耽误的十年时间抢回来,把自己的一身绝学传下去,生怕自己讲的课学生没有听懂。学校学习空气也特别浓,恨不得都将老师肚子里的货全部掏到自己的肚子里,有点不懂的地方,就缠着老师刨根问底。特别是大易老师,不少时候响了下课铃也下了课,身边还围着一堆学生,大易老师不厌其烦,一遍又一遍回答学生提出的问题,一直说到下一堂课的老师走进了教室,他说声"sorry",才夹着教案匆匆离开教室。大易老师那种认真负责的精神深深感动了所有学生,有人形容,他教我们这群大学生,就像幼儿园老师教小孩一样,细致、耐心、温柔。大易老师讲课虽然是一口四川话,可抑扬顿挫,句句拿捏得准。

或许是过度用脑的缘故,或许是遗传基因在起作用,大易老师读中学时,头上就冒出白发。到他四十多岁教我们的时候,已是一头银发。因为医术高超、平易近人,小朋友都叫他"老爷爷",他不以为忤,照样答得响亮、亲切。

大易老师善于运用形象教学。讲牙菌斑时,由于没有实物,我们都感到不好揣摩,易老师说,"牙菌斑是以细菌为主的小型斑块,附着在牙齿表面,肉眼看不见,一般的漱口刷牙奈何不了它。你们看没看到河里石头上长的青苔?"

"看见过。"学生齐声回答。

"牙菌斑就好比河里石头上长的青苔。青苔,水冲不掉,非得用铁锹去铲。牙医用的洁治器就好比铁锹,用铁锹一铲,就把石头上的青苔铲掉了。"他打了这样一个形象的比喻,大家一下子就记住了。

1990年底,我萌生了回母校进修正畸的愿望。一打听才知道,名额有限,想进修的人得排队,至少得等五年才能获得进修机会。我专程去找大易老师寻求帮助,他立即带我去找医教科唐思学主任和正畸科的罗颂椒主任。在正畸科碰到饶跃,饶跃是口七九三班的同学,毕业那年就考上了研究生,后来又考上了罗颂椒主任的博士研究生。老同学相见,分外亲热,饶跃把膛子一拍:"北平兄,正畸科我给你搞定,其他科室由大易老师去想办法。"

经过大易老师和饶跃同学的努力,我终于在1992年春得到了回母校进修的机会。

进修期间,我和大易老师接触频繁,他经常请我到他家里去吃饭。有一天,他随口问我父母的情况,当得知两位老人家身体健康时,他不禁有点伤感。

"我这一辈子最大的遗憾是没有对父母尽到孝心,特别是没有照顾好母亲,她老人家过世前我们连面都没有见,话都没有说上一句,这是我这一生最难过的事。"

据他讲述,父亲继承祖业,拥有一百多亩田产,家道殷实。父亲和母亲都是教师,1951年,父亲突然吐血不止,不治离世。一家人的生活重担全落到了母亲一个人身上。母亲认准一个理:孩子不读书就不会有出息,哪怕家里再困难,只要孩子愿意读书,就一定要让孩子上学。为了让兄妹俩能继续学业,母亲将最小的孩子送给了一对没有生育的夫妻。

因为那一百多亩田地,易家被划成"小量土地出租者",俗称"小量出租",成分介于地主和富农之间,算剥削阶级,属于严管对象。父亲去世了,批斗训话时,往往要把母亲拉进批斗场。好在母亲心善,有许多人保护她,平安度过了那段惊涛骇浪的岁月。

大易老师说,他们兄妹能有今天,全靠能干的母亲。

1992年,我与大易、小易老师合影。

他考上大学后,母亲叮嘱道,"你考上大学,为易家争了气,到了学校后要听党的话,积极靠近党组织,彻底和家庭划清界线,只要你好,我就好。"

母亲让他轻易不要给家里写信,担心被审查出问题。因为表现好,积极向党组织靠拢,他被吸收加入了中国共产党,还被选进了学校的"第八专业"——据说是四川医学院和国防部门联合为核科学培养专门医学人才的计划,不但要学习成绩好,还要家庭成分好。

1961年,他分到华西口腔当教师刚刚一年。有天,突然接到一封电报:母亲病重。他连夜往家里赶。四五天后到家,他看到的是刚刚垒起的一座冷冰冰的新坟。病情很重,母亲挡着不让亲戚给孩子发电报,"我死了弄到山上埋了就是了,一定不能告诉他们。我们家的那顶小量土地出租的帽子,已经让他们吃了大苦了,我死了不要再给他们添麻烦啦。"

"从我考上大学走出家门,就再也没有见过母亲,她走时母子间连话都没有说上一句。"说到这里,大易老师埋下了头,眼泪直往地上掉。

文革中,造反风潮一浪高过一浪,本来是逍遥派的他,也给卷进去了。

看到连陈安玉、王翰章那样的好领导都被揪了出来,惨遭蹂躏,他就联络了一批同人,成立了一个造反组织,想暗中保护那些挨整的领导。造反派对他恨之入骨,一查他的家庭出身,立马找到了致其于死地的罪证,他被打成混进党内的剥削分子、反动学术权威的孝子贤孙、政治上的小爬虫。

武斗的枪声响起来了,口腔系门诊大楼顶上架上了机枪,天天哒哒哒地射来射去。全院竟有十四人死于非命。口腔牙周病学主要创始人邹海帆教授,被活活斗死。

他因为被关在牛棚,躲过了那场灾难。"文革结束,我这个小爬虫又回到了医生的岗位。我们受到了全社会应有的尊重,工资提高了,住房条件改善了,要是母亲还活着,看到今天这一切,她老人家该会多么高兴啊!"说到这里,大易老师失声痛哭。

"您已经这么长时间没回过老家了,能不能和小易老师抽出点时间回老家看看呢?"见大易老师悲伤的样子,我问。

"如果有机会,当然还想回家看看,给父母扫扫墓。"

"那好,我来安排。"

我马上找朋友借了一辆小车,把两位老师接回开江。我还专门借了一部相机,给两位老师全程拍照。

兄妹二人在父母墓前焚香烧纸,怆然泪下。大易老师失声痛哭,"我对不起你们!请原谅儿的不孝!"临离开前,他还向父母许愿:"爹爹和娘,你们等着,过几年我还会再回来看你们。"

2013年，大易老师去世。他后来没有实现回老家的愿望，对此我是有责任的。如果我多去看他几次，多催促一下，大易老师的第二次开江之行可能就会成行。

大易老师不在了，小易老师还在，能不能促成小易老师的开江之旅呢？

2016年春天，我专程去看望她。她还是在上班，还是每天挂二十个专家号，还是有那么多患者从大江南北飞来找她。在她那间不大的办公室刚坐下，助手就喊："易老师，有病人找您。""请他坐一下，我马上就来。"听说有病人来找，她就像听到了冲锋号的战士。

"北平啦，说心里话，我也想回老家多住几天，离开家快六十年了，还是你那次找车来接，我才和哥哥回了一次老家，可我现在真的很忙，等病人少了点，我就回去。"小易老师对我说。

"请您把回开江的事记在心上，只要您约定时间，我就开车来接您。"

临离开小易老师的家，我突然想到大易老师的家去看看。

两位易老师住在教授楼同一个单元，小易老师住一楼，大易老师住三楼，那是华西医科大学口腔医学院给专家教授建的最好的一栋住宅楼。来到大易老师生前住过的宿舍前，敲了敲门，里面无人应答，防盗门上已结满蛛网。大易老师去世两年后，师母也走了。这里自此再也无人居住。

站在防盗门前，眼前浮现大易老师的满头白发，我泪眼模糊，思绪滚滚。"想见风范空有影，欲闻教诲杳无声。"尊敬的大易老师，您人虽然走了，您生前的音容笑貌，口七九的同学永远铭记在心。

精神永驻，师魂不朽。

黄教授的预言

四川医学院开设的课程以西医为主,但兼收并蓄,口腔系也安排了四十五个学时的中医课。上中医课的老师中,我印象最深的是黄圣元教授。

耳顺之年的黄教授,中等身材,国字脸,额头上有一道道深深的褶子,眼角长满了鱼尾纹,眼睛依然炯炯有神。如果他留上胡须,穿上青布长衫,头上再挽一个髻,手里拿一柄羽毛扇,那真是玉树临风,一派仙风道骨。

他对人和蔼可亲,说话不紧不慢,每当讲到得意处,就情不自禁地打着手势。

"同学们,你们是学西医的,讲究科学,但一定不要看不起我们的中医郎中,更不要看不起中医学。西医传入中国才多少年?才一百多年,而中医已流传了几千年,老祖宗生病了,用什么方法治疗?就是中医。中医,是以阴阳相互对立相互依存理论、金木水火土相生相克理论、八纲辩证理论和经络走向理论等组成的体系。医学的作用是什么?救死扶伤。西医能治病,中医也能治病。中医就地取材,非常方便。有些疑难杂症,西医没有办法,中医小偏方倒能起死回生。同学们如果在学好西医的同时又认真学习中医,将来既能用西医治病,又能用中医治病,那叫什么?那叫学贯中西。我们好多的大医家,就既是西医高手,也是中医圣手。"

他讲了一个自己亲身经历的例子。1952年,一位脊髓损伤的苏联专家被送到华西住院，尿潴留，导尿管导不进去，病人疼痛难忍。泌尿科专家教授束手无策之际，他去会诊。他拿着银针在病人的阴陵泉、关元、足三里共扎了五个穴位，以提拉手法为主、捻转手法为辅，不到五分钟，病人就自动把尿排出来了。经过一个月针灸治疗，病人可以下地走路了。"神医！神医！"苏联专家翘着大拇指对他喊道。

黄教授语重心长地对我们说道："你们这一代人，是祖国的未来，如果运用西医的科研方法和统计学原理，结合中医的辨证施治，研究古代的名方偏方，开发中药的有效成分，你们的医学成就将会让全世界赞叹，甚至会夺取诺贝尔奖。"

现在看来，这是一个有远见的预言。三十年后，2015年10月8日，屠呦呦教授因成功提取出青蒿素而获得2015年诺贝尔医学奖。

黄教授还是一位名中医，凡是他上门诊那天，门前总是早早就排满了人。病人信任黄教授，连我们这些弟子也跟着受到信任。很多病人喜欢先由我们诊断，再和黄教授一起讨论达成统一意见，最后开处方。

有个别同学积极性不高，黄教授上课时常常有人缺课。我从小体弱多病，一感冒发烧，就去找乡里的医生开中药，从小到大，熬药的砂罐都烧坏了十几个。久病成医，在上大学之前，我已经会背二十多个方剂汤头。我学习中医的积极性特别高，上课认真听讲，做笔记，我专注的学习态度，多次受到黄教授的表扬。

读书期间，老天给了我一次用中医知识治病救人的机会。

那是学完中医学的暑假，我刚回到家，一个半大孩子对我喊着"叔叔"，请我马上去给他爸爸看病。

"我还是个学生，怎么去给你爸爸看病呢？"我很惊讶。"你爸爸得了什么病？"惊讶之余，我顺便问了一句。

"肚子里的毛病，医生说是肠梗阻。在县医院开了刀，一直不好，医生叫爸爸转到成都，我们家没有钱，就抬回来了。"那孩子说着说着，就滚出了泪水。

"肠梗阻？我是学牙科的，与治疗肠梗阻不是一回事，那种病我治不了。"我连连摆手推辞。肠梗阻一般手术后效果都应该好，既然医生叫他转院，可能有严重的术后并发症。我当时虽然学了内外科，但是具体怎样处理，也是一片茫然。

"我爸爸说了，只有你能治好他的病。如果他的病你都治不好，那他就只有等死了。求求你行行好。"那孩子说着，两腿一屈，要给我下跪。

"别这样！别这样！"我立即伸手把将要下跪的孩子拦住。

我是仁和乡文革后考取的第一个大学生，也是解放后全乡第一个考取四川医学院的学生，曾在全乡引起轰动。山区人迷信大医院，迷信医科大学，连我这个在校学生都迷信上了。事已至此，我不得不跟那孩子走一趟了。

患者李忠义家离我家二十多里路，走到他家，我看到他受病痛折磨，人已经瘦得走了形，下巴尖尖的，脸色铁灰，眼窝深陷，两只胳膊如同两根干柴棒棒。

"你怎么不到成都去治疗呢？"我相信，到了成都，肠梗阻算不了什么大病。如果这样拖下去，后果非常可怕。

"兄儿，到县医院做手术就花了三百多，如果到成都，那不知要多少钱啰。你看我这个家庭条件，县医院都只住了七天，没有钱就回来了，哪里拿得出大砣钱到成都？"李忠义显得很无奈。"兄儿"是川东北方言，是对特别亲的弟弟的昵称。

"老李哥呀，再不抓紧治疗，要出大问题呀。"我忧心忡忡。

"兄儿呀，你婆婆的侄孙就是我的表弟，我们还是亲戚呢。

自从县医院的医生喊我转院,我觉得这辈子完了,突然想起有你这么个在医科大学读书的亲戚,一下子觉得有了救。躺在床上天天盼啊,终于把你盼回来了。"李忠义有气无力地说。

"我还不是医生,只是个学生,治不了你这样的病啊。"我坦诚相告。

"兄儿,求求你了,我都已经这个样子,你就大胆下药吧,我这个病你这个医科大学的都看不好,那我就只有等死了。"李忠义说着竟掉下泪来。

听李忠义这样说,我不得不麻起胆子给他治起病来。我照黄圣元教授讲的中医知识,先问诊。按照十问口诀,一问寒热二问汗,三问饮食四问便,五问头身六胸腹,七聋八渴俱当辨,九问旧病十问因。问了之后,又用手背在他额头上探了一下,略微发烧;把了把脉,细沉无力;看了看伤口,轻微发红,没有化脓,愈合情况还可以;摸了摸腹部,上腹部无压痛,下腹部轻度触压痛,反跳痛不明显。没有别的办法,我就给他开了一副四君子汤加黄芪汤,还添加了些什么药我都记不清了。

"你这病小问题,我老师是这方面的专家,这是他传授给我的秘方。"精神的作用很重要,得首先鼓起患者抗击病魔的信心。当着李忠义的面,我只得尽量安慰。"这药我开了三副,煎好后,一天喝三次。如果效果好,就再煎几副,如果不好,还是要到大医院去治。"我给他的家属作了细致交代。

说实话,这个方子能不能把他的肠梗阻治好,我心里一点把握都没有。只是有一点可以保证,这个方子以补气通便为主,就是治不了病,也不会有多大毒副作用,说俗点,吃不死人。

下过方子之后,我就和父亲到张公堂割漆去了,李忠义也没有再找我开处方。

这事过去了,我也就没再把给李忠义治病的事放在心上。

大三时参加全院运动会，口腔系荣获第一名。后排从左到右的老师有：辅导员谢礼明、口腔系书记程朝富、四川医学院副院长殷大奎、党委书记陈忠光、副院长王大章、院长曹泽毅。

半年后，寒假回家，有一天，我到仁和街上赶场。一条中年汉子看到我，老远向我快步走来。

"我可看见你了，我的救命恩人啦。"他一走到我跟前，就紧紧抓住我的双手，使劲摇晃。

"你是……"这个人似曾见过，但又一时想不起他是谁。

"兄儿，你不记得我了，我可一辈子忘不了你。我是你救了命的那个李忠义呀。"他自报家门。

"哎呀呀，你就是李哥呀，我可真认不出你来了。"听说是李忠义，我很高兴，将他的手也抓得紧紧的。

眼前的这个李忠义与半年前我看到的那个人判若两人。下巴丰满了，脸颊红润了，眼窝变浅了，胳膊变粗了，变得强劲有力了。

"兄儿，你是我的大恩人啊！你开的三副药才一块八，我喝了一道，肚子就有点痛，你的方剂是大教授传授的秘方，我想恐怕是起效果了，就喝米汤，你下的药我服了三天就可以吃半碗稀饭了，又抓了三副，喝完之后就可以吃一碗稀饭了，半个月就可以下地走路了。'兄儿'，要不是你救了我的命，我坟头上的草都长一尺深了。"李忠义抓着我的手不放，千感激，万感谢。

就是那么一副四君子汤加黄芪汤，就把李忠义的病治好啦？我至今都感到绝不可能。我相信李忠义的病好得那样快，是精神起了很大的作用。中医讲神药两改，所谓神，指的就是精神，良好的精神状态可以使药的效力发挥出最好的效果，负面的精神状态则会大大抑制药效的发挥。他迷信我这个医科大学的学生，以为我给他开的药真是哪位教授的秘方，就是对症的好药，就能药到病除。精神发挥出神奇的功能，他的病就出人意料地好了起来。

"不是我救了你的命，是你福大命大。"我说得很真诚。一药一性，药在人为，几副中草药就把李忠义的肠梗阻治好了，不是他福大命大是什么？

"走！我要请兄儿喝酒。"说着，就要把我往饭馆子拉。

"谢谢你啦，李哥。只要你的病好了，比请我吃龙肉都好啊。喝酒以后有的是机会，今天我有约会，几个高中同学要聚一聚。"我再三谢绝了李忠义的盛情，"李哥呀，以后有病要早治啊！"分别时我还嘱咐了他一句。

救人一命，胜造七级浮屠。李忠义的命不是我救的，但看着他生命如此蓬勃，我心里甜滋滋的，还多少有一点自得。◊

嵌进心灵的嵌体

教我们全口义齿修复理论课的，是口腔修复科的教授毛祥彦。毛老师文质彬彬，温柔，慈祥，第一次见到她，我就打心里喜欢上了。

她授课条理清晰，善用浅显易懂的顺口溜来阐述深奥的理论。每周，她都会抽出一两个小时为我们答疑解惑。面对病人时，哪怕再麻烦，拖班拖得再久，她也从没一点怨言，脸上永远带着和蔼的微笑。

临床实习的时候，大家都希望分到毛老师这一组。所以当我被告知分在毛老师这组时，感到非常庆幸。

实习刚开始，毛老师每一个步骤她都要亲自示范，从口腔检查、备牙、取模、灌制模型、弯制卡环、雕牙齿蜡型、包埋、开盒、打磨抛光，一直到口腔试戴，每一个要领她都反复强调。在做假牙过程中，我们每完成一步，都拿给她检查，她总是微笑地对做得好的表示赞许，然后温柔地指出其中的问题。当我们熟悉临床操作后，她对我们制作假牙的过程就监管得少了，往往是在我们给病人戴好之后，满意了，病人即将离开诊室的时候，她再来检查一下，看看有没有需要修改的地方。如果做得好，她还会在病人面前表扬我们一番，再交代一些注意事项，让病人心满意足地离开。

我的修复科实习，就在愉快、和谐的气氛中度过了三个多月，对我的临床操作，毛老师还表扬了好几次。

正当我飘飘然时，却被毛老师当头敲了一棒。

那天，有个患者慕名找她看牙齿，检查后发现需要做高嵌体。基于对我的信任，毛老师就把这个任务交给了我。

嵌体就是在牙齿的牙冠缺损之后，嵌入牙体内部，修复缺损，恢复牙体形状和咀嚼功能的一种修复体。由于打磨牙齿较少，病人戴在口里舒适，临床上使用广泛。实习的时候都是用金属铸造嵌体，而制作嵌体的每一步都由我们自己完成。通过三个多月实习，我做过十多个嵌体，病人都还满意，我就轻车熟路地开始了制作。

第一道工序是备牙。备牙之后，在牙冠表面的四角内侧位置钻四个小孔，以便高嵌体的固定钉插入孔中，以增强固位。我用嵌体蜡取了模型，进行了包埋。第二天，我将包埋后的嵌体蜡型高温熔化，再将铜锌合金熔化成水，用手动离心铸造机铸造成型。当嵌体模型铸造出来后，发觉四个固位钉中有一个钉没有铸造到位，短了0.5毫米。

怀着侥幸心理，我拿起铸造出来的高嵌体远远地给毛老师看了一眼，毛老师或许出于对我的信任，面带微笑对我点了点头，还嘱咐我仔细把高嵌体打磨抛光好，以便节约病人戴牙的时间。我心里暗暗地松了一口气。

打磨假牙用的是电动牙钻机，转速慢，噪音大。金属假牙在打磨过程中会摩擦生热，打磨几秒钟就必须将嵌体浸入水中降温，打磨一个铜锌合金嵌体要半个多小时。打磨好后，我将嵌体放进一个玻璃瓶子，等病人来试戴。

"黄北平，你已经打磨好了吗？"毛老师见我把打磨好的嵌体放进了玻璃瓶，走过来轻声地问。

"已经磨好了。"

"里外都全部检查完了吗？"

"检查了,没有问题,就等病人来粘接了。"

"仔细检查过了吗?"

"没有大问题。"我开始有点心虚了,但还是硬着头皮回答。

"这里好像短了一点点,是不是?"毛老师拿过嵌体,直接将那个短的固位钉展现在我面前。

"是。"

"你在刚铸造出来去拿其他东西时,我过来看了一眼,看出了问题,只是我没说,我想等你自觉地提出来,可你没有提出来,你还是重做吧。"

听毛老师这样讲,那一瞬间,我真是很郁闷。毛老师啊,您这不是在整我的冤枉吗?您既然发现了,就应该早点提醒我哟,当我费了九牛二虎之力打磨成功,您才说要不得。"你还是重做吧",一句话就使我的努力付之东流。重做下来,至少得做三个小时的冤枉活路。心里很不痛快,但毛老师说了重做,当学生的就只有重做了。

第二天下午,毛老师通知患者过来。我又重新取模,重新做蜡型,重新包埋,重新打磨抛光,直到毛老师认为我已经做得很完美时,我才粘接固位。

"请你两小时内暂不吃东西,二十四小时内不用嵌体咀嚼硬性食物。如果感到哪儿不适,随时到医院找我。"毛老师向患者吩咐了注意事项。待我收拾整洁操作台后,才带着我们走出治疗室,这时已是晚上七点半了。

"走,黄北平,我没吃饭,你也没吃饭,就到我家去凑合一顿吧。"走出治疗室,毛老师看了看手表,对我说。脸上仍带着那种笑。学生食堂已经关门,我也就毫不客气,跟着她去蹭饭。

路上我还担心,突然增加一个人吃饭,而且又是我这样一个食肠宽大的穷学生,她家做的饭够不够?到她家时,早过了饭点,家里人也不知道毛老师要带个学生回家吃饭,毛老师便亲自下厨,给我煮了一大碗面,还煎了个荷包蛋。

"黄北平啦,现在,有的人把不同的职业称为不同的饭碗,有的是金饭碗,有的是银饭碗,有的是铁饭碗,牙科医生捧的既不是铁饭碗,也不是银饭碗,更不是金饭碗,捧的什么饭碗呢?捧的是橡皮碗。从表面上看,橡皮碗没有金属饭碗那样金光闪闪,但橡皮碗也有橡皮碗的优势,那就是橡皮碗扛摔。可以说是敲不破,摔不烂,只要你有真本事,那些'吃面条咬不断,吃汤圆孪不转'的人,都会大老远跑来找你。你能为患者解除痛苦,你就是他们心中的救星。可以骄傲地说,橡皮碗比其他所有的碗都不差,是金不换!"

稍微停了一下,毛老师又说:"我们医生做的是救死扶伤的工作,高度的责任感关系到人的健康与生命。责任心不强,出事就人命关天啦。你昨天做那个嵌体,粘在病人口里,可能不影响嵌体的固位,也可能不会影响到嵌体的使用效果,但作为一个好医生,不是要'过得去',而是要'过得硬'。你们现在当学生,有老师给你们把关,毕业出去之后,就靠你们自己把关了。如果你每一个细节都严格要求自己,工作就会越做越好,你走到任何地方,都会成为好医生。如果你内心的标准不高,对自己要求不严,当医生也只能当二流医生,成不了好医生,更成不了大师。"

毛老师平时说话声音温柔,脸上总是带着微笑,可这次却是少有地严肃,嗓门高了,脸上的笑容也没有了。见我脸红了,毛老师又把声音降了下来,笑容又回到了脸上。

她说,学校还发生过这样一件事。

有一位同学在给患者取不良修复体时,由于没有掌握要领,钻针一磨就卡进自凝胶里面,磨了两个多小时,弄出了一身汗,都没有取下来。这时,已过十二点,学生食堂开饭时间已到,那位同学就让患者在治疗椅上休息,自己到食堂打饭去了,等他吃完饭回来,见带习老师正站在治疗椅旁,与患者交谈。原来,带习老师巡查发现,患者躺在治疗椅上,而操作的学生不见了踪影,就一直等在那里。

经询问学生,得知不良修复体卡在自凝胶里面,学生去吃饭了,带习老师立马换了一把长柄刀边石,间断用力,几分钟就把不良修复体磨开取了下来。

"你把病人丢在这里自己去吃饭?一个医生能这样对待患者?"带习老师收起了笑容,语气严厉起来。

"我错了。"那位同学连忙认错。

"你这位老师就别批评这个小医生了。是我看到了吃饭的时间叫他先去吃饭的,已经过了吃饭时间就该去吃饭,年轻人不准时吃饭搞坏了胃也不得了。"患者主动揽下责任,替同学解围。

"你叫医生去吃饭那是你风格高,体谅他们。但作为医生,任何情况下都不能丢下患者不管,更别说把患者晾在治疗椅上自己去吃饭!你快给这位同志道歉。"

下午,带习老师将此事向系领导作了汇报。这件事被当作对患者不负责任的典型事例被通报全系,那位同学的实习鉴定上落下"修复实习不及格"的鉴定结果,毕业分配因此受到影响。

"黄北平啦,我现在是你们的带习老师,你说心里话,如果你们这些同学中也出了这样的事,你认为该不该将这个评语记入他的档案呢?"毛老师突然问我。

"如果要我说实话,我觉得不该记!因为档案里装进这几个字就成了他人生的污点啊。这几个字比套在孙猴子头上的那个紧箍咒还厉害呢。他的心里一辈子都会被这几个字压着。"我毫不胆怯地表达我的意见。

"黄北平，我是坚决支持带队老师的做法的。将患者晾在治疗椅上自己去吃饭，好比战场上的士兵为了吃饭而离开了阵地，军队执行战场纪律，那是要被枪毙，挨枪子儿的。给他的档案里放上'修复不及格'算什么？我觉得还太轻呢。一个责任心不强的人，根本不配做医生。身为老师，有时候要唱红脸，有时候唱黑脸。教学生技术是唱红脸，批评学生的缺点是唱黑脸。如果学生明明做得不对也睁只眼闭只眼，你好我好大家好，那本身就是对学生没有尽到教育的责任，那就不配当老师。老师对学生这么严格要求，有些同学当时可能不理解，但将来一定会理解的。如果他能从这件事中吸取教训，增强当医生的责任心，从医终身都不出因责任心不强而导致的医疗事故，一生都平平安安，那正是学校所希望的啊。你说我这话有没有道理？"

"有道理，有道理。严是爱，宽是害，只宽不严养精怪。"我心悦诚服。"严"本来就是四川医学院的"特色菜"，不严就没有辉煌的历史和响当当的社会声誉了。

"北平，一为不善，众美皆亡啊。我们当医生的，一个环节马虎，对一个病人来说，就可能丧失一条生命。我这里还要表扬你。你做那个嵌体有点小小的瑕疵，我说了'重做'，你不声不响地又重新取模，又认真做蜡型，特别是嵌体的打磨更是一丝不苟，没发一句怨言，很好嘛。希望你一辈子记住这件事。在学校里有老师管你，走上社会后没人来管你了，要始终对自己高标准严要求，把手术做得越来越好。"

听到毛老师的夸奖，我很惭愧，脸上一阵红一阵白。毛老师表扬我重做那个嵌体时没发一句怨言，其实我嘴上没说话，腹诽却一直没断。

那是一个嵌进了我心里的嵌体。如果把我比作一棵小树，那个嵌体，既是营养丰富的底肥，也是不可或缺的追肥。毛老师的教导深深印刻在我心中。

还有一件事也让我受益匪浅。

有一天,毛老师带我们看修复门诊。有位叫李文军的老大爷挂了号在诊疗室外等候,我站在门口喊:"六号病人在不在?"

李文军可能不习惯叫号数,也有可能不习惯我的南江方言,还有可能耳背,没听清楚,我喊了第一次他没有回答,又接着喊了第二次,"六号病人在不在?"

"黄北平,你怎么能这样叫患者呢?"毛老师轻轻走到我面前,把我拍到一边,严肃地说,"病人患了病,最忌讳别人说他们有病……"

经毛老师这样一说,我的额头上开始冒汗。

"毛老师,那我该怎么叫呢?"

"比你大的,够爷爷奶奶辈的,叫爷爷奶奶;够叔叔孃孃辈的,叫叔叔孃孃;与你年龄相仿的,叫哥哥姐姐;比你年龄小的,叫弟弟妹妹。这样称呼患者,是一种人情味。人情味也是医生的职业修为之一,良言一句三冬暖,医生天天与人打交道,称呼没有人情味怎么行?称呼有人情味,一下就能拉近医生与患者的距离。请以后注意。"她耐心地启发我。

"我记住了。"我连连点头。

我走到那位靠我最近的老大爷跟前,看了看他手里的号,正是六号。

"李大爷,该您看牙啦。"我把患者扶进了治疗室。

从此,我牢记毛老师的教导,时刻注意对患者称呼的温度,该喊什么就喊什么。脸上也保持足够的温度,经常用微笑示人,不露笑脸不开口说话。

"六号病人在不在"这七个字一直萦绕在我心中。它如同一支温度计,时时刻刻测试着我对患者的温度。

左右开弓

在口腔内科牙周病实习阶段，实习老师是仝月华教授。

仝老师主要从事牙周治疗和研究。她留一头齐耳短发，年轻时曾是舞台上的活跃分子，当过多年业余话剧演员，普通话纯正，吐字清晰，抑扬顿挫，再配上那十分优美的手势，说话重点突出、引人入胜。她又是一个威严的人，平时很难看到笑脸，给人一种很难接近的感觉，学生都很喜欢她，可又有点怵火。

有三件事情给我留下了刻骨铭心的记忆。

牙科医生做的就是患者嘴巴里的工作，天天都要和患者的嘴打交道，"把嘴张大点"之类的话一天不知要说多少次。患者不张嘴，或嘴张不大，甚至咬紧牙关，拒不张嘴，牙科医生就很难工作。可就是"把嘴张大点"这么一句普通得不能再普通的话，在我心里却力重千钧。

实习第一天，接诊第一个洁牙病人，我就挨了仝老师的批评。

洁牙，可以说是牙科医生最常规的工作。过去洁牙，全部是用人工洁牙器洁治，洁牙器由金属铸造而成，洁前牙的宛如锄头，洁后牙的则类似镰刀，伸进牙周袋里面，把附着在牙齿表面的牙结石、牙菌斑清理干净。为了保证洁牙器械锋利，医生每周都要抽时间用磨刀石精细打磨。

"这个同学，你来洁。"仝老师指着我说。她每年都要带学生实习，同学轮转得快，一般叫不出学生的名字。

"嘴张大点！"前面的牙我洁得比较顺手，洁到磨牙，总觉得患者嘴张得太小，像在小圆凳上搓麻将——展不开手脚，就大声向患者提出要求。

患者"哼"了一声，把嘴又往大张了张。

"再把嘴张大点！"我觉得那嘴还是张得不够大，又发出指令。

患者又"哼"了一声，把嘴使劲张了张。仝老师听我第二次叫患者"再把嘴张大点"时就皱起了眉头，当我第三次叫患者"再把嘴张大时"，她脸一黑，说："你下来！我来洁，你看看。"仝老师拿起洁牙器，只轻轻地向患者说了一句"请把嘴张大点"，病人张开嘴，她就开始工作，没让患者把嘴张得过大，轻轻松松就把后牙洁干净了。

"这个同学，请你把嘴巴张大，不要闭口，看你能坚持几分钟。"病人走了之后，仝老师叫我坐在治疗椅上。

我想，张大嘴巴是一件很轻松的事情，就张大了嘴巴。仝老师看着表，一分钟，两分钟，当张到五分钟时，我面部肌肉酸胀难受，再也无法坚持下去。

"你这才张嘴多少分钟？就五分钟多点，你就受不了啦？刚刚你给病人洁牙，我一直在旁边观察，你洁了十多分钟，就让别人的嘴张了十多分钟，中途不仅没有喊人家休息，还不停地喊他张大些，你说难受不难受？我这是要让你换个角度体会一下患者的感受。"她说，"当你第一次叫患者把嘴张大点时，患者会把嘴尽量张大，你就应该抓紧时间治疗。医生需要患者的配合，对患者提出要求无可厚非，但得适可而止。张嘴是有限度的，不可能无限度地张，张得过大病人受不了，得适应患者的耐受程度。一般的患者都想早点解除病痛，会积极配合医生的治疗，你叫他把嘴张大他不会留有余地。如果患者不把嘴张得最大必然有原因，可能是口腔里的病痛严重得无法张得很大，或者是关节原因根本张不开嘴，那样的患者你怎么办？你不会丢下病人不管吧？当口腔医生的得根据患者口腔的具体情况让患者张嘴配合，不能把嘴张得很大的，也得积极治疗。小孩子的嘴小，再怎么张就只有那么点点大，而小孩子患口腔疾病的还不少，你治不治？我们得要尽量提高自己的医疗技术，去适应患者的情况，不能脱离实际地要求患者把嘴无限地张大，医生的职责是救死扶伤，减轻痛苦，不能给患者增加痛苦……"

仝老师就一直站在治疗椅的旁边看着我，眼镜片后的两只眼睛闪闪放光，她说了不止十分钟。说过这后，她又给我作洁牙示范，细致讲解了操作要点。

她把我说出了一身冷汗。也正因为那次批评，让我在以后三十多年的临床操作中，每当在给患者提出"把嘴张大点"的要求时，总会想起仝老师让我张嘴五分多钟的情景，一想起来口腔里似乎还有那种酸痛感。每当患者开口度不能满足我的操作时，我都会换个角度，换个姿势，想其他办法，尽可能在患者不感到难受的情况下快速完成操作。

第二件事是为补牙调药。

一个患者有一颗六龄牙发生龋坏，仝老师叫我给他作充填治疗，就是俗称的"补牙"。

我将患者牙齿的龋坏去除干净后，发现龋坏已临近牙髓腔，需要用丁氧膏和磷酸锌作双层垫底，然后用银汞合金充填完成。

"小王老师，给我调丁氧膏和磷酸锌。"我对护士小王说。在华西，不管医生、护士或技工，学生都把他们称为"老师"。

"你喊哪个？"仝老师听到我的呼喊，故意问我。

"我在喊小王老师调药，我要垫底补牙。"

"为什么要护士帮你调药呢？难道你不能自己做？"

"我没有调过啊。"

"自己调！你现在在华西可以找护士帮忙调药，你要是分到县医院、区医院，一个人一个科室，哪里有护士帮助你？离开了护士的帮助，牙还补不补？手术还做不做？华西口腔出去的学生，我们要求既要掌握医生的操作，也要做好护士的工作，即使分到乡医院，一个人也能把口腔工作开展得有声有色。"仝老师先以目光制止住护士，随之神色严峻地看着我。

唉，我必须自己动手了。找出各种补牙材料，放在移动换药车上，挑出需要的放在玻璃板上，依次把各种器械准备好。先隔湿消毒，右手用口镜头压住纱球，左手进行调拌。看似简单的事，弄得我手忙脚乱：粉液比例掌握不好，起初调稀了，便赶忙加粉，一加进去，又变干了，调了好一阵才达到操作要求。由于注意力完全在调药上，病人口里的纱球跑出来了，不得不再次隔湿消毒。

"你别着急，万事开头难，慢慢就会做好的。你大胆动手，我愿意当你的实验品。没有人给你们医生实验，你们的技术怎么能提得高呢？"患者见我急得满头大汗，反过来安慰我。

"谢谢你的理解。"

有患者的鼓励，我胆子大了不少。我再次用纱球隔湿，用樟脑酚小棉球消毒，再吹干。左手调拌好垫底材料，放入龋洞，修整洞型，最后用银汞合金永久充填，忙了十多分钟，终于独自把牙齿补好了。

在以后的实习中，一切工作我都尽量独立完成，有时当医生，有时当护士，有时当清洁工，通过全方位的实践锻炼，我的适应能力提高了不少。

还真被仝老师言中了。毕业后，我工作的医院口腔科里没有护士，补牙拔牙镶牙，从头到尾得一个人做到底。因为有了在学校的全面锻炼，我很快就把工作拿了起来。

第三件事是，由于有仝老师的默许，我练就了"左右开弓"做口腔手术的绝技。

我的操作越来越熟练，自己备药、调拌、吸口水，从头到尾独立完成。左手与右手的配合，比其他同学显得更为灵活。

做口腔手术，医生都是站在治疗椅右边，用右手给患者做手术，所有器械都是按照右手习惯设计的。左撇子做手术，就得站在治疗椅左边，那样做手术很不方便，所以牙科医学院不招左撇子。我小时是左撇子，因父母强行纠正，我学会了用右手拿筷子夹菜、握笔写字，久而久之，我的左手与右手都可以灵活使用。

仝老师对我越来越了解，见我左右手配合灵活，能用左手调药、洁牙，她没有批评我是左撇子。在我看来，那便是默许，是同意我可以用左手配合右手做口腔手术。如果她坚持我只能用右手操作，我无疑得放弃左右开弓，只能用右手操作。正是在仝老师的默许下，我在使用右手的同时，也有意识地训练左手，我不但坚持用左手调药，用左手洁牙，当牙齿需要劈开的时候，左右配合，右手握住劈冠器，掌握方向，左手拿着小榔头，掌握力度的大小，靠大脑指挥和感觉，恰到好处地将牙齿劈开。经过有意识的锻炼，我左手做事不但有力，也更加灵活，特别是用左手拿着牙挺，轻松挺出患者左侧上下的阻生牙，既不需要扭转身体，右侧手臂也不会挡住手术光线，视野清晰，右手还可以扶着患者下颌体部，感受牙挺用力的大小。左右开弓成了我拔牙的绝活，很多难拔的牙齿都能顺利拔出。

仝老师教我的手艺，够我受用一生。

陈教授的"师训"

1992年我回母校进修口腔正畸，带我的是赵碧蓉教授。

"北平啦，不瞒你说，固定正畸水平最高的，目前要数陈扬熙教授。他在日本系统学习了方丝弓固定矫正技术，对口腔正畸的生物力学、正畸过程中的咬合处理，以及颜面美学等都有深入研究。我只是对磁力矫治有一点研究，你如果在固定矫治方面有不懂的地方，可以直接去向陈教授请教。"认识不久，她就直截了当地对我说。

一个老师，当着学生的面承认自己不行，得有多开阔的心胸啊！华西口腔的教育传统就是这样，一切为了学生多掌握本领，教授、医生、护士、技工，个个都是老师，向任何人请教都可以。赵老师该给我传的经验，照样给我传授，我有时也当着赵老师的面去请教陈教授。这样，进修期间，我就有了两位带习老师。

陈教授是中国口腔医学会常务理事、正畸专业委员会副主任委员，主编过多部专著，在国内最早进行颜面软组织形态学的研究。我回母校进修时，他是硕士生导师，无论是博士生、硕士生，还是本科生、进修生，只要有不懂的问题，随时找他，他随时解答，可以在教室，也可到他家里。

陈教授声名远播，找他看病的患者很多，他要一个一个诊治完才下班。下班晚了，学校食堂关门了，就带着我们到他家去，一边给我们做饭，一边向我们传授他的治疗经验。他像我们的大保姆。

陈教授文学和佛学造诣很深。有一次，他带我到杭州出席全国正畸大会。会议结束后，我们同游灵隐寺。他是皈依佛教的居士，进了庙子后却不烧香焚纸，只是默默地诵经。出了灵隐寺后，他对我说："烧香燃纸不但污染环境，还浪费资源。佛祖喻世的目的就是劝人行善，莫作恶。信佛和当医生一样，都得学菩萨的慈悲心肠，心里装满爱，对亲人好，对同事好，对患者好，一点一点从小事修持。"

我心里一直记着那一件事。

一个病人上牙前突，在当地医院进行了牙齿矫治，不但没把牙给矫治好，还矫得牙齿松动、牙龈肿痛。他慕华西口腔大名，专程从乐至赶到成都求治。一青年医生检查了患者口腔，本来拔出上颌第一双尖牙的间隙，应该由前牙内收占据，而这人的拔牙间隙都被后牙前移占据了，治疗起来会相当麻烦。医生就准备把患者推走，说："谁给你做的矫治，你还是去找他，矫成这个样子，让我们怎么做？"听医生这样说，患者非常失望，心情沮丧。

"让我来看看。"陈教授把患者领进自己的治疗椅位，认真检查后说："你这种情况我们可以做，能做得让你满意。"患者露出了笑容。陈教授给患者约定了复诊时间，小伙子高高兴兴地走了。下来后，陈教授对我们说："我们华西代表了中国口腔矫正的最高水平，如果我们嫌麻烦不给他治，他那牙齿的治疗就没有希望了，这对一个病人是不道德的。我们把他推回乐至，他带着怨恨去找给他做矫治的医生，必然产生医患矛盾。"过了几天，陈教授亲自给那个患者做了正畸全面检查，制定了矫治方案，并亲自接诊。经过半年多矫正，磨牙推回去了，前牙也不突了，最终达到了患者满意的效果。

作者回母校参加学术研讨会,与陈扬熙老师重逢。

有一次,陈教授讲授多曲方丝弓矫治前牙开合,我因家中有急事临时请假走了,没听到他的那堂课,觉得非常可惜。当我从家里回来,他竟抽出一个多小时给我一人补课,还把讲课教案借给我抄录。

为了掌握全球口腔正畸技术的新成果,正畸科规定,每个进修生都要译一篇《美国正牙杂志》的论文。陈老师带领我和他的进修生到图书馆查资料,还对我翻译的论文逐字逐句进行修改。给我改文章完全是额外劳动,他的时间多么宝贵啊。

希波克拉底给我们留下了誓词,孙思邈给我们留下了祖训,陈教授用他的言行给我们留下了宝贵的师训。从陈教授身上,我感悟到了什么叫"学高为师,德高为范",什么叫"上善若水,厚德载物"。医者仁术,没有慈悲胸怀、菩萨心肠,是当不了好医生的。教我们的那些牙科医学界的权威,他们个个都是活菩萨。

在陈教授的教导下,我不敢说脱胎换骨,但至少从灵魂上又受到了一次洗礼。以后的从医生涯中,见贤思齐,凡有能向老师学习的地方,我就自觉地以老师为榜样。

有年冬天的一个晚上,我处理完最后一个病人准备下班。看到科室门前凳子上坐着一个人,年纪很轻,头发蓬乱,衣服肮脏,脸上黢黑,赤着双脚,身上散发出一股酸臭。

我问他是来看牙齿的吗,他不吱声。又问他叫什么名字,他还是不答应。

"这个小伙子是不是脑子有问题?"他的反应让我产生了疑虑。我蹲下身,仔细打量,觉得有点面熟,是不是找我治过牙齿的病人呢?

"你姓什么?是哪里人?你爸爸叫什么?"我蹲在他身边轻言细语地问。

"我是江陵人,我爸爸是杨文强。"他先是呆呆地看着我,看了好一阵,好像认出了我,终于说话了。

我想起来了,他确实是我的病人。"你到这里来做什么?家里知道你到这里来吗?"我继续问。

他直摇头。很显然,他脑子确实有毛病,连一些最简单的问题都答不上来。

我估计他好几顿没吃东西了,得等他把肚子填饱后再帮着联系他的家人。我把他领回家,妻子林先菊善心大发,烧水给他把脸和头洗了,还找出我的衣服和鞋子给他换上,又领他到伙食团去吃饭。我到地区邮电局给他家里打电话报信。摇把电话很不好用,我请邮电局一个叫王明芳的熟人帮忙,摇了好多次,才把电话"摇"到江陵,通知乡政府值班人员,请他们转告杨文强,要他尽快到地区医院口腔科找黄北平接回儿子。

打完电话,我把他送到门诊部观察室,给他找了一个床位,同时悄悄告诉值班护士:"这小伙子神经有点问题,已通知他家里人明天来接,你晚上看紧点,别让他半夜跑了。"

杨文强第二天下午赶到医院,见儿子干干净净,抱着就哭,说:"儿子,终于把你找着了,你让我和你妈找得好苦啊。"松开怀中的儿子,杨文强反过身来,膝盖一屈,跪到了我面前,说:"黄医生,是你救了我儿子,你救了我儿子的命就是救了我们全家人的命啦!"

原来,杨文强只有这么个儿子,望子成龙,一心想让儿子考上中专。儿子也很用功,第一次中专考试差了五分,复习了一年再考,还差一分,由此精神受到刺激,出现了间歇性精神障碍,脑子时而清楚,时而糊涂。这次谁都没有告诉,就从家里跑了出来,已经在外面流浪了一周,全家人正在四处寻找。

"你是怎么想到了黄医生?又是怎么找到了这里?"杨文强问儿子。

"我几天没有吃饭,头脑清醒时饿得受不了,想找碗饭吃,身上没有钱,城里又没有亲戚,想起黄医生给我看过牙,不知怎么就找到这里了。"

听了这几句话,我眼睛湿润起来。这个曾经的患者,意识混混沌沌,遇到困难需要求助时,没有想到别人,想到的竟是只有一面之缘的医生。而他要找到我,找到地区医院门诊部,又不知费了多少周折。他对我这个普普通通的医生是何等信任!

"中专没考上,还可以读高中,如果读书吃力,还可以学一门手艺嘛。何必非要赶鸭子上架,把儿子逼疯逼傻呢?这样划不着啊。"我劝杨文强。

"黄医生,我听你的。回去后,我就不再逼他考什么中专了。只要他不疯不傻,能自己独立生活就谢天谢地了。"杨文强说。

杨文强牵着儿子的手朝医院大门走去。就在刚要走出医院时,他那一直低着头的疯儿子突然挣脱父亲的手,低着头返身向我走来,到我跟前立住了脚。我不知他要干什么,正疑惑间,只见他深深地弯下腰,向我行了一个九十度的鞠躬礼,又慢慢抬起头,深情地瞥了我一眼,什么话都没说,转身朝大门外走去。

我清楚地看到,他眼里噙满泪水。我眼里的泪水再也憋不住了,顺着鼻梁沟直往下淌。医生敬患者一尺,患者敬医生一丈。杨文强儿子那无言的一鞠躬,包含着多大的情分,我感受到了。

后来,我找内科医生给那小伙子开了几副安神镇静的药,托人带给了杨文强。杨文强听了我的话,对儿子不再施加任何压力。小伙子学习泥瓦技术,成了很吃香的泥瓦匠,娶妻生子,小日子过得不错。杨文强对我感激不尽,总夸我是他们一家的大恩人,只要进城就来看我。我们成了不是亲戚的亲戚,走动没有断过。

可以毫不夸张地说,陈老师的善行影响着我的一生。

大师们的那些绰号

口腔系许多教授都有绰号。

颌面外科主任王模堂，绰号"摸主任"；颌面外科权威姚恒瑞，绰号"姚关节"；把唇裂做得天衣无缝的邓典智教授，绰号"邓豁豁"；颅颌面手术权威温玉明教授，绰号"温清扫"；拔牙技术炉火纯青的连瑞华教授，绰号"连拔牙"；牙根管治疗权威黄婉蓉教授，绰号"黄根管"；口腔颌面外科专家周岳城，绰号"周激光"……这些绰号，幽默可乐，恰如其分地认定了他们在中国口腔界的地位。

"摸主任"

王模堂教授是四川乐山人，1949年毕业于华西协合大学牙医学院，获博士学位，他是全颌面外科专家。王教授医术精湛，早在1950年代就开展了口腔颌面部肿瘤及颈淋巴节联合清扫术，后来还开展了恶性肿瘤的颅颌面联合切除术。他解决了口腔颌面外科领域内一些技术难题，为众多患者解除了疾苦。

口腔颌面部肿瘤有良性和恶性之分，良性的有乳头状瘤、唾液腺混合瘤、纤维瘤、脂肪瘤、软骨瘤、血管瘤、神经鞘瘤等，恶性的有鳞状细胞癌、黏液表皮样癌、骨肉瘤、软骨肉瘤、基底细胞癌、恶性黑色素瘤、恶性淋巴瘤等，病变可发生于口腔、唇部、上颌窦、唾液腺、颅面骨、口咽部等多个部位。口腔颌面部肿瘤不仅影响面部外形，还会造成咀嚼、吞咽、语音、

颌面外科主任王模堂

呼吸等功能障碍,严重降低患者的生存质量;病变持续发展,将危及患者生命。他的拿手绝活是对颌面部肿瘤的诊治,患者求诊,他只需用手这里摸一摸,那里摸一摸,就能确诊患者是良性瘤还是恶性瘤,是良性瘤中的哪种瘤或恶性瘤中的哪种瘤。他的"摸诊"结论,与活检报告相差无几,准确率高达95%以上,因而得了个"摸主任"的绰号。意思是只要经他手摸过的,就可以确定大致的手术方案了。

一次现场表演,更让"摸主任"名扬全国。

有一年,在北京举行全国颅颌面肿瘤学术研讨会,王教授应邀出席。一位江苏患者颌下长了一巨型肿瘤,像马蜂筑的一个大蜂包吊在颈子上,他求遍北上广大医院,也没人敢接诊。肿瘤已包围了重要血管、神经,肿瘤越长越大,事关死活。他抱着最后一线希望来到会场,各路专家面对吊在患者颈子上的蜂包,嗫嚅着却步不前。这时,王教授出场了。他走到患者跟前,左看看,右看看,两眼微闭,在上面蜂包摸摸,下面摸摸,决然吐出一句话:"你这个肿瘤的摘除手术,我来做。"会后,患者随摸主任到了华西,王教授顺利切除肿瘤。

"姚关节"

姚恒瑞教授教我们颞下颌关节。他长得英俊高大，穿一条牛仔裤，裤兜里经常揣一把小牛角梳，时不时拿出来梳一梳，让花白的头发保持整齐。姚教授不仅专业技术炉火纯青，外语文艺体育诸方面亦卓有成就。

他有极好的英语功底。外宾作报告时，他临场作同声翻译，无论外宾语速有多快，哪怕夹杂着一些地方俗语，他都能同步准确译出。

他喜欢画画，他撰写的《口腔颌面外科学》一书，有五百多幅插图，都是他一手描画的。

他还是体育竞技场上的佼佼者，除了掷铅球铁饼在华西医大运动会上多次获奖外，还能打垒球。

他是业余书法家，毕业前夕，同学请他题词留言，他便结合每个学生的情况，用不同字体写出一段幽默、隽永的寄语。

他擅长作词谱曲，他为"口七七"作的级歌至今还在传唱：

晨风阵阵，
花朵欲放，
报晓的晨钟，
在校园回响！

钟声回响，
书声朗朗，
生活的晨曲已奏响，
郁郁的树林，
芳香的花朵，

都在倾听这动人的乐章。

美好的早晨，
怎能消失在梦乡，
火热的生活，
怎不令人心驰神往。

啊，朋友，晨钟已敲响，
切莫蹉跎好时光，
快！快！快！
快！快！快！
展开你雄健的翅膀！

任何关节疾病，他一看一摸，就知道病根在哪里。经他治疗，手到病除。

有一次，一位西昌患者，颞下颌关节弹响疼痛，前牙开合，咀嚼困难，慕名来成都找姚教授。姚教授仔细检查了口腔，照了X光片，说，"你把下颌的智齿拔掉，再调整一点咬合就行了。"患者心里直打鼓："我上部分疼痛，你喊我拔下面牙齿？"对姚教授产生了怀疑。见患者迟迟没反应，姚教授说，"既然你让我看病，就得听我的，先把那颗牙齿拔了试试嘛。"患者带着疑惑拔掉了下颌的智齿。第二天疼痛就有所缓解，第三天疼痛就大大减轻了，上下前牙也可以咀嚼东西了。患者原以为至少要住院做手术才能解决问题，没想到只花了三元钱，就把困扰他一年多的病给治好了。

同学们都特别喜欢听姚教授讲课，可天妒英才，1986年，姚教授患胰腺癌不治，早早离开了人世，享年五十八岁。

温玉明教授

"温清扫"

温玉明教授是口腔颌面外科权威,因为对根治颈淋巴清扫有开创性研究,在治疗口腔恶性肿瘤导致淋巴转移方面作出了特殊贡献,因而得了个"温清扫"的绰号。

温教授作头颈部手术,他能轻易避开血管、神经,干净利落,双手配合如同钢琴演奏,看他做手术,简直就是一种艺术享受。别人做一台颈淋巴清扫手术,至少要三个小时,他一个小时就能解决问题。1985年,四川省先进医院工作会议在达县地区人民医院召开。他作为评审专家参加会议。会后,温老师问王时美院长:有没有华西口腔的学生?王院长说,"黄北平刚刚分到医院。"温老师特地抽出一个小时时间,从住院部到门诊口腔科看望我,仔细询问我的工作和生活情况,并给予鼓励。他的亲切关怀让我感铭在心。

"邓豁豁"

邓典智教授是颌面外科手术的权威,他的唇腭裂修复术在全国赫赫有名。

唇腭裂患者都伴有不同程度的骨组织缺损和畸形，吮吸、进食和语言等功能都有严重障碍。造成唇裂的原因至今尚未明确，但不外乎遗传基因和环境影响两方面的因素。唇裂修复手术一般医院都能做，手术方法多数采用旋转推进法：将缺隙的一侧软组织切开一块，组成一个带蒂的组织瓣，旋转到另一侧对位缝合。可切多切少，旋多旋少，那才真正考验医生的水平，有的裂口虽然缝上了，手术疤痕却清晰可见，唇部形状很不自然。邓教授做的唇裂修补，两侧鼻孔等圆等大，鼻翼不塌陷，上唇两侧高度对称，唇红缘连线自然，发音进食与正常人无异。由于邓教授做的唇裂手术巧夺天工，因而得了个"邓豁豁"的绰号。

"黄根管"

黄婉蓉教授主要教我们牙体牙髓病，她主持的科研项目曾获得全国科技大会奖。

牙齿的牙髓和根尖发生病变，根管治疗是最好的一种治疗手段。根管治疗分为开髓拔髓、根管预备、根管消毒、根管充填。根管预备是根管治疗的必要步骤，要预备好根管，首先是要找着根管口，让根管"通通通"。人的牙齿差异很大，根管形态千差万别，有的根管狭窄细小，有的根管弯曲畸形，有的根管钙化堵塞，而根管又深深地埋藏在牙根之中，肉眼看不见。探寻根管口，疏通根管，得靠微妙的手感、丰富的经验。如果功夫修炼不到家，即使找到了根管口，疏通根管手法不对，都可能造成根管侧穿。别人找不着的根管口，黄老师找得着，别人捅不开的根管，黄老师捅得开。有一次，一位患者需要进行根管治疗，几个同学和带队老师轮流上阵，探了半天，也没找着根管口。

"这颗牙齿根管不通,根尖部阴影很重,治疗效果不好,拔了算了。"一位同学建议拔除。

"让我来看看。"黄老师坐到治疗椅上,取了一支最小的扩大针,寻找根管口。她坐在那里,平心静气,手指微微颤动,一坐就是一个多小时,最终找到了根管口,疏通了根管,经过几次换药,患牙不痛不松了,根尖部的阴影也消除了,一颗被判处死刑的牙齿成功保留了下来。

"人的牙齿只有那么多颗,是不可再生的资源,拔一颗少一颗。夫妻原配的好,牙齿原装的好,能保住的一定要保住,不到万不得已不能轻易拔除。从本质上说,牙科医生的职责不是为患者拔牙的,是为患者保牙的哟。"黄老师经常给我们讲这样的道理。

"连拔牙"

连瑞华教授,1941年毕业于华西协合大学牙学院,是口腔颌面外科专家。

医生尽量为患者保存牙齿,可当牙齿实在保不住时,只有拔牙,将病牙干脆彻底地清除掉,再做假牙。有些做正畸手术的,也需要将多余的牙齿拔除。拔牙看似简单,一夹二摇三旋四牵五脱位,牙齿就从牙槽里出来了。可百人百病,百牙百状,有些牙一个根,有些牙是双根,有些牙有三个根,有的牙甚至有四五个根。有些牙根部弯曲畸形,拔除非常困难。连教授就有这样的本事,在他手里,似乎就没有拔不出来的牙齿,他首创的增隙拔牙法至今仍在国内广泛应用。

有一次,一位患者的阻生牙需要拔除,几个实习生忙乎了半天,夹住牙齿摇不松动,挺也不松动,带队老师用牙挺撬挺,那颗牙仍坚如磐石,他们只好去请连教授。连教授不慌不忙地

书山有路勤为径
学海无边苦作舟

口腔系79级级同学 共勉
王翰章 80年10月

四川医学院副院长王翰章为口七九毕业题辞

用牙挺将患者阻生牙的颊侧和近中面挺了一下，下结论说，"这颗牙齿有四个根，要先分根。"连教授在器械盘里拿了一把劈冠器，用榔头挺敲了一下，就将阻生牙劈成了两块，然后用牙挺轻松地将牙齿挺了出来。

连教授口袋里随时带着自己改良过的牙挺。他那把牙挺，顶端磨得又尖又薄。那时还没有微创拔牙一说，他的拔牙术，就是现在国际上推崇的微创拔牙法。

连教授平时脸上都挂着笑，说话细声细语的，对学生的要求却相当严格，可以说是严格得近于苛刻。

高年级一个同学拔牙时，把牙根断在牙槽窝里了，怎么都弄不出来，带习老师也没有办法。连老师上去，用牙挺轻轻地探，探了几下，就把断根从牙槽窝里探了出来。连老师走了，那位同学将那个断根夹起来看了看，觉得断根不膨大、不弯曲，没什么特别的地方，怎么就拔不出来呢？他感到很奇怪，就将断根夹住在牙槽窝边比试，想探个究竟，不小心断根又掉进牙槽窝里去了。他觉得断根已拔过一次，再把它拔出来应该不是难事，就学着连教授的方法，用牙挺在牙槽窝里探。可再怎么用力,断根就是不肯出牙槽窝。他不敢去找连教授,求助带习老师,忙到下班,断根仍不肯出窝。实在没有办法,只得硬着头皮找连教授去了。连教授一来,还是那把挺子,还是那样在牙槽窝里试探,只十几秒钟,断牙就顺着连教授的挺子,乖乖地从牙槽窝里爬了出来。这事并没完,连教授将此事上报系里,建议学校给那位同学一个记大过处分,理由是,那个学生拿患者身体做实验,增加了患者的痛苦。

那个同学学习成绩特别好,还是班干部,听到连教授要建议给其记大过处分,几个老师都向连教授求情。连教授坚持响鼓也要用重锤敲,不给记过处分不行,学校就真的给了那个同学一个记大过的处分。所以,有人又把连拔牙称为"严拔牙"。

"周激光"

周岳城教授1950年自华西协合大学牙学院毕业,颌面外科专家,他对口腔医学的最大贡献,是在全世界首创激光穴位麻醉拔牙。

激光被称为"最亮的光,最准的尺,最快的刀",一问世就获得了异乎寻常的发展,在工业、医疗、科研、军事等领域得到广泛应用。周教授带领他的科研团队,制造出了氦-氖激光麻醉机,按脏腑经络理论和神经节段分布原则,用激光照射相关穴位,使需要拔除的牙齿产生无痛麻醉效果。与针麻拔牙相比,激光麻醉免除了针刺组织的痛感,还能防止细菌侵入,拔牙创口出血少,愈合快。高血压、心脏病患者,因为不能在普通麻药中加入肾上腺素,采用激光穴位麻醉拔牙,效果特好。周教授的激光穴位麻醉拔牙曾获得过国家发明奖,"周激光"的雅号就这样叫开了。

遗憾的是,激光穴位麻醉拔牙技术在口腔临床上已销声匿迹了。原因或许是多方面的，一是激光麻醉机成本较高，拔牙收费标准低，医生自然就选择用成本较低的针刺麻醉；二是医患关系紧张，担心对高血压、心脏病患者带来危险。还有可能是，周教授1998年去世，失去领头羊的科研团队无法进行深入研究。激光穴位麻醉技术就这样退出了口腔临床，或许只能在口腔博物馆才能看到激光麻醉机。

因为经络无形无体，解剖学上找不到相应的组织，一直受到所谓现代医学的歧视，周教授用激光照射穴位，就能够达到麻醉的效果，进一步证实了经络的存在。我有一个美好的遐想：如果中国科学家运用现代科学技术，对"人体经络""穴位""奇经八脉"进行深入研究，向世界证明经络的客观存在，或许还有获得诺贝尔医学奖的机会呢。

……

教我们的老师个个身怀绝技，口腔内科学权威张举之教授，文章写得特别漂亮，外号"张举人"；口腔正畸学专家詹淑仪服务态度特别好，最受小朋友欢迎，被叫作"詹婆婆"……

一次狼狈不堪的排队经历

计划经济必然导致短缺。在计划经济年代，缺医少药的现象非常普遍，看病挂号令人们身心疲乏。因为四川医学院口腔系的名人效应，要得到一个附属口腔医院正畸科的号可谓难上加难。

涉世未深的我，曾自告奋勇为一位在成都锦江宾馆上班的南江老乡挂号。那番经历，用"惊心动魄"这个词来形容一点都不为过，至今想起还心有余悸。

那位老乡女儿的牙齿需要矫正，挂了好几年都没挂上正畸科的号。正畸科每年只挂三百个号，需要排队。老乡开口求我，我脸皮薄，驳不了他的面子，犹豫了一阵，就勇敢地点头同意了。我觉得，凭我是口腔系学生，先去找找教我们的老师，走走门子。如果不行，大不了熬个通宵，帮他去排一张号回来。可让我万万没想到，这比我想象的不知要难多少倍。

我是学口腔的，知道矫正牙齿是一个漫长的过程。医生对患者的牙齿进行检查后，还要照相、拍X光片、印牙模，以此进行测量、分析和设计，然后确定矫治方案。矫治器做好后，要每周复诊，调整加力……待牙齿排列整齐、咬合达到正常，还要戴保持器，巩固正畸疗效，防止畸形复发。

在矫正过程中，型模需要医生打，牙齿需要医生拔，矫治器需要医生做，保持器还要医生调整加力。一个医生一年为五十个患者做矫正治疗，已经相当紧张了，正畸科只有六七个医生，一年最多能挂三百个矫正号。

得到正畸科星期二要"放号"的消息，星期天早早吃过饭，我就约着上铺的叶志坚，先到挂号窗口看看。哎哟，在窗口外排队的人，已经拉到街上去了，近三百人！那些排队的，有的拿着马夹，有的拿着凳子，还有的拿着可坐可躺的凉椅，有的已经在这里睡了两天。

我倒吸了一口凉气，想去找教过我们正畸课的段玉贵老师。

"矫正牙齿都要到窗口去排队拿号，如果我能随便加号，那正畸科就成了挂号科了。大家都要排队，你不去排队找我干什么？"我话还没说完，段老师脸一沉，几句话就把我推得老远老远。

讨了个没趣，只好去排队了。

离星期二还有整整两天，我和叶志坚商量，白天我排上午，他替我排下午，晚上我排上半夜，他排下半夜。

到了星期一，麻烦就来了，我们得回校上课去。怎么办？我和叶志坚决定，向前后排队的人讲明情况，白天我们去上课，晚自习后再回来接着排，到时请他们给我们作证明。

"我是四川医学院的学生，星期天和晚上来这里排着，白天得回学校上课，麻烦你们帮我们把位子看着。"我指着胸前的校徽对前后的人说，让他们看看校徽，倒不是我显摆，主要是想说明我没有骗他们。

排在我前面和后面的两人看了看我的校徽，没说同意，也没说不同意，把头朝着天花板，有点顾左右而言他的意味。

为了增加排队的保险系数，我把一个旧书包放在了排队的地方。那个旧书包是我平时到校图书馆占座儿用的，书包里还放着两本课外书。

那天，我一直忐忑不安。上课一结束，就朝挂号室奔去，到了挂号室，发现排队的长龙更长了，队不但排到了街上，还像大蛇一样，在街上拐了一个弯，拖到街后边去了。后面那些人，别说发三百个号他们没希望，就是发一千个号也不一定有他们的份，可他们就那么执着地毫无希望地傻呆呆地排着。

我立即走向排队的长龙，准备插回原先排队的位置。排在我前面的人已经换班走了，排在后面的人还是原来的那个人，而我用来占位子的那个旧书包，则不见了。

"我的书包呢？我的书包呢？"我扒开队列中我前后的两个人，在原来放书包的位子上寻找。可哪里找得着？我那可怜的书包不知被谁扔到哪里去了。

"到后边排队去！别'卡轮子'！"卡轮子就是加塞。见我在队列中扒来扒去，后面的好多人立即高喊起来。

"谁卡轮子？我原来就排在这里，不信你们问他。"我高声解释，同时用手指着原先排在我后面的人，请他给我作证。排在我前面的人换班了，排在我后面的人没有换班啊。

排在我后面的那个人，或许怕此时作证会惹起众怒，或许认为前面多一个人他就有可能号落孙山，眼睛看着别处，根本没有要给我作证的意思。我揣摩，说不定我那用来占位子的书包，就是他给扔掉的呢。

"那个卡轮子的！给老子滚到后面去！"我后面隔有三四个位子的一个人开始红眼，口里不干不净骂起来。

"我不是卡轮子！不是卡轮子！"我再次大声地解释。可我一个人的声音太微弱，而吼"滚到后面去"的人越来越多，吼声越来越大，如同惊雷落地。

"执勤的，快来快来，这里有人卡轮子！把他龟儿拉出去！"在怒吼声中，有人口吐狂言。

"谁在卡轮子？"一个老太太边问边向队列走来。

"就是他！就是他！"好多人一同指着我喊。

"你老老实实站出来！"老太太径直走到我面前，威严地向我下了命令。

我知道那个老太太，姓曾，都叫她曾老太婆。她个子并不伟岸，可长得粗胳膊粗腿，走起路来雄赳赳气昂昂，呼呼生风。而且声音高吭，嗓门洪亮，有人曾对她作过如此评价——如果从小就练习唱歌，请名师指点，她就是世界女高音中的帕瓦罗蒂！她原本是街道办事处一个干部，工作认真负责，周边环境熟，身体也好，人缘也好，退休了没事干，就被医院请来防贼，保护排队人的财物安全。那时，只要有人喊"抓小偷"，都会一拥而上，先把小偷死死按住，暴打一顿，再扭送派出所。所以，自曾老太婆到位，盗窃绝迹，不少人都夸曾老太婆"这个猫儿真毻（镇得住的意思）鼠"！小偷没有了，曾老太婆由管小偷转为管挂号秩序，专门捉拿插队卡轮子的人。

曾老太婆手里拿着一节三尺来长的小竹棍，竹棍头上缠着一段红布，她一见有人拥挤，就把小竹棍向朝前拱的人一指，高声吆喝，"站好！站好！别挤！别挤！你要故意挤，我就把你从队伍里拉出来！"朝前拱的人也就不敢再朝前拱，顿时安静下来。有人算了算，曾老太婆管的那个挂号室每天至少超过两千人，她就用那节小竹棍，把队伍指挥得井井有条。

活该我倒霉，我被这个老太婆盯住了。

"我没有卡轮子！我不是卡轮子！我是医学院的学生，白天上课去了。"我忙着向她解释。

"你是学生体面些？少说废话，出来。"老太婆根本不听我的解释，先用竹棍指着命令我。见我没动，不再听我诉说，伸开她那粗壮的胳膊，"呼"的一下抓住我的衣领就把我从队列里往外拽。

"哗哗哗！"见老太婆将我揪住，不少人竟使劲拍起巴巴掌来。

我脸"刷"的一下就红了，头上的汗珠纷纷滚落下地。

我头上的汗直往地上落不说，心里的血还直往头上涌！当时真恨不得给那个老太婆几砣子！

如果我还不听她的话，她一定会扭住我不放。如果后面那些排队的有人使坏，吼一声"抓小偷"，借机对我拳脚相加，像打小偷那样将我狠捶一顿，没准儿会捶个半死。要是那样，我肯定更是百口莫辩。我只得顺着老太太的胳膊，乖乖地从队列中走了出来。

"哗哗哗！"后面又响起一片鼓掌声。

我额头上的汗大颗大颗往地上滚，眼里的泪再也憋不住，跟着往眼帘外面蹿。

委屈呀，可再委屈又有谁来给我申冤呢？"三人成虎"，在这乱哄哄的排队现场向谁讨说法？这不是讲理的地方。

带着满腹委屈，我含着泪离开了挂号窗口。

正畸科的号没挂上，一天一夜的队白排了，占位子的书包也白丢了。

"我虽然真心想为你搞到一个正畸科的号，但使尽浑身解数，最终也没有搞到。你在锦江宾馆上班，接触的人肯定比我多，让他们帮你想办法。反正我只有这么点本事，没辙了，对不起呀。"中午一下课，连午饭都没有吃，就跑到锦江宾馆，向老乡回话。我如实地向老乡诉说了我的狼狈经过。

"没挂上号就没挂上吧，我再慢慢想办法，你为这事竟遭了这么大的罪，谢谢你了。"老乡说。

我的研究生梦

1984年，有八十六名同学顺利毕业。吴亚菲、陈宇、胡静、郭英、黄琼、王伟、王珏、王幼平、饶跃九人考上了研究生，有九个同学品学皆优，留在母校工作，他们是王虎、王小蓉、夏田、罗良、陈学会、刘格林、孙保兰、郭丽娟、代霞飞。其他六十八名同学被分配到全国医学院校或医院，从华西坝奔向四面八方，踏上了人生征程。后来，这些同学中，有一半以上考上了研究生。

我是带着深深的遗憾离开母校的。遗憾什么呢？我想留在母校工作，干不了口腔，就是分到解剖室、病理室，哪怕将来做辅导员，当技工，都心甘情愿。但是，我不可能留校，连当年考母校研究生的资格都没有。

我也是有梦想的。进入大学之后，为了补上英语这个短板，我把很多业余时间用到了英语学习上。为了记住单词，我制作了两千多张外语卡片，走路背，如厕背。我怕读音不准，还拜实验小组陈学会和叶志坚为师。比我小一岁的陈学会，是当之无愧的学霸。我原以为她有过目不忘的特异功能，当我翻看她的课本以后，才明白她的努力：课本每页都画得密密麻麻，留下铅笔、圆珠笔、蓝红墨水多种颜色的字迹。原来，老师讲课时她用铅笔在课本上画出重点，下来复习时再用圆珠笔写上心得体会，没弄明白的地方请教老师后再用蓝墨水补记，看了参考书的新收获再用红颜色的笔写上，以进一步加深印象。她从小生活在大都市，却没有某些城里人睥睨乡下人的傲气，很乐意帮助我。我有不懂的地方，就向她请教。我努力学习，希望将来报考四川医学院口腔系研究生。

在我看来，只有考上研究生，在导师一对一的传授中，才算是拜在大师门下，才能得到大师们的真传。

当时，考研有条硬杠杠——凡有一门功课补考，就不能参加当年考研。不幸的是，我的微积分补考过。

我拿着一张口腔医学学士学位证书，结束了大学生活。离校前，在与叶志坚、杨军等同学挥泪握别时，我们发誓，两年后一定考回口腔系。我们唱着《年轻的朋友来相会》离开华西坝。那首歌，表现了那个时期中国人充满激情的心境，轻快的词曲将人拉进一幅美丽的画卷：

> 年轻的朋友们，
> 今天来相会，
> 荡起小船儿，
> 暖风轻轻吹……
> 再过二十年，
> 我们来相会，
> 伟大的祖国该有多么美……

唱着歌，人不由血脉贲张。

我毕业后被分配到达县地区人民医院口腔科当口腔医生。医院规定，要报考研究生，必须工作两年。1986年1月，医院以工作未满两年为由，拒绝我报名参考。醉过，骂过，照样上班。1987年，总算参加了研究生考试，但总分差十多分。之后，就逐渐放弃了考研的念头。

2004年作者在母校留影

医院口腔科有四个医生,没有护士。其他三位都年过半百,只有我是刚走出校门的年轻人,病人非常多,来了病人我不能不接。一个牙病患者大老远跑到地区医院来看牙齿,肯定是疼痛难忍。受母校老师影响,我看病不敢有丝毫马虎。只要患者往治疗椅上一躺,我必定全神贯注,认真细致地进行检查诊断,能做的手术都争取自己做。一天到晚,像打仗一样,到了下班时间下不了班,到了吃饭的时间吃不成饭。有一次,同学廖宣东路过我处,见到我的工作状态直摇头,当着重庆的同学面说:"黄北平像一个正在灶上炒菜的厨师,丢了这头抓那头,忙得手脚不停。"一天下来,根本没有精力复习功课。

从1988年开始,医院为了留住我,任命我担任口腔科副主任,还把我妻子从大竹县二中调到地区医院。后来,随着医院体制改革,科室搞承包经营,我又挑头承包了口腔科。再后来,下海潮汹涌澎湃,我开起了"北平牙科诊所"。

未能读研成了我一生的遗憾。

1980年,全国人大常委会通过了《中华人民共和国学位条例》,八十年代末期,高校毕业生开始有了学位服。1994年,国务院学位委员会最终审定学位服样式,规定学士穿紫色学位服,硕士穿蓝色学位服,博士穿红色学位服。学位服是长袍,有人戏称穿学位服的人是"袍哥"。我虽然也算"袍哥人家",却只是"紫色袍哥",终身与"蓝色袍哥""红色袍哥"绝缘了。

同学聚会,看着那些穿过蓝袍、红袍的同学,我那早已被埋葬的研究生梦又被勾起,时不时表现出对研究生的钦羡。

"你羡慕我们什么?"读过研究生的盛康说。"读研究生苦哇,上午学理论,下午上临床,晚上做实验,深夜写文章,有时忙到凌晨三点还下不了班。有一次半夜十一点,我妈打来电话,问:'你今天吃的什么?'我说'在食堂买的饭吃啊'。她说,'你今天为什么没买点好东西吃'?我莫名其妙,'今天为什么要买点好东西吃?'她说,'你真的忘啦?今天是你的生日呀。'我把脑袋一拍,'妈,对不起,我真的忙得哪天是我的生日都忘了。'读完研究生满脸沧桑,毕业了,真有一种被解放的感觉。"

"世界上有三种性别的人,一是男人,二是女人,三是女博士。因为女博士既不是男人,也不是女人,是不男也不女的中性人。"女博士吴亚菲说。"有人说,女研究生手巧,什么都会做。他不知道那双手是一锤子一锤子敲出来的,是一夜又一夜熬出来的。别看我们表面光鲜,内心的苦楚别人无法理解。"

"北平啦,没考研没出国的人不知道,我们在外生活了几十年,我们还是很想念国内这种悠闲的生活。而你在家乡创业,事业有成,还把兄弟姊妹和父母都照顾到了。"获得美国籍的郭英真诚地对我说……

没有读研究生就没有读研究生,日子反正在一天一天地过。我只能用阿Q的精神胜利法来平衡自己的失落。

永远的"口七九"

1985年,四川医学院更名为华西医科大学,2000年与四川大学合并,被称为四川大学华西医学中心。虽然学校名称几经变更,但同学们的华西情结依然牢固,心里永远装的是华西医科大学这个校名,一直称母校为华西。

我们都以华西为荣,以华西口腔为荣,以口七九为荣。华西医科大学不是我们的家,胜似我们的家,华西坝不是我们的故乡,胜似我们的故乡。

年岁渐增,大学时代的生活不停地在脑海里回放。同学们的一颦一笑,仿佛就在昨日。

第一任"级长"张卫远,有一辆德国造的自行车,春夏秋冬,无论天气如何,他都把它放在宿舍楼前的墙根下,而且从不上锁。全年级同学都知道那辆自行车是他的,谁有急事谁就骑,如同公车。有时被人骑走几天,他也不闻不问。

我不会骑车,就把这辆车当成教练车,一到星期天就抓来练习。那车是脚刹,不是手刹,往前蹬就前进,往后踏就刹车。我手忙脚乱,该刹车的时候不会往后踏,而是往前蹬,瞪着眼睛把自行车往树上撞,结果车轮撞变了形,辐条都撞断几根。我将车子推到墙根放下,去找张卫远。他挥挥手说:"没什么事,我自己会修,整好就是了。"说罢,拿出从家里带来的钳子、扳手、螺丝刀,一个多小时就把车修好了,又让我接着练。我就是借着张卫远那辆德国造，掌握了骑自行车的技巧。

还有一件事，也与张卫远级长有直接关联。

我们学习病理和药物学时，每周都有三四节实验课。实验动物一般是兔子。讲脑血栓那节，老师让我们将五毫升空气从兔子血管注入，空气在血管中形成多个气泡随血液循环，当循环至毛细血管，就会形成空气血栓导致末端组织缺氧坏死，当血栓阻塞脑血管时兔子就会死亡。如果没有使用有毒药物，实验后的兔子一般用于喂实验犬。实验用的兔子多，实验犬不缺吃的，埋掉没有使用有毒药物的兔子很是可惜。寝室几个同学商议，将那些兔子悄悄带回来煮着加餐。

廖和平的书包最大，实验结束后，他把书给其他同学，腾空书包装实验死亡的兔子，然后到校门外的农贸市场，找卖肉的将兔子剥皮切块。回寝室加上佐料，悄悄用电炉烹煮。那时，电力非常紧张，学校规定了严格的限电措施，不准用电炉取暖，更不准用电炉烹调食物，非法用电一旦被发现，轻则没收电炉或电热杯，重则给予处罚。可我们寝室的运气特别好，吃了三只兔子肉，竟平平安安。

但我们保密保得再好，也瞒不过级长的眼睛，因为他和我们一起做试验。

让人没想到的是，他不但知道我们吃兔子肉的事，当校工来收实验兔子的时候，他还把正在往书包里装兔子的廖和平挡住，不让校工看见。"那时候生活苦哇。现在，别说没有人吃实验用的兔子，就是再好的肉吃着都不觉得香了。"后来同学聚会，张卫远说起替我们打掩护的事，发出这样的感叹。

同学们既吃过实验用的兔子肉，也吃过乌龟肉。夏田从家里带来一只乌龟，有一斤多重，养了一段时间，死了，丢掉又觉可惜。张彬就从解剖室拿回一把解剖尸体的解剖刀，对死乌龟认真进行解剖，用电炉子炖了一锅汤。

"噫！乌龟肉是用解剖尸体的刀切的，想起就恶心！"徐锋说。

夏田说："只要煮熟了，就无菌了，乌龟肉混杂尸体肉，里面的蛋白质和脂肪，更容易被机体吸收。"几个同学有说有笑，一会儿就把一锅乌龟汤喝得精光。

那时，每周只能吃两三次肉。陈霞的父母都是军官，家庭条件好，有几次中午吃了一份肉，晚上又吃一份肉，有些同学就眼红，觉得陈霞同学太奢侈了。

大学三年级开始，刘格林接替张卫远成为第二任级长。

刘格林学习成绩好，字写得大气，为人也行侠仗义。他经常利用业余时间为全年级同学服务，却因为一小罐麦乳精，被室友洗涮了几十年。

那时，同学从家里回来，都要带些吃货。不外乎腊肉、香肠、糖果、核桃、板栗、花生、瓜子、老咸菜什么的，不管带回来什么，都要拿一些出来与大家分享。

有一次，刘格林从家里回来，不但带回了腊肉香肠，还带了一小罐麦乳精。腊肉香肠大家分享了，麦乳精只有那么一小罐，如果拿出来大家分享，一人一汤匙都不够，刘格林就将那一小罐麦乳精留了下来。灭灯就寝了，他才悄悄将麦乳精拿出来，把头埋进被窝里细细品尝，香气四溢，同寝室的知道了刘格林吃麦乳精的事。有一天，刘格林得了冠周炎，痛得捂住腮帮子哗哗直叫。

"你那牙该痛。"同寝室的陈亚多调侃道。

"我这牙为什么该痛？"

"因为你吃独食！"

"我什么时候吃独食了?"

"你蒙在被子里吃麦乳精,别以为我们不知道?哈哈哈!"陈亚多哈哈大笑。

"我错了,我错了,"刘格林一听这话,面红耳赤,"我觉得一小罐麦乳精不够大家塞牙缝,就一个人把它给消灭了。"刘格林红着脸解释。

"别说是一小罐麦乳精,就是吃一个虱子,也该给我们分一个腿子哟。十人吃了十人香,百人吃了百人香,你一个人吃了烂牙腔。报应呀报应。"陈亚多不依不饶。

"就是,就是!你也太不够哥们义气了嘛。"同寝室的也跟着发声,开起了批斗会。

"麦乳精已经吃了,我也不能吐出来,你们说怎么办吧?"刘格林检讨。

"怎么办?从现在开始,罚你每天给我们寝室打开水,而且,以后凡是同学聚会,罚你给我们斟酒、盛饭。"室友唐宗杰提出了处罚措施。

"好!好!"刘格林满口答应。

从那天开始,刘格林打水时总会主动把室友的开水瓶提上。其他的同学想打开水,必须要抢在刘格林的前面,早作准备。而且更有意思的是,哪怕是几十年后的同学聚会,刘格林还是会主动给室友斟酒、盛饭。在一片欢声笑语中,大家又把当年的趣事拿出来调侃一番。

当年没有吃到麦乳精是一种遗憾,却留下了一段美好记忆。

还有一件事,同样有资格载入口七九的历史。

1980年春节后,夏田从家里带了一台双喇叭收录机,在寝室里播放邓丽君的歌曲。

邓丽君那轻柔、婉转、缠绵的天籁之音一下子打动了我们，几个寝室的同学都凑到夏田寝室去，围着那台收录机静静聆听。

袁晓蓉带了一台三洋牌收录机，小巧玲珑，音质清晰。她是个大方开朗的女生，我跟她关系不错，室友常常怂恿我去借收录机来听邓丽君的歌。

那时，邓丽君的歌曲被官方定性为靡靡之音，严禁传播。口腔系的陈书记是军队转业干部，是一个很正统的人，同学们都从心里敬重他，惧怕他。他严令禁止学生播放邓丽君的歌曲，违者收缴磁带和录音机。有天晚上十点刚过，我们几个人正听得如痴如醉，突然，谢流"砰"的一下把门推开，上气不接下气地说："快！快！陈书记上来了！"我们赶紧手忙脚乱地把录音机关掉，将其藏在被子下面。陈书记巡逻到我们寝室时，见我们几个拿着书看着，他满意地点点头，背着手去了下一个寝室。

不久，邓丽君的歌曲全面解禁。

还有一件与陈书记有关的事，现在想来也颇有趣。

有一天，明志强正用电炉烤火，突然听说陈书记正在隔壁寝室检查卫生，马上就要到我们寝室来。如果用电炉烤火的事被陈书记查到，很有可能要背一个处分。情急之下，他扒掉电源，将电炉放进壁橱。壁橱是木质门，里面还放着衣服、书籍和一些杂物，刚关闭电源的电炉温度很高，时间稍长就会引燃。陈书记站在寝室门口，一边检查卫生，一边询问我们的学习生活情况。我们看到壁橱冒出了白烟，明志强就过去用身体挡住。见陈书记没有走的意思，廖和平急中生智，溜到隔壁寝室，高叫一声："你要干什么？"还推了许彪一把。听到叫声，陈书记以为隔壁寝室有人打架，就急匆匆赶去了。陈书记刚走出寝室，明志强马上打开壁橱，衣物已被烧燃，杨军直接将一水瓶开水泼了上去。

有一年四月，九个同学去看野生大熊猫的事，至今想起来仍觉惊心动魄。

那是学校运动会期间，那个周五，叶志坚问我去不去卧龙熊猫保护区旅行。他说，离卧龙不远的一个山头上，建有八一观测站，可以通过望远镜看到野生大熊猫的活动情况。他和王虎、朱刚、明志强、王伟、唐勇、张友愚、赵大国、徐锋等九人周六没有比赛项目，准备借这个机会欣赏野生大熊猫。我摇了摇头。我当然很希望亲眼看到野生大熊猫，但这一趟旅行至少需要十块钱，我舍不得花那么多钱。

九个人坐公交车到了汶川县映秀镇。听说没有车到卧龙，张友愚打了退堂鼓。其他人接着向目的地步行前进。

中途，他们还坐了一段拖拉机，深夜里到了卧龙熊猫保护区。招待所只有一个房间，他们四人一床，挤着住了一晚上。

星期六上午，一行人向八一观测站所在的山顶爬去。他们不知道，汶川县境内最高的山峰海拔6250米，全县海拔高于五千米的山峰有101座，随便摸出一座山都够雪山级别。他们盲目地向着山顶爬。爬着爬着，过了雪线，虽是草长莺飞的四月，雪却越来越厚，开始没过脚踝，逐渐没过膝盖，慢慢就走不动了。

雪峰一眼望不到顶，八一观测站不知躲在哪里。有人提出，再往上爬就回不去了。他们只好往回走，没有路，又累又饿，一个个走得呲牙咧嘴。走到凌晨三点，走到一个修建水电站的临时工棚，只好硬着头皮敲门向工人求助。听说他们是一群冒险到山上观赏野生大熊猫的大学生，人家吓坏了。见他们没吃饭，就给他们煮了饭吃，还把床铺让出来给同学们住，自己则和衣坐着烤火到天亮。

第二天，好心的工人找给工地拉材料的车，把八个人送到映秀。

回到学校,东窗事发,领导大发雷霆,要他们写出深刻检讨,毕业时,还给他们加上这样一条评语:私自上卧龙,不遵守纪律。

毕业时写临别赠言,经历过那场严峻考验的同学竟写下"卧龙精神万岁"。

同窗五载,男女间不免日久生情,有的成了,也有剃头匠的挑子——一头热的。

杜莉和孟琳两位美女兼学霸,是很多男同学心仪的对象。实习时,朱刚与杜莉、谢流与孟琳分别分在一个实验小组。朱刚暗恋着杜莉,谢流暗恋着孟琳。谢流暗中追了一段时间,觉得底气不足,就潇洒地放弃了。朱刚仍对杜莉一往情深,还在生化课本背面写上朱莉二字。但朱刚心里想,只有考试成绩超过杜莉,才有追求资本。他每天晚上熬夜学习至十二点,如此坚持两个月,单元测验杜莉考一百分,朱刚只考了九十八分。无奈,他去找谢流、唐勇、廖和平几位室友商量,要他们想办法助自己一臂之力。

朱刚是自贡人,在沱江边长大,水上功夫十分了得。几个人决定给朱刚制造一个水上英雄救美的机会。那天,几人相约到锦江去划船。船到河心,谢流、唐勇故意将游船荡翻,导致杜莉落水,坐在另一条船上的朱刚连衣服都没脱,纵身跃入水中,几下游到杜莉身边,将她托举上岸。杜莉对朱刚的救命之恩表示了深深的谢意,但并未以身相酬。后来,同学聚会,谢流、唐勇、廖和平将朱刚英雄救美之事解密,朱刚大笑,杜莉亦大笑。

寒窗苦读,五载相伴,"同学"这抽象的两个字浸入了血液,我们由素不相识变成了同门、同业、同行、同道。同学之间不会有同流合污的恶浊、同室操戈的罪恶,但一定有同病相怜、同甘共苦的情操,同仇敌忾、同舟共济的品质。我们不是兄弟姊妹,胜似兄弟姊妹;没有血缘关系,胜过血缘关系。

同学友谊与江河同在,与日月同辉,同学的家人也因口七九而结缘。前文说过,口七九分一班、二班、三班,现在又有了"口七九四班""口七九五班"。口七九四班特指同学家属,口七九五班特指同学后代。同窗五载,交往一生,我们的友情儿子传孙子,孙子传重孙,一代一代往下传。

如今口七九天各一方,遍布世界各地,但相知无远近,万里尚为邻,我们的心是紧紧连在一起的,只要有可能,我们就能相会。

2000年,千禧之年,我们离开华西坝十六年,又欣逢华西医科大学建校九十五周年,口七九的同学听从华西坝钟声的召唤,从地球的四面八方奔向母校。第一任级长张卫远竟然从西安骑自行车来到成都,一千多公里的路程,他骑了整整四天。

沧海桑田,人生艰难,大团圆是不可能了,毕业时有八十六个同学,那次回来了五十多个。

2005年,母校一百周年大庆,大家又齐聚华西。口七九在花舞人间休闲中心聚会,胡静拿出了珍藏了二十年的茅台,与同学分享。

2009年,毕业二十五年,同学们在贵阳相聚。有一位同学的爱人得了脑瘤,正在住院治疗,同学们纷纷解囊相助。

2014年,毕业三十年,口七九又从五湖四海汇聚云南大理,一起待了两天。那次聚会给我留下最深印象的是,在国内谋生的同学喜欢搓麻将,宾馆里半夜三更还传出麻将碰撞声,而从国外回来的同学则喜欢锻炼身体,夏田早晨五六点钟就起床跑步,虽年过五十,可身材仍保持着二十多岁的模样,浑身腱子肉，一疙瘩一疙瘩凸起。陈绍陟把不到一岁半的幺儿带来，在杜乐蓉已经当上外婆的时候，我们年级还有这么小的幺儿，大家争相带玩，陈绍陟的小儿子成了大家的开心果。

人生难得再聚首，人生珍惜再聚首。每相聚一次，同学间的友谊就加深一分。

我们全都过了知天命之年，人生的酸甜苦辣全都尝过，如今是云淡风轻。生命这本大书，我们还在认真地一页一页往下翻。

时间老人手里握着一把硕大无朋的剃刀，毫不留情地向人挥去。一茬接一茬的人都难逃被剃掉的命运，只不过有的人被剃得早一些，有人被剃得晚一些。生命如烟花，生命脆如水。

数学奇才张友愚，高考数学满分，玩魔方三分钟达到六面一致，毕业后，工作不到五年，患胃癌去世。我查了一下《华西口腔百年史话》一书，第一版和第二版公布的1979年入学1984年毕业的本科生中，人数不一样，第一版公布的比第二版少一人，少的那一人就是张友愚，让人在悲痛中又多生一层悲情。

三班的胡静，成绩优秀，为人豪爽，被患者誉为"胡一刀"。他1999年就晋升为教授，后被美国匹兹堡大学牙学院口腔颌面外科聘为客座教授，被推举为华西口腔医学院教授委员会主席，他为中国口腔颌面外科学的发展作出了巨大贡献，在口腔医学界享有崇高威望。他为中国口腔医学事业培养了博士研究生和硕士研究生各三十二名，因鼻咽癌不治，于2016年去世，年仅五十二岁。

当此书杀青之际，口七九其他八十四位同学，经过三十三年的陶冶，各自都找到了最佳的人生坐标，分布如下：

在华西母校工作的有十人：丁一、王虎、杜莉、陈宇、王小蓉、陈亚多、吴亚菲、郑广宁、刘格林、张杰魁。

在国内其他医科院校当教授的有十人：唐亮、雷蕾（暨南大学）、吴友农（南京医科大学）、杨军（第三军医大学）、袁小平、江章茂（西南医科大学）、许彪、宋宇峰（贵阳医学院）、孙红英（复旦大学）、曹颖光（湖北医科大学）。

在国内各地医院的有二十六人：张彬、吴兰、兰鸿、朱刚、宋华、石虹、罗良、姜淮、谢红、谢流、胡晓霞、邓礼辉、刘宝珍、刘润梅、肖红勤、江明达、郭丽娟、唐宗杰、王宇春、王冬黎、袁晓蓉、明志强、廖和平、赵惠文、徐国超、俞海英。

出国的有二十六人：【美国】王伟、夏田、郭英、陈新、徐锋、陈霞、王晓红、汪自蓉、孙保兰、【加拿大】盛康、王珏、饶跃、汤玲、孙颖、李峻、孟琳、路琦、张卫远、沃小蓉、代霞飞、曹丽华；【澳大利亚】欧亚、黄琼、王幼萍、樊瑞彤；【奥地利】贾昉。

开私人诊所的有九人：王蕊、张萍、唐勇、许燕、陈绍陟、赵大国、叶志坚、杜乐容、黄北平。

改行的有三人：罗懿、陈学会、廖宣东。陈学会担任全球最大牙科器材生产公司登士柏中国公司总经理，罗懿在成都医药公司当经理，廖宣东从事房地产开发。

留级的三位同学，刘越华到美国不久就去世了。马玉慈是宾夕法尼亚大学牙学院博士，现在波士顿开业。朱晓惠留在国内，是造诣很高的医生。

因为母校实行通才教育，使同学的个人爱好得到了充分发挥，好些人成了艺术领域的弄潮儿。

在摄影界，我们有罗良、王虎、徐锋、江明达等引人注目的摄影师。在美国专攻鸟类摄影的孟琳，执着地用镜头讲述鸟儿的故事，成了全球闻名的鸟类摄影专家。

吴友农，口腔内科学博士，主编出版了国内第一部根管形态学图谱。他的绘画、书法、摄影等作品频现报端，有的还被制成了年度中国当代书画百强主题明信片。

级长刘格林，是中国书法家协会会员、《中国书法鉴赏》主编，其作品经常被作为礼品赠送国内外机构和名人，其"东阁冬梅，西窗夏竹，南华秋水，北苑春山"和"飞泉鸣玉"两幅书法作品，被镌刻在大理石上，贴在八达岭长城西拨子段，向游客永久展示。

陈绍陟，热爱写作，在大学组织华西文学社，创办《华西》杂志，以诗闻名校内外。其诗作被流沙河发表在《星星》诗刊上。1984年毕业即加入贵州省作家协会，1985年参加诗刊社组织的第五届青春诗会。诗集《生命的痛处》，长诗《西部大书》《黄果树大瀑布》，组诗《穿青人》等可谓杰作。流沙河曾预期陈绍陟将成为"全国牙科医生中最好的诗人，全国诗人中最好的牙科医生"。陈绍陟不负所望，做到了。

少年乐新知，衰暮思故友。岁月流逝，我愈加思念所有的老师和学友，如果真有来世，我仍然要当老师的学生，当同学的学友。

我期待着与同学们再次团圆。每思及此，心里不由得鼓起一股冲动，我把我们毕业时曾高唱过的《年轻的朋友来相会》改了，不知各位以为然否？

"毕业三十年，我们重相会，发现口七九，已少好几位；再过三十年，我们还相会，看看口七九，还留多少位？"

如果再过三十年，也就是口七九离开母校六十年后的2044年，如果我们仍幸福地留在这个世界上，就可以骄傲地告慰在天国等着我们的陈安玉主任：她在新生见面会上向我们提出的"为人民健康工作五十年"的要求，我们完成了，而且超额完成了。

【跋】

具此心者还有谁人？

陈绍陟

如今只要安坐下来，打开电脑或手机，各种可读的短文让人应接不暇，除了一些有缘让人求道的经典，跟页码厚重的书籍渐渐疏离了。尤其较少就小说、故事、纪实类书籍花费时间了。

老同学黄北平把《第二父母》电子版发给我，二十多万的字数让我微微一愣。我深知如此篇幅的写作是艰难又充满激情的过程，不由得感叹万分。我们同是四川医学院（华西医科大学）口腔系七九级一班学生，在艰苦的医学课程学习之余喜欢舞文弄墨，五年同窗，一生同道。他在达州开办的牙科医院，已经成为那座城市一道现代文明之光。不辱华西口腔之师传，需要每一个华西口腔毕业生毕生呕心沥血，尽管工作强度非常人所能想象，但他依然恪守严谨的准则。

他在出版了几本大著之后，居然又洋洋洒洒成篇，可谓"积习难改"。我那日匆匆把文档下载之后，很久没有打开，对一个与他同样自营牙科机构的医者而言，二十多万字的读物，是一份让人感到沉重的礼物。

直到有一天，我接到他诚恳地让我提意见的电话，在不无歉意的情绪导引下，我在那个晚上打开了文件。乍看目录，就有让我读下去的欲望。直到晨练者的脚步与车辆声惊扰了宁静，我还沉浸于文字营造的世界。接下来的一周，我在他的文字里度过了一个又一个夜晚。

整本书是由几十个独立的故事组成的，故事之间又相互关联，跨度达五十多年。让人惊叹的是，黄北平具有无与伦比的记忆力，几十年前的人事，居然都被他像录音机和摄像机一样的心灵悉数记录下来，一个个真实可敬的人物，从尘封的岁月里走到读者心里来。众多人物个个有血有肉、栩栩如生。我无法验证他小学及中学的记忆，但他记录的大学时代中的许多人和事正是我们共同见识与经历的。他看似随心所欲实则精心架构的故事，把我直接拉回到了三十多年前的时空。我打开的不是文档，而是一个个令人不可思议却又不得不信服的人物及其命运。他率性恣肆的文字，让人在阅读中很快进入故事现场，共同经历那些人物的喜怒哀乐……

除了"有心人"这个词，我难以用其他的词汇来表达我的赞叹了。我读过的写教师的书籍和文章不算少了，却从未读过有谁把自己从小学到中学再到大学整整十五年中的几十位老师，一口气完整地描述一遍，这无疑是对恩师们最大的尊敬。

国人说尊师重教，而具此心者还有谁人？

2017 年 7 月 16 日

谨以此画献给《第二父母》里的老师们。
四川医学院口腔系七九级吴友农作

图书在版编目（CIP）数据

第二父母 / 黄北平著；刘秀品整理 . —— 北京：新星出版社，2017.9
ISBN 978-7-5133-2829-6

Ⅰ.①第… Ⅱ.①黄… ②刘… Ⅲ.①故事－作品集－中国－当代 Ⅳ.① I247.81

中国版本图书馆 CIP 数据核字（2017）第 212762 号

第二父母

黄北平 著；刘秀品 整理

责任编辑：高晓岩
责任印制：李珊珊
装帧设计：冷暖儿

出版发行：	新星出版社
出 版 人：	马汝军
社　　址：	北京市西城区车公庄大街丙3号楼　100044
网　　址：	www.newstarpress.com
电　　话：	010-88310888
传　　真：	010-65270449
法律顾问：	北京市岳成律师事务所

读者服务：010-88310811　　service@newstarpress.com
邮购地址：北京市西城区车公庄大街丙 3 号楼　　100044

印　　刷：	北京玥实印刷有限公司
开　　本：	910mm×1230mm　　1/32
印　　张：	10.5
字　　数：	240千字
版　　次：	2017年9月第一版　2018年1月第二次印刷
书　　号：	ISBN 978-7-5133-2829-6
定　　价：	52.00元

版权专有，侵权必究；如有质量问题，请与印刷厂联系调换。